從覃子豪到林燿德
——臺灣當代詩論家

孟樊——著

五南圖書出版公司 印行

自序

相較於《台灣新詩史》的寫作，這本《從覃子豪到林燿德——台灣當代詩論家》的詩學論著，動筆時間更早，幾乎是我從出版界轉換跑道到大學教書不久就開始了，斷斷續續的寫作時間也快拖了二十年，甚至讓《台灣後現代詩的理論與實際》一書的出版要後來居上；還好，現在正「趕工」中的《台灣新詩史》（與楊宗翰合著）尚未完成，本書付梓終於不再落後了。

由於在後現代主義初興的一九八〇年代，躬逢其盛的我率先引介「後現代」入臺灣詩壇，為此連續寫了好幾篇論文，甚至出版專書《台灣後現代詩的理論與實際》，早就被定位為臺灣詩壇後現代的燃燈者之一；事實上，我只是其中的一位引介者，從來也沒自認為是後現代主義者，而不識者也認定我只著力於後現代主義研究。我一向嗜讀理論書，更幫出版社前後籌畫兩套理論書系：「文化手邊冊」（揚智）與「當代大師」（生智），不敢說遍覽當今西方文論，但多少對之是有一定程度的了解，而這也顯示我對於「後現代」之外的理論（或思潮）的興趣，乃至意欲進一步加以探究。本書出版即為佐證，我所探討的臺灣這十位（或十一位，含附錄）詩論家的論述，已非「後現代」所能框限。

詩史、詩論與詩評是新詩研究的三塊主要領域，自然也是我的詩學研究長期關注的所在。目前還在寫作的《台灣新詩史》，可謂代表我對「詩史」領域的探究（之前二〇〇六年已出版的《文學史如何可能？——台灣新文學史論》一書多係針對新詩史加以探討，亦足以為證）；二〇一二年出版的另一冊專書《台灣中生代詩人論》，則可說是我對於「詩評」（詩人作品品評）所繳出的成績；至於本書《從覃子豪到林燿德》便是我針對「詩論」所做的探究了。

我挑選探究的這十位詩論家：覃子豪、林亨泰、羅門、洛夫、葉笛、杜國清、鍾玲、張漢良、簡政珍、林燿德，在新詩的理論與批評方面，多少都有所建樹，若干人的論述乍看之下雖似未具系統性，但確實也針對同一主張前後做出相當多的關注與發言，且渠等言論又具某種代表性（比如超現實主義、女性主義、都市詩學等），故此值得本書予以探討。當然，能受到關注與探究的詩論家或詩學者，當不止這十家，資深輩如葉維廉（比較詩學）、顏元叔（新批評）、何金蘭（發生論），乃至青壯輩如鄭慧如（身體詩論）、李癸雲（女性主義詩學）等，都應該受到注目與討論。怎奈本書受限於篇幅，加上如葉氏與顏氏之論之前已有專論和專書探究，於此，本書只能擱下。另一個不足為外人道的原因則是，本書寫作前後時間拉得太長，已如上述，似乎要在此告一段落，直接付梓了。

本書係按十位詩論家的出生/年歲依序編排，原先有考慮依照其詩論或詩學出現之順序編目，如此實暗含有「詩論史」寫作之企圖。但後來轉而一想，一來有些論述並非只在一個時間點出現，其前後甚至持續一段時期（如鍾玲的女性主義詩學），彼此之間也有重疊的現象；二來若只論其中十家，未免掛一漏萬，更難呈現一部完整面貌的詩論史，以是原先那虛假的宏圖想法就被我一腳踢開。

本書之出版，可算又完成了我詩學研究中的一塊拼圖，剩下的就等那預期中的另外一塊詩史拼圖來補全了。是為序。

目次

自序 (3)
導論 1
第一章 覃子豪的象徵主義論 9
第一節 前言 9
第二節 象徵主義表現論 11
第三節 象徵主義詩人論 24
第四節 結語 35
第二章 林亨泰的現代詩詩體論 37
第一節 前言 37
第二節 詩體的形式與內容 39
第三節 詩體的進化 51
第四節 結語 56
第三章 羅門的後現代論 59
第一節 前言 59

第二節　後現代的繪圖與誤讀　61
第三節　後現代的肯定與否定　72
第四節　結語　79
第四章　洛夫的超現實主義論　83
第一節　前言　83
第二節　超現實主義的淵源及特質說　86
第三節　知性超現實主義及其詩評　95
第四節　結語　107
第五章　葉笛的傳記詩評　111
第一節　前言　111
第二節　詩人生平的解讀　113
第三節　詩人理念的解讀　117
第四節　詩人環境的解讀　122
第五節　結語　125
第六章　杜國清的新即物主義論　127
第一節　前言　127
第二節　起源說　129
第三節　特徵論　139

第四節　詩作批評　142
第五節　結語　148

第七章　鍾玲的女性主義詩學　149
第一節　前言　149
第二節　女性詩史　152
第三節　女性批評　161
第四節　結語　169

第八章　張漢良的新批評　173
第一節　前言　173
第二節　語義學分析　176
第三節　張力詩學　188
第四節　結語　196

第九章　簡政珍的現象學詩學　199
第一節　前言　199
第二節　理論的懸置　202
第三節　意識批評　208
第四節　空隙美學　214
第五節　結語　220

第十章　林燿德的都市詩學　225
第一節　前言　225
第二節　都市的時代性　227
第三節　都市的文本性　232
第四節　都市的異地性　237
第五節　結語　243
附錄　共構的新詩美學——讀蕭蕭《後現代新詩美學》　246
引用書目　250

導論

一、是詩學、詩論或詩評？

在西方，詩學的發端，最早可追溯到古希臘亞里斯多德（Aristotle）的《詩學》（*Poetics*），該書被視爲是西方第一部系統性的詩學論著；惟此所謂「詩學」，套用韋勒克（Rene Wellek）與華倫（Austin Warren）的說法，指的是研究文學的原理、範疇以及判斷標準[1]，詩學研究的對象是「文學」而不只是詩而已[2]。或許正因爲如此，所以韋勒克便建議用文學理論取代詩學一詞。依此，稱呼某人爲詩學家，不如改稱他或她爲文學理論家或文學批評家，恐怕來得更恰當些。

然而，本書研究的對象既是新詩，豈不正中下懷，乾脆援用「詩學」或「詩學家」（poeticist）一詞呢？確屬如此，在第七、九、十章，我分別探討了鍾玲、簡政珍與林燿德的女性主義詩學、現象學詩學與都市詩學，用的都是「詩學」一詞，事實上，這裡使用的「詩學」詞彙，除了研究對象是新詩外，其義亦雷同「詩論」——也就是文學理論。但由於詩學一詞容易使人聯想及一般的「文學理論」，在此毋寧逕呼詩論反而更爲適當。

尤有甚者，文學理論（或詩論）又與文學批評（或詩評）息息相關，兩者甚至相互依存，也互爲影響。韋勒克

【1】此係韋、華二氏在《文學理論》一書中對「文學理論」一詞的界定。See Rene Wellek and Austin Warren, *Theory of Literature*(New York and London: A Harvest/ HBJ Book, 1977), 39.

【2】亞里斯多德的《詩學》主要研究的是史詩（epic）和悲劇（tragedy）。

與華倫即指出，文學理論不包括文學批評或者文學批評中沒有文學理論，兩者都是難以想像的【3】。而韋勒克認爲，前者研究文學的原理、範疇、手法等，而後者則討論具體的文學作品【4】。

以上韋勒克的說法，美國學者布瑞斯勒（Charles E. Bressler）有進一步類似的主張。他說，從傳統來看，文學批評家不是涉足理論批評（theoretical criticism）便是涉足實用批評（practical criticism）：理論批評創制了有關文學（藝術）的性質與價值的理論、原則和宗旨；透過援引關於文學（藝術）的普遍美學和道德原則，理論批評爲實用批評提供了必要的框架。實用批評——也稱爲應用批評（applied criticism），則是將理論批評的理論和宗旨運用到某個特定的作品上，亦即實用批評家使用理論批評的理論和原則，以界定趣味的標準，並爲一部特定的文學作品做出解釋、評價或辯護【5】。

上述之說，是布瑞斯勒站在批評的角度所做的區分，說法其實和韋勒克如出一轍，但他的觀點確實也說明了一件事：批評在文學（詩）的研究來說是無法被分割開來的，即便你所從事的是理論的建樹；或因如此，韋勒克便曾指出文學批評一詞往往被用來概括文學理論【6】。那是因爲文學理論如果不植根於具體文學作品的研究是不可能的，文學的準則、範疇和手法都不能憑空產生；可反過來說，沒有一套課題、一系列概念、一些可資參考的論點和一些抽象的概括，文學批評也無法進行【7】。而此點正也說明了臺灣詩壇與學界關於新詩評論的概況及其發展。

【3】 Rene Wellek and Austin Warren, 39.

【4】 Rene Wellek, *Concepts of Criticism*(New Haven: Yale UP, 1963), 36.

【5】 Charles E. Bressler, *Literary Criticism: An Introduction to Theory and Practice*(Boston: Longman, 2011), 7.

【6】 Rene Wellek, 1.

【7】 Rene Wellek and Austin Warren, 39.

二、詩論評類型

在臺灣，新詩從其嚆矢至今已近一個世紀，然而其間詩論評的演變與發展又是如何呢？依游喚所信，他認為臺灣這數十年來（迄至一九九〇年代初）新詩評論大致可分成三種類型——也是三個不同的層次：

一是宏觀的詩學理論。這類詩學理論旨在做詩學的全面性觀照，主要在探討根源性、本質性的問題。

二是詮釋性的批評。這類批評主要以解析、評價、找出詩意為其重點，因而它近乎實用批評，屬於作品鑑賞的層次。

三是紹介性文章。舉凡詩人交遊、私密往來、作品印象等，只要與詩或詩人有關者，皆可信筆寫之，譬如常見的序文、後記皆屬此類[8]。

嚴格而言，上述第三類有關詩或詩人的「雜文」，不能名為詩論或詩評，於此毋庸費詞一談。就前兩類觀之，第一類即是上所述詩論，而第二類則為詩評。以本書所探討的第二、三、四、六、七、九、十諸章來看，包括：覃子豪的象徵主義論、林亨泰的詩體論、羅門的後現代論、洛夫的超現實主義論、杜國清的新即物主義論、鍾玲的女性主義詩學、簡政珍的現象學詩學、林燿德的都市詩學，都屬於廣義的詩論；而第五章葉笛的傳記詩評與第八章張漢良的新批評則為典型的詩評。

乍看之下，詩論之成績遠勝於詩評，亦即臺灣詩論較諸詩評有更多的建樹。果其然？果不其然？事實上，如果我們進一步觀察，第一類的詩論成績其實並未如人意，影響所及，第二類的詮釋性批評也就乏善可陳。以第一類詩論而言，臺灣詩壇及學界自不乏宏觀式言論，但這種宏觀式詩論往往「斷簡殘篇」，亦即缺乏較具系統性的論述，譬如林亨泰的詩體論、羅門的後現代論、林燿德的都市詩論等，渠等所論常與時代性議題或話題有關；兼之早期的

---

[8] 游喚，〈《現代詩導讀》導讀些什麼——台灣現代詩批評考察系列之二〉，《台灣文學觀察雜誌》第三期，一九九一年一月，頁八十八。

詩論較乏嚴謹的學術訓練與訴求，其「主張性」（advocacy）甚於「理論性」（theoretics），而此細究其因，則又與詩人兼充詩論家的角色攸關[9]；也因為如此，詩論不成系統的表現同時影響了詩評——即上述第二類詮釋性批評的成績。

事實上，如前所述，詩論和詩評兩者是息息相關的，詩學理論的探討或建構，往往建基於對詩作的檢視——也就是批評，並不和詩評楚河漢界劃分界線，亦即詩論或者詩學係從詩評建立地基，對一首首詩作的考察宛如一塊塊磚瓦的堆疊，終而建構成一座華屋。有鑑於此，類如鍾玲的女性主義詩學、簡政珍的現象學詩學……都有大量的詩作批評。即便詩論或詩學不依賴詩評而建構，它的適用性（applicability）或有效性（validity），仍需詩評的實踐（practice）才能被檢證和接受，也因此像洛夫的超現實主義論與杜國清的新即物主義論都得舉證詩作加以討論（前者如商禽〈逃亡的天空〉、瘂弦的〈下午〉和葉維廉的〈河想〉，後者有陳千武的〈給蚊子取個榮譽的名稱吧〉與〈高速公路〉、白萩的〈塵埃〉與〈廣場〉、鄭炯明的〈誤會〉與〈乞丐〉、李魁賢的〈紅蘿蔔〉與〈檳榔樹〉，以及杜國清自己的〈距離〉與〈塵〉）[10]。反過來說，從詩評角度出發，類如葉笛的傳記詩評與張漢良的新批評，雖其論述主要出於批評的實踐，背後仍須有理論的發想，以及批評所依據之理論原理或原則。綜而觀之，詩論是發端而詩評是落點，是以本書（副題）概以「詩論家」泛稱從事詩論評者；而如此稱謂並未有要割裂詩論和詩評之意。

由於早期臺灣的詩論評較乏堅實有力的論述，儘管歷來不缺相關的論述文章，然而繳出的成績誠如上述，難稱如意；所幸在千禧年之後，這種情形已然改觀，尤其是詩論（或詩學）的表現，可謂有目共睹。而此緣何而來？

[9] 孟樊，《當代台灣新詩理論》第二版（臺北：揚智，一九九八），頁三十三。

[10] 洛夫，《洛夫詩論選集》（臺南：金川，一九七八），頁九十五—一〇〇；杜國清，〈《笠》詩社與新即物主義〉，收入於東海大學中系主編，《戰後初期台灣文學與思潮論文集》（臺北：文津，二〇〇五），頁二二〇—二二七。

三、邁向學術化研究

在一九九〇年代初，筆者即曾為文指出，之前臺灣詩壇不時出現有反智主義（anti-intellectualism）的傾向，蓋因那時充斥於詩壇的多半是「感性的批評」（sensible criticism），而感性的批評重於理性的批評，其結果便是反智主義的出現，而所謂反智主義說穿了就是反對理論（against theory）【11】——或至少是輕視理論。事實上，臺灣詩壇向來不乏理論的主張者，譬如一九六〇年代創世紀詩社揭櫫的超現實主義以及一九七〇年代笠詩社主張的新即物主義，七〇及八〇年代風起雲湧的新興詩社也一個個打著「理論」的旗號——雖然當時他們的理論比較像立場的「主張」或「宣示」，但誠如筆者當時所指出的，渠等所標榜之理論本身不免令人起疑（理論＝主張？），究其實真正稱得上「詩論家」者委實有限，乃因新詩的評論一向都不太講究嚴謹的理論與方法；兼之與小說豐盛的評論相較又不免小巫見大巫，詩論評成績便難以令人滿意。

如果我們進一步考察便不難發現，表面上詩人或詩評家主張理論言之鑿鑿，骨子裡其實是反理論的，蓋因他們害怕理論——真正的理論。然而，詩作之批評乃至於研究卻不能缺乏理論，誠如新批評的健將藍森（John Crowe Ransom）在《世界的軀體》（*The World's Body*）一書中所言：

> 好的批評家不能僅止於研究詩，他必得也研究詩學。如果他認為他必須嚴格地棄絕對理論的偏好，那麼好的批評家將可能只是一個好的小批評家（a good little critic）。被人期待的理論，總是決定了批評，而且即便是未被察覺，它也絕不會少於此；所謂「批評家心中能不存理論」這種情形，是不切實際的【12】。

【11】孟樊，《當代台灣新詩理論》第二版，頁三十四。

【12】Quoted in G. Douglas Atkins, "Introduction: Literary Theory, Critical Practice, and the Classroom," in *Contemporary Literary Theory*, eds. G. Douglas and Laura Morrow (Amherst: The University of Massachusetts Press, 1989), 1.

顯而易見，在當時臺灣詩壇確實存在不少藍森所說的這種「好的小批評家」。但這些所謂「好的小批評家」的出現，背後卻是種因於少見的被人期待的理論，而這又緣由於理論的建樹或引進（西方文論），係一項困難的工作，不易為之。然而，誠如筆者當時的呼籲：「如果我們有心要擺脫貧瘠的現代詩學或新詩學的境地，要使我們的新詩研究更上一層樓，朝嚴謹的詩學體系之建立邁進的話，那麼實在不應該將理論視為洪水猛獸，不必自願成為『理論的文盲』。」【13】

所幸上述這種輕理論的窘境，相應於一九九〇年代末期以來臺灣文學（確切地說應是臺灣當代文學或新文學）研究日趨顯學化的現象，已見改善。臺灣文學研究日益受到重視，不外乎受到兩項因素的影響：其一是自一九九七年大學始設臺灣文學系所以來，臺灣文學的教育與研究自然跟著水漲船高；其二是臺灣文學也在中文系裡開始被建制化（譬如相關課程陸續開設），而被接受為學科（discipline）的臺灣文學自此則成了眾多博碩士論文研究的範疇。寖假，如李瑞騰所指出的：「投身這個領域的學者和以此為志業的研究生都不斷增加，影響所及，有關臺灣文學的學術會議此起彼落，在各種開放性的論述空間裡眾聲喧嘩，多音交響。」，而「這相當程度影響到文學批評的方式和內涵，它們常以學術論文的面貌出現，在學報，在論文集，甚至於在文學刊物中，形成一種景觀，反映出台灣文學批評的學術化傾向。」【14】這種學術化走向，自然也涵蓋詩論評。

進一步看，此時詩論評的日趨學術化，亦與專屬詩學刊物的出現及其鼓吹有關。一九九〇年代初期筆者即曾指出，當時詩評論之成績之所以不如人意，著實和詩壇始終缺乏一份長期性的詩學研究刊物有關，並援引美國學界的情形說明，某一文學理論或批評學派的成形多半有賴一份屬於自己的機關刊物來推展【15】，譬如新批評（new

【13】孟樊，《當代台灣新詩理論》第二版，頁三十六。
【14】李瑞騰，〈評論卷序〉，收入氏編，《中華現代文學大系（貳）——評論卷》（臺北：九歌，二〇〇三），頁五。
【15】孟樊，《當代台灣新詩理論》第二版，頁三十九。

criticism）有《肯揚評論》（*Kenyon Review*）、新歷史主義（new historicism）有《表徵》（*Representations*）、生態批評（ecocriticism）有《文學與環境跨學科研究》（*ISLE*）……而臺灣詩壇和學界正缺乏這樣的刊物，雖然當時不缺詩刊，但詩刊所登載論述至多只能培養「好的小批評家」。不過，這種缺乏詩學研究刊物的情況，在千禧年過後亦有所改觀。一九九二年創社與創刊的《台灣詩學季刊》[16]，從二〇〇三年五月號起易名爲《台灣詩學學刊》，開始刊載學術性論文（雖仍刊登詩作），並於二〇〇五年六月的第五期完全改爲正式的學術性刊物，自此不再刊登詩作。此外，二〇〇五年四月第一份由大學（臺北教育大學）文學系所創辦的詩學刊物《當代詩學》創刊，更對詩學研究有推波助瀾之功，詩論與詩評日趨嚴謹，邁向學術化研究[17]。

從本書所論各個詩論家之詩論或詩學觀之，亦可看到其日趨邁向學術化之演變軌跡，如早先林亨泰、葉笛等人的詩論評，多爲一般議論或詩評，較乏系統性之建構；其中像覃子豪的象徵主義論和洛夫的超現實主義論雖較具系統性，卻是出於向西方借鏡之初衷，應屬引介性之文章；而之後羅門的後現代論則多爲其對當時新起之後現代詩潮與理論之回應。但自林燿德的都市詩論述起，除了其理論性更勝於前之外，寫作方式也逐漸學術化，以至於到了二十一世紀，諸如鍾玲的女性主義詩論乃至於李元貞或李癸雲等人相關的女性主義論述，都是出以更爲嚴謹的學術論文了。而吾人從其中的演變，亦可發現其與詩史本身的遞移若合符節。不過，本書的編排並非從此設想，而是按詩論家之齒序先後編排，此則可以看出不同世代的關注點及其回應世情的異同之處。

然而，學術化的詩學研究趨向也使得詩論成了長篇詩學，而原先議論式的短（詩）論日漸減少，留在一般詩刊上的多是短（詩）評，蓋因詩刊與學刊屬性不同，登在上面的詩論或詩評因而也分道揚鑣。但無論如何，二十一世紀之後嚴謹的、較具系統性的詩論或詩學之建構已指日可待。

【16】一九九二年創刊的《台灣詩學季刊》，初期其實是名不正言不順的，因為它的性質基本上仍是一份詩刊而非學刊，因為它刊載大量的詩作，只不過強調專題企劃，以創造議題。

【17】本書有不少篇章即發表在上述這兩份學刊。

第一章　覃子豪的象徵主義論

第一節　前言

逝世已半個世紀的覃子豪，於一九五〇年代的臺灣詩壇創導藍星詩社，與同時期的現代詩、創世紀詩社鼎足而立，並三度參與當時的現代詩論戰[1]，成爲論戰風潮的要角。此外，覃子豪還主編《新詩週刊》（自第二十八期至九十四期）、《藍星週刊》、《藍星詩選》、《藍星季刊》等刊物，並擔任中華文藝函授學校詩歌班主任、軍中文藝函授學校教授，獎掖青年詩人無數[2]，具有舉足輕重的地位。正因爲如此，他的詩學理論與創作觀，對當時的年輕詩人及後來的後輩詩人，可謂影響甚鉅，而吾人也就有必要來檢視他的詩學主張。

誠然有論者認爲，作爲詩論家的覃子豪並「不標榜任何主義」[3]，而覃氏也自認爲本身對於各門各派採開放態

---

[1] 一九五〇年代連續出現的三場現代詩論戰分別為：現代派論戰（一九五六—一九五九）、象徵派論戰（一九五九）、新詩論戰（一九五九—一九六〇），皆為覃子豪所引發。覃子豪且為前兩場論戰的主導者。詳見蕭蕭，〈五〇年代新詩論戰述評〉，收入文訊雜誌社編，《台灣現代詩史論——台灣現代詩史研討會實錄》（臺北：文訊雜誌社，一九九六），頁一〇七—一二二。

[2] 資深輩的重要詩人瘂弦、辛鬱、向明等人皆為覃子豪函授學校指導的學生。向明即表示：「因為他給我的鼓勵、他給我的指導，以及他在作為一個詩人所樹立的榜樣，都使我一生受用不盡，使我覺得我要永遠不辱沒他的成就，和他在詩壇上所受到的尊重，因為我是他的學生。」參見向明，〈編後記：我的詩人老師覃子豪先生〉，向明、劉正偉編，《新詩播種者——覃子豪詩文選》（臺北：爾雅，二〇〇五），頁三一九—三二〇。

[3] 林淑貞，〈覃子豪在台之詩論及其實踐活動探究〉，《台灣文學觀察雜誌》，第四期（一九九一年十一月），頁五十五。

度，他的詩學主張未獨鍾任何主義。在他與蘇雪林論戰的〈論象徵派與中國新詩〉一文中，答覆蘇氏對當時臺灣「新詩壇遂歸象徵詩體所佔領」的指摘時，特別強調臺灣詩壇並非「法蘭西象徵派新的殖民」，並指出「台灣的新詩接受外來的影響甚為複雜，無法歸入某一主義某一流派，是一個接受了無數新影響而相容並蓄的綜合性的創造。」[4]在另一篇〈論詩和創作的欣賞〉中甚至為自己辯解：「我不是一個唯象徵主義者，也沒有說過『只有象徵詩才是詩』。」[5]此一強調意在提醒蘇雪林對他和象徵主義（或象徵詩）不要「對號入座」。覃子豪如此的表明立場，似顯示他的詩學理論「不標榜任何主義」，尤其未特別鍾情於象徵主義。

然而，綜觀覃氏的所有論評著作，包括詩論（含論戰文章）、詩評、賞析文章等等，西洋（尤其是法國）象徵派詩人（及其詩學主張）如波特萊爾（Charles Baudelaire）、馬拉美（Stephane Mallarme）、魏爾崙（Paul Verlaine）、藍波（Arthur Rimbaud）、梵樂希（Paul Valery）、夏芝（葉慈）（W. B. Yeats）、艾略特（T. S. Eliot）、凡爾哈崙（Emile Verharen）諸氏一再被提起，足見他對象徵派（詩人）之厚愛；不僅如此，在《論現代詩》第一輯「詩的藝術」中，從對「詩」的界定以下，包括詩的本質、形式、音樂性、意象、意境、境界、語言、奧祕、意味、飽和點、朦朧美、單純美、繁複美，到最後的深度與廣度，無不從象徵派的觀點及其創作手法立論，並舉了波特萊爾、魏爾崙、凡爾哈崙、里爾克（R. M. Rilke）……等象徵派詩人的詩作以為例證逐一說明[6]，可見象徵主義於其詩學理論中佔有最重要的核心位置。

---

[4] 覃子豪，《論現代詩》（臺中：普天，一九七六），頁一六二。

[5] 同上註，頁一八三。

[6] 檢視《覃子豪全集II》（臺北：覃子豪出版委員會，一九六八）中有關的篇目即有八文：〈論象徵派與中國新詩〉、〈簡論馬拉美、徐志摩、李金髮及其他〉、〈象徵派與現代主義〉、〈與象徵主義有關〉、〈象徵派及其作品簡介〉、〈象徵主義及其作品之研究〉、〈關於凡爾哈崙〉、〈關於保羅．梵樂希〉。另外，在《世界名詩的欣賞》有專章〈象徵派詩欣賞及其技巧研究〉介紹象徵主義（象徵派、象徵主義詩作、象徵主義詩人）；《詩的表現方法》一書第三章第一節也介紹了象徵派的表現方法。

雖然覃子豪宣稱自己並非「唯象徵主義者」（請注意他用了一個「唯」字）【7】，惟誠如上述，他汲取象徵主義詩學以及象徵主義對他的影響，昭然若揭，套句陳義芝說過的話：「究實說覃子豪確是象徵主義在臺灣的傳人，是帶動風潮又能穩定局面的旗手。」【8】並不爲過。然則覃子豪心目中的象徵主義（symbolism）究竟是何面貌？他對於象徵主義的體認是否有誤【9】？而他從西洋（主要是法國）象徵派所汲取的詩學觀念又如何融注於自身的理論之中？凡此有進一步探究的必要。按覃子豪的論述理路，本文底下主要分從他討論象徵主義的表現方法以及對象徵主義詩人的評述加以檢視。

第二節 象徵主義表現論

浸淫於西洋象徵派詩學的覃子豪，雖如上所述不承認自己是位「唯象徵主義者」，並且在與紀弦的論戰中所提出的〈新詩向何處去？〉一文中（針對一九五六年紀弦成立現代派時所揭櫫的「六大信條」）主張「新詩無論提倡何種主義，標榜何種流派，皆有撿拾餘唾之譏」，否定紀弦鼓吹的「橫的移植」，認爲「中國新詩應該不是西洋詩

【7】按語意分析，覃子豪並沒有說自己不是象徵主義者，他加上這個「唯」字只在強調：他所接受的西洋詩派（或主義）不獨鍾情於象徵主義一派而已；如果他把「唯」字拿掉而說成「我不是一個象徵主義者」，那才是全盤否定他與象徵主義的關係。

【8】陳義芝，《聲納——台灣現代主義詩學流變》（臺北：九歌，二〇〇六），頁六十七。

【9】余光中在長文〈第十七個誕辰〉回憶藍星詩社的創社過程中曾提及覃子豪：「他的外文和詩學，以言翻譯和理論，終覺勉強，卻又不知藏拙，因此在『論現代詩』一類的書中，錯誤百出」；但余氏該文並未具體指出覃子豪究竟在哪些地方出錯（包括他對象徵主義及其詩作的介紹與翻譯）。參見余光中，〈第十七個誕辰〉，收入張漢良、蕭蕭編著，《現代詩導讀（理論、史料篇）》（臺北：故鄉，一九七九），頁三九七。

的尾巴，更不是西洋詩的空洞的渺茫的回聲」[10]；然而，他並未完全拒絕「外來文化的影響」，甚至還認爲「新詩目前極需外來的影響，但不是原封不動的移植，而是蛻變，一種嶄新的蛻變」[11]。

事實上，在覃子豪的兩本專著《詩的表現方法》與《世界名詩欣賞》中[12]，基於「向西洋詩攝取營養」的出發點，不僅引述且評介（包括翻譯）了西方重要流派的詩作，更且著重介紹浪漫派／浪漫主義（romanticism）、象徵派／象徵主義以及意象派／意象主義（imagism）等詩派的表現手法（尤其是前兩個詩派，蓋《世》書中並未對意象派詩作加以賞析），在《詩的表現方法》中甚至還表明近代詩壇中的「高蹈派和超現實主義（即達達主義），未在世界詩壇發生重大影響，則從略」[13]，因此不加以介紹。然而，進一步檢視覃氏的論述，則可以發現，在他

---

[10] 覃子豪，《論現代詩》，頁一三九。

[11] 同上註。

[12] 這兩本著作均在覃氏死後由後人重編出版。依劉正偉的〈新詩播種者覃子豪〉一文所述，覃氏生前出版的著作，在臺時期除了出版三冊詩集外，尚出版有《詩的解剖》、《論現代詩》兩冊詩論評集以及一冊譯詩集《法蘭西詩選》，詳見向明、劉正偉編，頁七—二十二。按《詩的表現方法》一書書末常青樹的〈後記〉所說，在覃氏死後由普天出版社所編輯出版的計有《詩的表現方法》、《世界名詩欣賞》、《詩的解剖》與《論現代詩》四種，其中當初由藍星詩社出版的《論現代詩》（一九六〇）一書所收第三輯「創作評介」，則被單獨抽出編入《詩的表現方法》中（第二篇第四章）。筆者手頭現有的這兩本書（並非普天版）分別由新企業世界出版社（《詩》）與曾文出版社（《世》）出版（有可能是未授權的盜印版）。

[13] 覃子豪，《詩的表現方法》（臺中：新企業世界，一九七七），頁一〇八。覃氏認為超現實主義（surrealism）即達達主義（Dadaism）係出於他的誤解。超現實主義的創始人及掌門人布魯東（Andre Breton）在一九一九年至一九二一年確曾加入由查拉（Tristan Tzara）號召的達達主義團體，但後來一九二二年則和他的追隨者同查拉絕裂，分道揚鑣，創立超現實主義團體，並於一九二四年發表第一篇〈超現實主義宣言〉。詳見鄭克魯，《法國詩歌史》（上海：上海外語教育，一九九六），頁三二一。事實上，達達主義從事激進的破壞，但布魯東所展現的超現實主義要比達達主義踏實得多，後來終於取代查拉成為此一陣線的領袖。參見葛霜、梁棟，《現代法國詩歌美學描述》（北京：北京大學，一九九七），頁二三二—二三三。

所引介的西洋諸流派中確實獨厚象徵主義，並屢屢拿浪漫派來和它對照，例如在〈論新詩的發展〉一文中，他這樣說道：

> 新詩因受外來影響的激盪，經歷了無數次的變革，也像西洋一樣，有過「浪漫派」、「象徵派」……。在同一時代，有些詩人在十九世紀浪漫派中去尋求糟粕，有些人則在象徵派和二十世紀新興詩派中去尋找創作的方法。
>
> 其保守和進步兩派，則形成了一個對立，這個對立卻大大的使新詩在飛躍的進步【14】。

在此，覃子豪以對比方式將「進步」編派給象徵派，而浪漫派則被他冠以「保守」之名。在另一文〈新詩向何處去〉中甚至指「浪漫派那種膚淺的純主觀的情感發洩，固不足成為藝術」，並認為「最理想的詩，是知性和抒情的混合產物」。然則何謂「最理想的詩」？覃氏則舉法國象徵派「最偉大的詩人」梵樂希的詩為代表，認為他「通過了塞維（Maurice Seeve）、拉辛（Lauis Racine）、列爾瓦耳（Geard de Nerval）、馬拉美（Stephane Mallarme）將法國人的知性導入世界詩之合奏中，成為抒情主義獨特的形式」【15】。顯而易見，覃子豪對浪漫派的評價不如象徵派，並據此認為在現代新詩來說，象徵派的李金髮較諸浪漫的新月派徐志摩有過之而無不及【16】。覃氏既對西洋象徵主義如此情有獨鍾，我們就有必要進一步檢視他所理解的象徵主義。對他引介的象徵主義，覃子豪主要乃從象徵派的表現手法加以闡述。

【14】覃子豪，《論現代詩》，頁一二八。
【15】同上註，頁一四〇。
【16】同上註，頁一七七。

一、高蹈派表現手法特徵

覃子豪究竟如何理解象徵主義？他所引介與描述的象徵主義是否有誤？此可自他的《詩的表現方法》與《世界名詩欣賞》二書中對於象徵派表現手法的介紹予以檢驗。

在該二書介紹象徵派的表現手法之前，覃子豪首先討論與象徵派具血緣關係的高蹈派（Parnassian）詩作表現特色。高蹈派即是巴拿斯派，它是當浪漫派行將衰落之際在法國詩壇出現的一個以反浪漫派爲主的詩派[17]。它的創始者爲勒孔德．里勒（Leconte de Lisle）；覃子豪指出，象徵派詩人魏爾崙即是里勒的信徒，至於波特萊爾更是高蹈派的前驅[18]。在崔弗斯（Martin Travers）的《現代歐洲文學導論——從浪漫主義到後現代主義》一書中亦提及，象徵主義起源於巴拿斯派（the Parnassian school）的詩，而該派的詩人則集中圍繞在里勒這個主要人物身邊，里勒所宣稱的「藝術要爲藝術」（art for art's sake）的主張，則成了他們這一代詩人的口號[19]。事實上，「在巴拿斯派詩人的名單中已經包含了象徵派的幾乎大部分詩人，其中有波特萊爾，還有馬拉美和魏爾崙，這就說明了巴拿斯派和象徵派之間極爲微妙和複雜的血緣關係」[20]。綜合諸家之說——當然也包括覃子豪，巴拿斯派可謂是「一方面宣

---

[17] 同上註，頁一四〇。

[18] 同上註，頁一七七。

[19] 巴拿斯派於一八六六、一八七一與一八七六年前後共出版三卷刊物《當代巴拿斯》（*The Contemporary Parnassian*）。在這三卷本刊物中，巴拿斯派對於一般日常主題以及寫實主義作家所開拓的資產階級的困境，表達了他們貴族式的鄙視；也同樣蔑視英雄題材以及浪漫主義作家（如雨果、馬拉丁）所偏好的那種令人一掬同情之淚的修辭。Martin Travers, *An Introduction to Modern European Literature: From Romanticism to Postmodernism* (Houndmills, Basingstoke, Hampshire: Macmillan Press, 1998), 112-113.

[20] 葛雷、梁棟，頁五十一。該書專有名詞的翻譯，如「巴那斯派」、「波德萊爾」、「魏爾侖」等，在本文徵引時均同時置換為覃子豪所用的譯名。以下同。

告了浪漫主義運動的終結，一方面也爲象徵派的發展打開了大門」[21]。

然而，這承先啟後的高蹈派的詩作表現手法到底有何特徵，在〈象徵派詩欣賞及其技巧研究〉一文中，覃子豪做了如下的說明：

> 高蹈派反對浪漫派的主觀，抑制自我的情緒，以冷靜的客觀的態度來表現事物，標榜所謂「無感不覺」（impassibilite）的藝術。在科學和哲學中去求真理。在表現上力求結構的嚴密與形式的完整，以高度的技巧忠實的去表現事物的本身，而在詩裡追求音樂的雕塑美，使詩成為完美的藝術作品[22]。

覃子豪同時認爲，里勒的《古代詩集》（*Poemes Antigues*）和《夷狄詩集》（*Poemes Barbares*）乃是高蹈派的代表作；並指出上述高蹈派的「無我」主張，在萬象裡去尋求靈的意義，來象徵客觀的世界，則直接啟示了後來象徵派的波特萊爾與魏爾崙[23]。在《詩的表現方法》一書中，覃氏更言這種「無我」主張，「對萬事萬物，均以客觀的看法去理解，去分析，這是符合科學的原理的實驗方法」[24]。

依專治現代法國詩歌美學的論者所信，高蹈派對現代（法國）詩的「主要貢獻在他們糾正了浪漫主義的感情

---

[21] 同上註，頁五十四。

[22] 覃子豪，《世界名詩欣賞》，頁一〇二－一〇三。其中高蹈派所強調的impassibilite一字，覃氏在此譯為「無感不覺」，被蘇雪林於〈為象徵詩體的爭論敬答覃子豪先生〉一文中指為錯譯，認為「兩個否定詞用在一處則為肯定詞（平行詞例外）」。覃氏則為文回應：「無感」與「不覺」恰是兩個否定的平行詞。（「感」和「覺」均作動詞用），就如「不學無術」一樣，「雖是兩個否定詞用在一起，它仍然是否定，而不能變成肯定。」參見覃子豪，《論現代詩》，頁一七一－一七二。

[23] 覃子豪，《世界名詩欣賞》，頁一〇三。

[24] 覃子豪，《詩的表現方法》，頁一一六。

氾濫和語言中的不修邊幅、粗製濫造，乃至出現語法錯誤的不良傾向和風氣，使詩歌走向精雕細琢和一種純粹理想美，形式美和結構美的較高的藝術追求」[25]。鄭克魯在《法國詩歌史》中將里勒於上述《古代詩集》的序文所提出的高蹈派的主張歸結爲四項：一是反對浪漫派毫無遏止的感情抒發，提倡客觀和冷漠；二是反對詩要反映社會現實，主張詩和政治、社會問題分隔開來；三是藝術必須同科學結合起來，藝術可以從科學那裡借取方法和理想；四是極力推崇詩美的創造，注重形式的探索[26]。依此看來，除了上述里勒所提及的「詩要遠離政治與社會問題」這一項主張未予說明外，覃子豪對高蹈派詩作表現的主要特徵大致上皆有所掌握，並能切中其要害做提綱挈領式的說明。

二、象徵派表現手法特徵

由於高蹈派在思想上趨向保守，其藝術生命力不夠強壯，支配（法國）詩壇的時間相對也就不長[27]，所以覃子豪說它「未在世界詩壇發生重大影響」[28]，對於該詩派的介紹也就沒花太多篇幅。但崔弗斯在上書中提及，高蹈派對於形式嚴密（formal rigour）與用詞純粹性（purity of diction）的堅持，與後來的象徵派尋求詩作遠離日常世界的平庸性以及文學市場的政治性，其實是享有「共同的計畫」（a common project），系出同門的象徵派可謂是高蹈派更爲深化的一種「強化的晦澀詩學」（a poetics of heightened obscurity）[29]。覃子豪也據此認爲，我們眞正要認識並吸取養分的是取而代之的象徵派。

在說明象徵派的表現手法之前，覃子豪首先對「象徵」（symbol）與象徵主義的區別加以澄清。象徵乃是詩

【25】葛雷、梁棟，頁五十四。
【26】鄭克魯，頁一七二－一七三。
【27】正因為如此，所以二十世紀的詩選家，除了將巴拿斯派的極少數詩收入詩選集外，一般都不選他們的詩作，參見葛雷、梁棟，頁五十四。
【28】覃子豪，《詩的表現方法》，頁一〇八。
【29】Martin Travers, 113.

的表現手法之一種，它是一種廣義的聯想（association），指的「即是由於目前的所見聞之事務，使從前所見聞之事物予（以）再現，由這兩種新舊因素（factors）的結合所發生的新的思想感情」【30】，申言之，也「就是把一種無形的抽象的理念藉有形的具象而表現成的藝術」，其義乃「在於探索事物現象背後所隱藏著的眞實」。從這個角度言，作爲藝術表現手法之一的象徵，不等於「法國十九世紀末詩壇上所產生的『象徵主義』（symbolisme）」【31】。至於象徵主義（或象徵派）則是根據上述象徵的本義繼之以表現如下兩個特徵（或傾向）：一是頹廢（decadent）的傾向；二是神祕（esoteric）的傾向。後者「追求幽玄朦朧的神祕的境界」，正是由於前者「陷於懷疑和苦悶中，敏感的神經，極須追求官能的享樂」【32】。

象徵主義並非「象徵」一詞加上「主義」二字，但是臺灣詩壇很多人卻是從這樣的角度加以理解的（就像超現實主義等於「超現實」加「主義」），誠如袁小龍在《現代主義的繆斯》一書所說：

> 象徵主義實在是一個用得太多，甚至太濫了的詞，以至於經常成了比喻的代名詞。因為，我們如果僅僅從一般的意義來談象徵的話，那麼大多數詩都是使用象徵的。但是象徵與象徵主義卻是不能混起來談的。從其原來的詞義說，象徵主義可以說是一種不是直接地指向什麼事物，而是通過其他事物的媒介間接地指向某一事物的藝術。作為文學史上一個批評術語，主要是指十九世紀末到二十世紀的一部分法國詩人所掀起的一個詩歌運動。其中包括波特萊爾（一八二一－一八六七）、馬拉美

【30】覃子豪，《世界名詩欣賞》，頁一〇三－一〇四。
【31】覃子豪，《論現代詩》，頁四十三，四十五。
【32】覃子豪，《世界名詩欣賞》，頁一〇四。

（一八四二—一八九八）、藍波（一八五四—一八九一）、魏爾崙（一八四四—一八九六）等人[33]。

顯然，覃子豪恐怕讀者引起誤解，率先指出象徵並非象徵主義，並且也從法國象徵派的角度來理解象徵主義一詞。至於象徵主義的頹廢傾向，崔弗斯在上書中寫得非常清楚。象徵派和頹廢派（Decadence）在當時的法國文壇幾乎同時發展，兩者亦有千絲萬縷的關係，它們存在的共同的血緣關係包括：「兩者（派）均視美學專業（aesthetic vocation）具有幾乎宗教式的熱情；兩者將現象世界純粹當作知覺性自我（the perceiving self）的延伸；兩者也同時認爲個人的經驗必須從習慣與傳統中予以錯位」[34]。在衛姆塞特（William K. Wimsatt）與布魯克斯（Cleanth Brooks）兩人合著的《西洋文學批評史》中甚至認爲波特萊爾、藍波、魏爾崙等人均可適用於「頹廢之界說」，並引布節（Paul Bourget）之語稱波氏爲「頹廢之理論家」；尤其指出藍波爲了發現新形式，「詩人可以用藥劑，酒精，與放蕩——凡任何足以摧毀理性的控制，與自普通壓制中解放官能的方法皆可」，如此的頹廢作法，難怪要被魏爾崙稱他爲「受詛咒的詩人」[35]。

按照覃子豪的歸納，象徵派或象徵主義的表現手法主要有下列四項[36]：

---

[33] 裘小龍，《現代主義的繆斯》（上海：上海文藝，一九八九），頁二二六。此處書中列舉的象徵派詩人譯名，已改為覃子豪的譯法。以下同。

[34] Martin Travers, 112.

[35] William K. Wimsatt and Cleanth Brooks著，顏元叔譯，《西洋文學批評史》（臺北：志文，一九七二），頁五四七。象徵派詩人譯名均從覃子豪譯法。以下同。

[36] 參見覃子豪二書：《詩的表現方法》，頁一一六—一二〇；《世界名詩欣賞》，頁一〇五。

(一)打破形式的束縛，創立了不定形（vers amorphes）和自由詩（vers liber）。

覃子豪向來即非常強調形式的自由，在《論現代詩》中即主張「在創造的法則上，絕不能給詩一個定型」[37]。覃氏喜把新詩稱爲「自由詩」（而非紀弦慣用的「現代詩」）[38]，或與他推崇象徵派形式之自由有關。但他稱頌的主要是古爾蒙（Remy de Gourmont），認爲象徵派要到他手裡，其形式才有更生動、更富變化的表現（如〈落葉〉一詩），蓋象徵派初期從波特萊爾以下至馬拉美、梵樂希等人，所寫仍爲格律嚴謹的十四行詩體（sonnet）；即使是主張自由詩的魏爾崙，「除在音樂性有極度優美的表現而外，其形式的創造並不如古爾蒙所創造的形式之富於變化」。雖然如此，與浪漫派相較，象徵派的形式更爲自由，「不因襲傳統形式，不爲傳統的形式所囿」，因而有更成功的表現[39]。

關於象徵派對於自由詩的主張，韋勒克（Rene Wellek）在〈文學史上象徵主義的概念〉一文曾表示，自由詩可謂是法國象徵派可能取得的最大成就，「他們希望詩歌具有『音樂性』，即不再採用法國詩歌傳統中亞歷山大體的口語節律，甚至在有些情況下完全拋棄押韻」；簡言之，象徵派的自由詩「反自然主義、反語體化，反巴拿斯派和自然主義者的教條，尋求藝術自由」[40]。以魏爾崙而言，他是當時打破傳統詩律的首倡者，在他的詩論著作《詩藝》（*Art Poetipne*）中即認爲，詩的好壞高下不在音韻押得是否和諧，是否符合詩律，首要的毋寧是詩的內容，

---

[37] 覃子豪，《論現代詩》，頁十四。

[38] 陳芳明認為覃子豪傾向用「自由詩」而不用「現代詩」以為當時新詩之稱呼，正可看出他與紀弦在詩理念上的扞格不合。參見陳芳明，《台灣新文學史（上）》（臺北：聯經，二〇一一），頁三三七。如《詩的解剖》一書即有一節名為〈自由詩的意義〉，參見覃子豪，《詩的解剖》（臺北，藍星詩社，一九五八），頁七十一—七十七。

[39] 覃子豪，《詩的表現方法》，頁一一七—一一八。

[40] Rene Wellek著，劉象愚選編，《文學思潮和文學運動的概念》（北京：中國社會科學，一九八九），頁二七六。文中所徵引象徵派詩人均改從覃子豪的譯名。

如果不在詩的內涵上下功夫，只在音韻上做文章，那將不啻是「聾孩子」、「瘋黑人」鍛製出的「假而空的首飾，不值一文」[41]。

(二)音樂是詩的一切。音樂是情調的象徵，音樂才能引人走向朦朧幽玄的境界。

覃子豪認爲象徵派所謂的音樂「是自然流露出來的音調，不是格律」[42]；他特別指出魏爾崙對音樂的強調，魏氏主張「音樂是詩的一切，即是以音樂的旋律表現詩的情緒，表現朦朧神祕的境界」[43]。關於這點，衛姆塞特與布魯克斯二氏在上書中也認爲，魏爾崙的詩是更直接、更實在的「音樂」，在他的詩裡，「語言被蒸發了，而重新被吸收於韻律之中」[44]。韋勒克在上文中亦同樣指出象徵派對音樂性的重視，但他們所謂的音樂性並非要詩人去恪守嚴謹的詩律。雖然如此，覃子豪在此對象徵派（主要是魏爾崙的主張）側重音樂性的說法並不照單全收[45]，他遂認爲：

---

[41] 轉引自葛雷，梁棟，頁一三一—一三二。根據鄭克魯的說法，魏爾崙並不寫自由詩，因為他主張詩要押韻。此說看來與眾不同，但鄭氏的理由是說，魏爾崙喜用豐富多采的押韻手法，譬如喜歡以別出新裁的方式選韻，只是這種選韻方式往往打破法語詩作的押韻規則。見鄭克魯，頁二三五—二三六。從鄭克魯所說的理由來看，與覃子豪以及葛、梁二氏上述之說其實並不矛盾，他只是換另一種說法罷了；但是鄭氏的看法，倒不失為覃子豪之說的補註，而今我們可以理解為何覃氏認為魏爾崙的詩作形式仍不夠自由。

[42] 覃子豪，《世界名詩欣賞》，頁一〇五。

[43] 覃子豪，《詩的表現方法》，頁一一九。

[44] William K. Wimsatt and Cleanth Brooks著，頁五四六。

[45] 覃子豪指出：「在象徵派中，除魏爾崙一人在詩與音樂性上有特別的創造而外，其他象徵派的詩人，並不是魏爾崙主張的實踐者，如波特萊爾，如馬拉爾美，如梵樂希，甚至如古爾蒙。」見《詩的表現方法》，頁一一九。

因為，音樂性只是表現的技巧之一，而不能代表詩的全體。音樂性不能完全把握詩的本質，只能作為情緒波動的一種表現。法國文學家法朗士（Anatol France）即曾說過：「近代有許多詩只是一種音樂，除此之外，就再變不出其他的東西了。」這就是太強調音樂性的流弊。完全追求詩的音樂性，以音樂性為詩的主要部分，則易忽視內容的充實，或因遷就音節、韻律，而傷害內容的真實、完整【46】。

(三)感覺交錯，即是音和色的交錯。

所謂的「感覺交錯」，即是「詩不僅和音樂合流，同時要收到繪畫的效果」，覃子豪指出，這也就是「音畫」（klangmalerei）的技巧：由音的聽覺到色的視覺，將各種藝術熔爲一爐；換言之，即「詩、音樂、繪畫、雕刻做密切的結合」，法國詩人高底埃（Theophile Gautier）所稱「藝術的轉換」（transposition of art），斯之謂也【47】。覃氏並舉藍波的詩〈母音的商籟〉（"Le Sonnet des Voyelles"）說明，在該詩中，藍波把每一個母音代表一種顏色：「A是黑，E是白，I是紅，U是綠，O是藍」，此即音與色的交錯，「以語言文字的表現，同時收到音樂與繪畫的效果」。此外，波特萊爾在〈交感〉（"Correspondances"）一詩所說：「香氣，色彩，音彩，音調的反應。」也是這種感覺交錯，是刺激官能的藝術【48】。

【46】同上註。

【47】同上註。

【48】覃子豪，《世界名詩欣賞》，頁一〇五。覃氏將波特萊爾的〈Correspondances〉一詩譯為「交感」；臺大外文系顏元叔教授則譯為「對稱」（見William K. Wimsatt, Cleanth Brooks著前揭書，頁五四三）；大陸學者葛雷、梁棟譯為「應含」（見氏著前揭書，頁九十四），而另一大陸學者賀昌盛卻譯為「對應性」（或「相通相應」、「適應契合」）。賀氏譯法參見氏著，《象徵：符號與隱喻——漢語象徵詩學的基本型

覃子豪所說的「感覺交錯」（交感或通感），其實是來自波特萊爾的「應和說」（correspondances）。「應和說」的首義係指「人目所見的世界與人目未見的世界，物質界與靈界，有限世界與無限世界之間，是相通相應的，是適應的correspondance。」【49】衛姆塞特與布魯克斯引述波氏的話解釋，我們人的感官世界可具「無限事物之擴張」，「所以一個慾望，一陣悔恨，一片思想——這些心靈的事物——能在意象世界裡，喚醒一個對稱的象徵（相反的過程也可能）」【50】：不唯如此，波氏更認爲「各個感官的資料之間有對等的現象——氣味、顏色、聲音（"Les parfums, les couleurs, et les sons se repondent"）」，所以詩人可以說「有的芳香新鮮若兒童的肌膚，柔和如雙簧管，青翠如綠草場」【51】。換言之，詩人的詩（〈交感〉）「揭示了人的各種感官之間相互應和的關係，聲音可以使人看到顏色，顏色可以使人聞到芳香，芳香可以使人聽到聲音，聲音，顏色，芳香可以相互溝通」，這不啻意謂「聲音可以訴諸視覺，顏色可以訴諸嗅覺，芳香可以訴諸聽覺」【52】——亦即是覃子豪所強調的「感覺交錯」。

(四)謎樣的暗示。

象徵派的詩帶有神祕、幽玄、朦朧的特點，覃子豪認爲其表現方法極重暗示（suggestion），故馬拉美說：「詩即謎語。」即將詩中的眞意隱藏起來，讓讀者去做苦心的探索。馬拉美又說：「做詩只可說到七分，其餘三分應該由讀者自己去補充，分享創作之樂，才能了解詩的眞味。」覃子豪引述馬拉美的話後進一步解釋，詩「是

構》（南京：南京大學，二〇〇七），頁十九。相形之下，覃子豪的譯法較為傳神。事實上，覃之譯法襲自鈴木信太郎，並非他始創，參見《世界名詩欣賞》，頁二一八－二一九。

【49】賀昌盛，頁十八。

【50】William K. Wimsatt and Cleanth Brooks，頁五四四。

【51】同上註，頁五四三。末句引文參考了Charles Baudelaire著，郭宏安譯，《惡之花》（臺北：林鬱，一九九七），頁二六四。

【52】Charles Baudelaire著，郭宏安譯，頁一三七。

由於暗示，讀者才能發生『聯想』」[53]。關於這一點，契爾德斯（Peter Childs）也持同樣看法，他認爲象徵派藉由象徵與措辭來暗示神祕的與精神的世界，以此來堅持詩的自主性（the autonomy of the poem）[54]。對於「謎樣的暗示」，馬拉美的原文是這麼說的：

> 巴拿斯派的詩人取來一件事物，把它全部呈現出來；這就是他們的詩為什麼缺乏神祕感的癥結。他們把讀者心靈裡那份自以為在創作的歡欣剝奪了。把一種事物命名出來，就損失一篇詩的四分之三的樂趣；詩的樂趣來自一點一點猜想所給予的滿足。提示事物，創造幻覺。象徵之形成有賴於對神祕感的完美控制：把事物一點一點引發出來，以呈現一種心靈狀態，或者，相反的，選擇一種事物，然後經由一連串的解謎活動，從中抽繹出一種心靈狀態[55]。

如此看來，覃子豪對於馬拉美的這一段話大體闡釋無誤，他只是用更簡易明瞭的說法來說明而已。象徵派的暗示手法雖爲覃氏所推崇，但他也非全無保留的接受：「這種暗示的表現方法，其優點是，在使情感不過於暴露，可免去赤裸裸的直接的表現的流弊，能使作品有深沉的含蓄的內蘊。讀者可在其中感覺著無窮的意味。其缺點，即是晦澀，愚弄讀者的感情。」[56]

在闡釋象徵派的表現手法時，覃子豪往往拿浪漫派來做對照，並認爲後者在創作手法上較不可取，如其最後做總結時所言：「浪漫派的詩是長大江河，夾泥沙俱下，而象徵派的詩，是琢磨過的鑽石，晶瑩透明。在形式上而

---

[53] 覃子豪，《世界名詩欣賞》，頁一〇五；《詩的表現方法》，頁一一〇。
[54] Peter Childs, *Modernism* (London and New-York: Routledge, 2000), 95.
[55] 轉引自William K. Winsatt and Cleanth Brooks, 頁五四五。
[56] 覃子豪，《詩的表現方法》，頁一一〇。

論，象徵派的詩，較之浪漫派的詩，凝練。因其表現方法不同，所得結果自亦有著區別。」[57]然而誠如上述，覃子豪雖鍾情於象徵派的理論與詩作，卻也未予全盤接受，因為他同時也窺探到象徵主義的「要害」所在。有鑑於此，即使受到象徵主義的影響，覃子豪在融其表現方法於自己所樹立的創作論裡，可以說是有所取，有所不取[58]。

第三節　象徵主義詩人論

以同時代的詩人與詩論家而言，覃子豪可謂是新詩創作論最具系統的理論家，而他的創作論主要著力在詩的藝術及其表現方法的論述上。他所提出的創作藝術主張，往往以象徵派詩人的論述與詩作作為立論的依據——此則多見之於他的《論現代詩》一書中；此外，在另一本《世界名詩欣賞》列有一章〈象徵派詩欣賞及其技巧研究〉，也集中評析了幾位代表性的象徵派詩人。總括來說，覃氏提及的象徵派詩人有：法國的波特萊爾、馬拉美、魏爾崙、藍波、梵樂希、古爾蒙，比利時的凡爾哈崙、梅特林克（Mauriee Maeterinke），奧地利的里爾克，英國的艾略特，以及愛爾蘭的夏芝等人[59]；不過，他對於這些象徵主義詩人的論述頗為零散，也不夠深入且全面。另一方面，

【57】同上註。

【58】覃子豪所樹立的創作論，主要是揉合浪漫派和象徵派兩者的優點，在《詩的表現方法》中曾表示，他取法最多的是浪漫派和象徵派，乃至強調中國「自由詩的道路，它的應有的表現方法，必是浪漫派和象徵派兩優點的揉合」（而非純粹哪一派，哪一主義）。在《論現代詩》第一輯「詩的藝術」中所論述的新詩藝術及其表現手法，自第一篇〈什麼是詩〉以下至末篇〈密度〉，到處都可以發現象徵主義的影跡；但他從抒情詩角度來闡述詩的本質，則又揉合了浪漫派的詩觀，雖然他對浪漫派較無好感。參見《詩的表現方法》，頁十一—十二，一二五，一二七；《論現代詩》，頁一—八十五。

【59】梵樂希、古爾蒙、凡爾哈崙，梅特林克、里爾克、艾略特、夏芝等人又被視為後期象徵主義的代表性詩人。參見亢西民，李家玉主編，《20世紀西方文學》（北京：高等教育，二〇一〇），頁七十三—七十五。

吾人當亦明瞭，覃子豪的目的並非在針對這些詩人予以專論，所以也就不求其系統與深入，他主要拿他們做例證，吸取其精華見解以為自己的創作論所用。因此，吾人實不必苛責於他的引介太過淺薄。

從上述看來，西洋代表性的象徵主義詩人，幾乎沒讓他給遺漏，但其中為他垂青且論述較多、引述較頻繁的詩人厥為：波特萊爾、馬拉美、魏爾崙、梵樂希以及凡爾哈崙，其餘諸人在論述中多為一筆掠過[60]，在此也就沒有必要再予討論。

一、波特萊爾

波特萊爾以詩集《惡之花》（*Fleurs Du Mal*）奠定了象徵派在法國詩壇的地位，其他象徵派諸子「都沒有波特萊爾給近代詩的影響之大」，覃子豪所持的理由是：

> 這固然是由於波特萊爾在藝術上有一種新奇成就，主要的原因是波特萊爾的作品有著濃厚的歇斯底里（Hjsterja）的情緒，十九世紀末病態的情緒。所謂歇斯底里就是神經過敏的病態現象，由於靈與肉的矛盾，現實和理想的衝突，而去求一種官能的刺激，與幽玄神祕的境界，藉以滿足心靈與身體所遭受的苦痛。故其詩是抒寫他的悲痛，絕望，詛咒，苦悶與幻想，表現其頹廢的傾向[61]。

【60】其中梅特林克雖於《世界名詩欣賞》中列有一小節專門介紹他的詩（兩首），惟其於覃氏著作中較少被提及，本文在此遂不予討論。覃氏認為梅特林克的詩「寫命運，死和愛的神祕」，「以象徵的手法來表現他對人生和命運的認識」，詩的內容則神祕，深沉，非讀數遍，不能了解其中含意（頁一三五）。

【61】覃子豪，《世界名詩欣賞》，頁一二八。

關於象徵主義與頹廢派的關係，前文亦曾約略述及；波氏在他的詩集中大大方方展露頹廢色彩，抒寫他的「悲痛、絕望、詛咒、苦悶與幻想」，在《惡之花》中他即將頹廢視爲「那些人群與文明必要的但卻是致命的一種格調；在那些人群與文明裡，人造的生活（artificial life）已經取代了自然的生活，並且在人們之中生發幽微朦朧的慾望」[62]；他並且還說：「在每一個人身上，時時刻刻都並存著兩種要求，一個向著上帝，一個向著撒旦。祈求上帝或精神是向上的意願；祈求撒旦或獸性是墮落的快樂。」[63]，然而「他的呼喊，他的詛咒，他的叛逆，他的沉淪，他的痛苦，他的快樂，他的同情，他的不安，他的夢幻，他的追求，他的失望，都在這種現實與理想、墮落與向上、地獄與天堂的對立和衝突之中宣洩出來。」[64]

覃子豪指出，波氏深受十八世紀美國詩人愛倫坡（Edgar Allan Poe）的影響很大，可謂是愛倫坡的崇拜者，而包括波氏等象徵派諸子中所透顯的神祕性，無疑是受到愛倫坡的啟示[65]。衛姆塞特與布魯克斯在前書中也認爲愛倫波的超越主義（transcendentalism）對波氏（及其他象徵派詩人）產生很大的吸引力。愛倫坡強調世間美只是天上美的一個「倒影」，而我們要達到這種（天上）永恆的美——即使只是達到其中一部分，只有利用「時間裡的事物與思想，做多種形式的結合」。衛、布二氏則以爲愛倫坡此一「多種形式結合說」，後來延伸而成爲波氏更爲著名的「交感論」（或「應和論」）[66]。

覃子豪在書中於是以〈交感〉以及〈貓〉爲例析讀象徵主義詩之特色。在〈交感〉詩中他認爲「表現出了萬物

---

[62] quoted in Martin Travers, 111.

[63] Charles Baudelaire著，鄧宏安譯，頁九十五。

[64] 同上註，頁九十七—九十八。這一段引言出自譯者郭宏安的〈代譯序〉。

[65] 覃子豪，《論現代詩》，頁四十八。

[66] William K. Wimsatt and Cleanth Brooks, 頁五四一，五四三。

是以『香氣、色彩、音調』交感的自然的大生命」[67]；在〈貓〉詩中，他指出波氏運用了象徵派特有的：「象徵、比喻、暗示、聯想的這幾個原則，生動的刻畫出貓的特性與形態，創造出具有生命的意象」[68]。整體而言，波氏詩的表現形式多採用商籟體（sonnet），〈交感〉與〈貓〉詩都屬這種形式；在象徵派詩人中，他的詩尤難理解[69]，足見其作品之艱深。

二、馬拉美

覃子豪向來不喜明朗風格的詩作，在《論現代詩》中論及「詩的藝術」時，便常常以馬拉美「詩須暗示」（suggestion）的主張來強調「朦朧美」的重要，甚至在開宗明義界定「什麼是詩」時即表示，此之詩所以爲詩的所在。他引述馬拉美的話說：「詩即謎語。」也就是「詩不僅是具有『想像』和『音樂』的要素，必須有弦外之音，言外之意，才耐人尋味，得到鑑賞詩的樂趣。」[70]。在〈論象徵派與中國新詩——兼致蘇雪林先生〉一文中，對馬拉美「暗示說」有更進一步的說明：

> 馬拉美之力避「明瞭」與「確定」，和魏爾崙所主張的如出一轍。他的詩重視暗示。其所表現為的似真非真之幻境，極富神祕性，不易判然明白其所表現為何物。他說：「詩即謎語。」並認為：

【67】覃子豪，《論現代詩》，頁七十九。

【68】同上註，頁二十五。

【69】覃子豪，《世界名詩欣賞》，頁一二八—一三〇。葛雷與梁棟亦指出，波氏的《惡之花》整部詩集的詩「一般都用短小的、諧韻的，以亞歷山大體為主的形式寫成，其詩歌的形式和內容結合得極為密切，十分嚴謹」，此說可以佐證覃氏所言非虛。參見葛雷、梁棟，頁九十五。

【70】覃子豪，《論現代詩》，頁四。

「將事物直呼其名，詩的享受便減去四分之三，詩的享受須慢慢揣摩，方能領會其中意趣。」基於這種主張，他的表現手法，便達於艱深的程度，使讀者感覺「生澀」。他又慣於將詩句省寫，簡略，短縮，隱藏其象徵與比喻的思想。因此，他的詩在法蘭西詩壇上是著名的難懂[71]。

談及馬拉美的「省略語法」，覃氏於另一文〈簡略馬拉美、徐志摩、李金髮及其他——再致蘇雪林先生〉中續予闡述。馬拉美所運用的語言，較諸當時頹廢派的文體更爲精鍊，覃子豪認爲他幾乎要在當時法國的文壇進行一種語言的革命：「他認爲法國的語言冗贅，非簡化不可。故馬拉美的詩，沒有語文的冗贅，有文言的簡鍊，他的詩是由語體蛻變爲文言，馬氏稱爲『省略語法』（Loi elliptique），語體文爲『冗贅語法』（Pleonsame）。」此外，馬氏並反對通俗用語，主張用暗示辭句，「用語意前後顛倒之句法（Hypallage），用比喻體（Comparasion），用類推法（Analogie），用抽象擬人法（Abstraction Personnefiee）」。覃子豪據此表示，馬氏詩之難解，「正是他革新了語言上的方法，創造了表現上的新法則」，所以他是位「咒語」大師——誠如馬氏自謂之語：「詩是神祕的，讀者應該去找它的鑰匙。」[72]

關於此點，崔弗斯在上書中亦持類似的看法。他認爲馬拉美主張象徵派的詩應致力於詩的內涵義（暗示性）（connotation）而非外涵義（denotation），亦即必須保有事物的暗示性（the suggestiveness of things）[73]。事實上，在上一節提及「謎樣的暗示」時所引述的馬拉美那一段話，已是覃子豪解讀其詩作與理論的最佳註腳了；而他之受馬氏影響在此也不證自明。

【71】同上註，頁一五九。
【72】同上註，頁一六九—一七〇。
【73】Martin Travers, 113.

三、魏爾崙

衛姆塞特與布魯克斯二氏在合著的上書中表示，在象徵派詩人中，魏爾崙的詩，可作爲象徵主義詩的音樂性更精確的闡明，甚至認爲他的詩「是更直接更實在的『音樂』。在他的詩裡，文字已顛覆了它們的認知內容」[74]。覃子豪也認爲魏氏的詩作極富音樂情調，他最注意的即是詩的音樂性，在〈詩藝〉（"Art Poetique"）（或譯爲〈詩法〉）一詩中他劈頭就說：「音樂在一切事物之先」（De ba musique avant taute chose），因而「他的詩純以音樂的節奏和旋律來表現其幽玄的情調；其音調之美，在法國象徵派詩人中，無人能與之匹敵」。覃子豪並以魏氏的〈秋歌〉、〈蒼白的月光〉等詩爲例說明其詩作的音樂特性[75]。

雖然魏爾崙的詩講究節奏和旋律之美，但覃子豪進一步指出，魏氏本人在法國卻以提倡自由詩聞名，反對格律的束縛，創立不定形的詩體（vers amorphes）[76]。換言之，魏氏揚棄了古典主義那種舊有的表現法則，創造了象徵派新的表現法則；他無視於古典規條，以不過於明晰的修辭來展現音樂情調，帶出朦朧之美，如其於〈詩藝〉一詩所言：「最可愛的是灰色之歌，不確定與準則相連。」覃子豪解釋，所謂「灰色」即指朦朧而言，就是他的朦朧雖不確定，但不失準則；而所謂『不確定』（indecis）則有語意雙關的意味，「語意雙關才可增長詩的朦朧美，而其朦朧不失『準則』（precis），方能有精確的表現。」正因爲魏氏持這樣的論調，覃子豪乃謂：「魏爾崙的詩，是

---

[74] William K. Wimsatt and Cleanth Brooks，頁五四六。

[75] 覃子豪，《論現代詩》，頁十八—十九；《世界名詩欣賞》，頁一一八—一一三。由於魏氏詩作強調音樂性，「其情調，意境的表現，完全以音樂為依歸，若譯者不能將原作音調的韻味表現出來，就失去了魏爾崙的特色，而覺平淡」；偏偏中法文對譯，因為彼此語言發音、聲調都有異，所以覃子豪認為魏詩很難照原韻翻譯，中譯只能求其和諧自然，故而嘆道：「象徵派的詩，不易翻譯，尤其是魏爾崙的詩。」見《世界名詩欣賞》，頁一一八—一二一。

[76] 魏氏此一主張，影響覃子豪甚深。註38曾提及，覃氏喜用「自由詩」來指稱新詩，並且認定：「詩沒有一定形式。」「因為，在創造的法則上，絕不能給詩一個定型。」此說之根據，即係出自魏氏上述的主張。參見，覃子豪，《論現代詩》，頁十三—十四，十六。

情調與氣氛的朦朧，無馬拉美用暗示手法的難解之處。」【77】

四、梵樂希

覃子豪認爲最理想的詩是知性與抒情的混合產物，已如前述；而他的這個主張即係來自梵樂希的說法（這也是他對浪漫派的抒情予以調和的根據）。在〈論新詩的發展〉一文，覃子豪更指出，梵樂希「是法國近代象徵派最偉大的詩人。巴拿斯派和法國的古典詩，是構成他的藝術的要素。A. Thibeau批評梵樂希，認爲他把象徵主義、巴拿斯派、古典主義在一共同的要素之上合而爲一了。」【78】這是覃氏對於梵樂希歷史地位的評價，也指出他詩藝的特徵之所在。

綜觀覃氏屢次徵引梵樂希的言論，主要都集中在他對詩創作的主張，試看底下他所徵引的梵樂希所說的幾段文字：

> 詩人的職務應當去苦心焦思，費用心血至尋到一種特殊的語言能代表詩的效力而後已。
>
> 從那平凡的文字裡提取些太純粹，太悅人的物品，將一個字變成一粒寶石，而將一句詩化為一個輪廓，這結構自身的完美，包藏著一件不朽而愉快的永久的真實。
>
> 詩人總是和他那變換萬端，混淆不清的藝術材料掙扎，逼著去焦思苦慮，一方面揣鍊意義，一方面

【77】同上註，頁六十—六十一，一五九。
【78】同上註，頁一三二。

顧到聲調，不僅使得音節和諧，並且於文章的理智方面，如邏輯，如文法，如詩的選擇，詞藻的潤飾，以及文章種種規律，都予以充分注意，使之完美。有這些特別困難遇在一處，一篇作品之不易成功，也就不足奇怪了。

> 有時神靈很恩惠的賜一句詩給我們；但是卻要我們去製造第二句和第三句和全詩，務使他們和前一句一樣鏗鏘，使它們配得起它們天生的哥哥【79】。

以上援引的文字，都在描述詩人的創作過程；然而，以梵樂希的詩論來看，這些創作過程的描繪顯然非其論述核心，他最重要的理論應爲「純詩」（poesie pure）的主張。覃子豪對梵氏的「純詩說」，只是簡單做這樣的解釋：「他（梵樂希）曾說：『詩是體驗的表現』。就是詩不僅是情感的作用，而且具有知性的作用。『體驗』包括情感與知性兩者同時的存在。」【80】確實，梵樂希極爲重視詩人的思維（知性）活動，他指出：「每一個眞正的詩人，其正確辯理與抽象思維的能力，比一般人所想像的要強得多」，甚至說：「世界事物只有在智力的關係下才令我感興趣。」【81】從這裡可以看出，爲何覃子豪會從「知性作用」的強調來解讀梵氏上述之說【82】。

然則梵樂希所提出的「純詩」指的究竟是什麼樣的作品？事實上，眞正的「純詩」是達不到的一種目標，「任何詩歌只是一種企圖接近這一純理想境界的嘗試」（故而梵氏代之以「絕對的詩」來稱呼它）。所謂的「純詩」，

【79】同上註，頁一四八，十，一四五—一四六，一一二。這些徵引的文字雖然用引號標示，卻有可能經過覃氏自己的潤飾或改寫。

【80】同上註，頁四。

【81】轉引自鄭克魯，頁二七七。

【82】覃子豪在〈新詩向何處去？〉一文另引梵氏一語：「思想藏於詩中，如營養價值之藏於果實中。」以強調「尋求詩的思想根源」的重要，參見《論現代詩》，頁一四七。

簡言之，即要求排除日常語言（discour））的不純[83]。問題是如何排除其不純性？梵氏在這裡便從詩的本質說過渡到詩的創作論——而這也就是爲何覃氏屢屢述及他的創作主張的由來——在〈純詩〉一文中梵氏認爲，純詩即係具有詩情的作品，如果我們只使用實際世界那種「沒有實體感」的言詞，則絕無可能創造這樣的藝術產品；然而我們可以加工並進一步完善使之成爲「生動優美的實體」[84]。而在創造與實際世界有別的詩情世界的諸種手段中，「最古老的，可能是最珍貴和最複雜的，也是最不順從的手段就是語言」，而詩人的使命就是要利用語言這種實踐的工具去「創造與實際制度絕對無關的一個世界或者一種秩序、一種關係體系」，「詩人正是要從這裡找到藝術的抽象——產生詩情的結構」[85]。梵氏於是語重心長地說：

> 假如詩人學會了創作完全不含散文成分的詩作——在這種詩中，旋律毫不間斷的貫穿始終，語意關係始終符合於和聲關係，思想的相互過渡好像比任何思想都更為重要，主題完全溶化在巧妙的詩采之中——只有到那時我們才能把純詩作為一種現實的東西來談論[86]。

詩的純化最終可臻永恆之境，覃子豪乃以梵氏自己的名詩〈海濱墓園〉爲例，說明該詩表現了「絕對與永恆，自然與我以及全體存在之默想」，讚譽有加[87]。

【83】鄭克魯，《法國詩歌史》，頁二七七。同上註，頁二一九，二三二。
【84】Paul Valery著，王忠琪譯，〈純詩〉，收入楊匡漢、劉福春編，《西方現代詩論》（廣州：花城，一九八八），頁二一五—二一六。
【85】同上註，頁二一九，二二一。
【86】同上註，頁二二一。
【87】覃子豪，《論現代詩》，頁三十二。

五、凡爾哈崙

與上述法國象徵派詩人風格不同的比利時法語詩人凡爾哈崙，被覃子豪稱爲二十世紀的先驅詩人；覃氏認爲他們之所以大異其趣，乃「波特萊爾所表現的，是官能享樂的象徵，魏爾崙所表現的，是情調的象徵，而凡爾哈崙所表現的是現實和人生的象徵。他表現近代的物質文明的新興社會，也表現了舊世紀的崩潰和沒落。」[88]顯而易見，凡爾哈崙的詩富有現代的色彩，他的詩不僅有神祕的象徵意味，更有寫實的作風，而這緣由於他最初是一位寫實主義者，其前有樂觀的傾向，但後來又帶有厭世的色彩[89]，覃子豪於是有如下的評語：

> 比利時象徵派詩人凡爾哈崙，以其《錯覺的田園》（*Les Villages Illusionners*）及《觸鬚的都市》（*Les Villes Tentaculaires*）兩詩集表現了農業社會的衰落和工業社會的繁榮。農村破敗的現象和近代大都會在他的詩中有極為出色的刻畫。對都市他不只是寫出街道、車站、銀行、證券交易所、酒吧間的形形色色，最主要他寫出現代人的複雜心情和幻滅的悲哀。他的詩便成了前所未見的現代人生活的交響曲[90]。

或許凡爾哈崙寫出了現代人「虛無幻滅的感覺」，所以覃子豪認爲他的許多詩都「有著濃厚的憂鬱的意味，與幻滅的情調」，譬如〈磨〉（"Le Mauliu"）與〈譬喻〉二詩，都有這種灰暗的色調[91]。但覃子豪稱許凡氏較具樂觀

---

[88] 覃子豪，《世界名詩欣賞》，頁一三九—一四〇。
[89] 同上註，頁一三八—一三九。
[90] 覃子豪，《論現代詩》，頁八十一。《錯覺的田園》一書在《世界名詩欣賞》另譯為《虛幻的鄉村》（頁一三八）。
[91] 覃子豪，《世界名詩欣賞》，頁一三五—一三九。

色彩的一面，像他的〈舟子〉一詩，「寫一舟子在羈留中奮往向前，不爲絕望，中止其前進的努力，可以說明凡爾哈崙的思想，帶有尼采的悲劇的樂觀主義的色彩」，因而覃氏認爲「在象徵派許多詩人中，凡爾哈崙的表現方法是非常值得學習的一個」【92】。

一般認爲法語國家的象徵主義詩作具有兩種傾向，一是以上述梵樂希爲代表的哲思化傾向；另一則是自然化、生活化、現實化的傾向，其中覃子豪提及的古爾蒙，以及這裡討論的凡爾哈崙，即爲此一風格走向的代表【93】。以凡爾哈崙而言，他具有現實風的象徵主義詩作，不妨看作象徵派的變體，他對鄉村衰敗的嘆息，在眾多法語的象徵派詩人中獨樹一格；而他獨特的鄉村觀顯然影響了覃子豪的詩論（也影響中國同時期的左翼詩人艾青）【94】。覃子豪認爲詩要造境——即形塑意境，而意境之塑造則必基於現實的實境（凡氏的〈晨禱〉一詩即如此），此說即係受到凡爾哈崙的影響。

除了《世界名詩欣賞》一書列有專章〈象徵派詩欣賞及其技巧研究〉較有系統地介紹波特萊爾、魏爾崙、凡爾哈崙諸人的詩作外，覃子豪對於其他象徵派詩人的評介，如前所述，難免一鱗半爪；即連上述《世》書專章的討論亦欠深入。但是，覃子豪引介象徵主義的目的本來不在象徵派（詩人）身上，他只是將之作爲自己詩學理論的依據，並以之作爲推廣詩教的素材，換言之，將象徵主義化爲己用才是他眞正的目的。

【92】同上註，頁一〇四。

【93】亢西民、李家玉主編，頁七十三。

【94】程光煒等主編，《中國現代文學史》（北京：中國人民大學，二〇〇〇），頁三一六—三一七。

第四節 結語

在上述的討論中，上文以及覃子豪本人在討論象徵主義或象徵派時並未涉及它的定義問題，一概認爲此所謂的「象徵主義」就是指以法國爲首的象徵派及其所掀起的詩歌運動與文學潮流。事實上，對於「象徵主義」一詞歷來即有不少爭議，甚至連魏爾崙都曾驚訝表示：「象徵主義？不知道。這大概是個德國詞兒！」，以致法國《文學大辭典》在該詞條下劈頭便承認：「幾乎沒有一個標籤會如『象徵主義』或『象徵派』那樣讓人——包括那些似乎是這兩個標籤最棒的詮釋者——接受得那麼困難。」【95】所以前述所引韋勒克前文，乃將象徵主義這一詞分爲四個層次加以理解【96】，其中第一個層次——也是最狹窄的定義：

> 象徵主義指一八八六年自稱為「象徵主義者」的一組詩人，其理論還是不完備的。他們只不過要求詩歌不要玩弄辭藻，也就是說，和雨果及巴拿斯派詩風決裂。他們要求詩的語言不僅要陳述，而且要暗示；他們希望隱喻、寓言和象徵不僅被用作詩的裝飾，而且要成為詩的組織原則；他們希望詩歌具有「音樂性」，即不再採用法國詩歌傳統中的亞歷山大體的口語節律，甚至在有些情況下完全拋棄押韻。自由詩……可能是他們取得的最大成就，這種詩體經受了時間的考驗，表現了很強的生命力【97】。

【95】*Grande Dictionnaire des Lettres*(Paris:Larousse,1989), 1598.此處引自金絲燕，《文學接受與文化過濾——中國對法國象徵主義詩歌的接受》（北京：中國人民大學，一九九四），頁六。

【96】Rene Wellek著，劉象愚選編，頁二七六—二八四。

【97】同上註，頁二七六。其中譯文「帕爾納斯派」一詞在此改為「巴拿斯派」。

顯而易見，覃子豪心目中的象徵主義主要就是韋勒克上面所說的第一層次的概念。但是韋氏本人其實是較贊同從第三層次的角度——也就是指稱國際範疇的一個文學史時期，與之前的寫實主義或自然主義劃分開來，以韋氏的話說，就是「把一八八五年至一九一四年之間的歐洲文學稱作象徵主義時期，並把它看作一個以法國爲中心向外輻射同時在許多國家造就了偉大作家和詩歌的國際運動」[98]；韋氏這樣的指稱，當也爲覃子豪所接受，蓋如上所述，覃子豪在它的象徵主義詩論中，也常常論及艾略特、里爾克、梅特林克、凡爾哈崙、夏芝等其他非法國象徵派詩人，亦即其視野同時擴及其他國家的象徵主義詩人（但如韋氏所言乃是「以法國爲中心向外輻射」）。

奚密認爲象徵主義詩人是屬於「被誤解的詩人」，中國的象徵派詩人就是這一類詩人，而其中文學原型係來自法國象徵主義[99]。然而，法國（乃至其他國家詩人）象徵主義詩人有無受到覃子豪的誤解？根據本文上述的討論，可以發現，覃氏大體可謂之象徵主義詩人或象徵派的知音，君不見他在晚期出版的《畫廊》詩集，已遁入象徵主義的神祕世界裡去尋找那種生命的奧義了！

【98】同上註，頁二八〇，二八四。

【99】奚密，《現代漢詩——一九一七年以來的理論與實踐》（上海：上海三聯書店，二〇〇八），頁十三—十四。

第二章 林亨泰的現代詩詩體論

第一節 前言

林亨泰創作早期曾以詩論見長，現代派掌門人紀弦與藍星詩社的覃子豪兩人於一九五〇年代中後期所掀起的「現代派論戰」，現代派陣營中也只有林亨泰（列爲該派創立的籌備委員之一）爲文以爲紀弦聲援[1]，而從他參與論戰的那兩篇短論〈談主知與抒情〉與〈鹹味的詩〉來看，即已透露了他所持的關於現代詩文體論（stylistics）的基本觀點。

綜觀林亨泰所經營的詩論[2]，主要分爲三大領域：一是關於現代派及現代主義的主張與理論；二是對於當代台灣詩潮流變的觀測與檢視；三是有關現代詩詩體的論述。就前二者而言，由於林氏係台灣日據時期之後的第一代現代詩人（也是「跨越語言的一代」的省籍詩人），早期不僅參加現代派，更是笠詩社的發起人之一，橫跨了兩大詩派，其論述文字即不無「以已證史」的意味。從後者來看，自始至終（持續至一九八〇年代末期）念茲在茲的關於建立現代詩詩體的主張，林氏的態度可謂始終如一，而此一論述，若從宏觀的詩史角度而論，無疑較諸他前兩項論述文字更顯重要。

---

[1] 藍星詩社陣營參與「現代派論戰」的詩人，除了覃子豪之外，尚有羅門、黃用及余光中等人。參見蕭蕭，〈五〇年代新詩論戰述評〉，收入文訊雜誌社主編，《台灣現代詩史論——台灣現代詩史研討會實錄》（臺北：文訊，一九九六），頁一一〇—一一三。

[2] 參見呂興昌為林亨泰編訂的《林亨泰全集》（共十冊）（彰化：彰化縣立文化中心，一九九八），其文學論述主要見之於四、五、六、七冊。

更顯重要的原因蓋在，當年現代詩初興於臺灣，除了必須予以正名外（有別於民初以來所稱的「白話詩」），尙面臨如何爲此一新興文類（genre）釐定其詩體內涵與特性的困局，這對現代詩後來的拓展影響至深且鉅，而此一打基礎的功夫不能不從文體論著手。文類的奠立與劃分自然涵括作品的內容/題材以及形式/文體，惟當以文體（也即作品的形式特徵、結構方式）爲主要依據，誠如陶東風所言：「因爲如果僅僅依據題材（作品的反映對象）進行分類，那它就只有社會學的意義而沒有文學的意義，這樣劃分出來的文類也就不是眞正的文學類型。」[3]有鑑於此，林亨泰自始以來即嘗試以文體論的角度爲現代詩的詩體（poetic style）立說。

林亨泰所說的詩體即文體論的文體（style），而首先關於「文體」一詞[4]的涵義向來即眾說紛紜，莫衷一是，如《牛津英語大辭典》（*OED*）對此詞的解釋就占掉六欄；然而不論文體一詞如何定義，就現代詩而言，其均指涉詩體的本質，林亨泰對此即從詩體的形式與內容兩方面來加以論說。此外，文體可以指涉作品或作家的個體文體，以及一個民族或時代的集體文體[5]，後者是文體的宏觀面，可以同時自共時與歷時的角度切入觀察，然則也只有從歷時的角度來看待文體的盛衰演變，才具有文學史的意義。現代詩的出現與形成，以其作爲一個新起的文體而言，亦須從此一歷史的角度著手立論，方能突顯其義。基此，林亨泰乃從詩體解放的歷程來建構他的現代詩之詩體說。底下即分從詩體的形式與內容以及其演變的角度，以文體論的立場來考察林亨泰所嘗試建構的現代詩詩體說。

【3】陶東風，《文體演變及其文化意味》（昆明：雲南人民，一九九四），頁十。

【4】《牛津英語大辭典》對「文體」（Style）一詞的第十三個定義為：「為一位作家或一個文學群體或一個時期所具有的一種表達風格；一位作家的表現方式（mode of expression），此種表現方式被認為與清晰性、有效性、美等等有關。」由於如是定義，Style一詞也常被學界譯為「風格」。

【5】陶東風，頁七。

第二節　詩體的形式與內容

什麼是文體？誠如論者所言，古今中外，「由於各人對文體的認知不同，所演繹出來的文體論也面貌迥異」【6】；而對於這個問題的回答即有廣狹兩義，廣義的文體涵括各類文體（如口語體、書面語體、公文體、廣告文體、新聞報導文體等）——此不涉文學研究，故非吾人論述對象；狹義的文體在此專指文學文體（就現代詩而言，指的是現代詩的詩體）。不論是廣義或狹義的文體說，現代文體論（或稱文體學）的崛起，都是受益於現代語言學，使得古老的修辭學（rhetoric）到了二十世紀才搖身一變成爲文體論【7】。

雖然文學文體可以從作者的意圖（幽默文體）、讀者的評價（不精確文體）、語境（context）的狀況（不合宜文體）、美學的效應（華麗文體）、形式的層面（會話文體），乃至於社會的階級（文雅文體）等面向以之作爲分類的原則【8】，並由此予以定義；但是最簡單也最切合的定義應是指「文學作品的話語體式」，而所謂的「話語體式」亦即文體的結構方式，如果說文學文體是一種特殊的符號結構，那麼文體就是「符號的編碼方式」【9】，也因而文體論研究的主要是文體「怎麼說」而不是「說什麼」的問題，偏重的是作品的形式層面——包括種種語言的形式特徵：音韻學的（音步、韻，及各種語言的聲音型態）、句法學的（各類子句結構）、詞彙學的（抽象或具體的語

【6】周慶華，《文學繪圖》（臺北：東大，一九九六），頁二十一。

【7】由於文體學是在西方傳統修辭學基礎上發展起來的，所以直到今天仍有人把Stylistics一詞理解（或中譯）為「修辭學」，例如上海辭書出版社出版的《語言與語言學詞典》（一九八〇）就將Stylistics一詞譯為修辭學、風格學。參閱秦秀白編著，《文體學概論》（長沙：湖南教育，一九八六），頁三二四，十二。

【8】Jeremy Hawthorn, *A Glossary of Contemporary Literary Theory* (Lodon: Arnold, 2000), 344.

【9】陶東風，頁二。

詞、名詞、動詞、形容詞的頻用程度）以及修辭學的（對形象語言、想像等的獨特運用）等文體特質[10]。

雖然文體論旨在揭示作品語言的形式特徵，探討語言的結構方式，然而誠如韋勒克（Rene Wellek）與華倫（Austin Warren）二氏於合著的《文學理論》（*Theory of Literature*）一書所言：「意義結構本身也要受語言分析的制約」[11]，語言結構的方式（及其形式特徵）會決定文本意義的表達，亦即「意義結構是由語言結構所決定，語言結構改變，意義結構也要隨著改變」[12]，因而以文體論研究現代詩，除了探討詩體的語言形式特徵之外，亦不可忽視詩體所呈現的意義的特性。

綜而言之，從文體論來探討乃至於主張現代詩的詩體本質，必須兼顧現代詩的語言形式特徵及其意義表現的特性，惟此兩個面向仍以前者爲優位，如前所述，文體主要指的是文本語言的表達方式（也就是怎麼說），文體的意義結構畢竟是由其語言（形式）結構所決定。林亨泰所主張的現代詩詩體，基本上係以上述這兩個角度加以立論，底下即分從詩體的形式（語言特徵）與內容（意義的特性）予其論述進一步的檢視。

一、詩體的形式

就文體論的研究途徑看，如前所述，現代詩的詩體可以分爲宏觀面的集體（民族的、時代的）詩體以及微觀面的個體（詩人的、個別作品的）詩體，而探討宏觀面的集體詩體即是從共時的（synchronous）角度做語言學的描

【10】張漢良在《比較文學理論與實踐》中則將文體論的研究途徑分為：1.分析「說出來的話」（包括語詞、句構和語意三個層次的表現）；2.探討「說話的情況」（即語言使用者和語言的關係），張漢良，《比較文學理論與實踐》（臺北：東大，一九八六），頁一一六。張漢良指出的這第一個研究途徑，其所要分析的也就是這裡所說的文體語言的形式特徵。

【11】Rene Wellek and Austin Warren, *Theory of Literature* (New York and London: A Harvest/HBJ Book, 1977), 177.

【12】周慶華，頁二十四—二十五。

述，可以說，文體論集中研究的是作品——也就是現代詩——的語言形式【13】。林亨泰對於現代詩詩體的探討，基本上也從宏觀的面向來為這一新起的詩體立論，縱然如此，在他探討現代詩的語言特徵時，也不忘從共時的時代角度落實在微觀面向的個別詩人作品上，如於〈中國現代詩風格與理論之演變〉與〈抒情變革的軌跡〉兩篇長文中，即列舉不少詩人及其作品以為例證，檢視其個別的語言特徵，試圖從詩人個別的詩體語言形式以建構一個新時代的（集體）詩體，該二文論及的詩人包括：胡適、徐志摩、李金髮、戴望舒、紀弦、覃子豪、余光中、洛夫【14】，以及波特萊爾（Charles Baudelaire）【15】等中外詩人。

然則林亨泰如何認定現代詩的語言形式特徵呢？在一九六四年所寫的短論〈破攤子與詩人〉中，他極早即以比較的觀點提出：今日之現代詩之所以異於舊日的古典詩，厥在於過去是「歌吟的詩」，而今天是「閱讀的詩」（即「思考的詩」或「感覺的詩」）【16】；而「閱讀的詩」使用的乃是「寫的語言」而非「說的語言」【17】。今昔語言之別，蓋在「說的語言」強調的是詩的音樂性（所以詩與歌合稱為「詩歌」），而「寫的語言」則是反傳統的「韻律主義」。在〈中國現代詩風格與理論之演變〉長文中，林亨泰借用紀弦〈袖珍詩論抄〉裡的話，指出今昔之詩在音樂性上的差異：「詩的音樂性有二：一是低級的，『歌謠』的音樂性，即是專門用耳朵去聽的；一是高級的、現

【13】陶東風，頁四。

【14】林亨泰著，呂興昌編訂，《林亨泰全集四：文學論述卷1》（彰化：彰化縣立文化中心，一九九八），頁一三六—二〇三。

【15】同上註，頁二三四—二三九。

【16】林亨泰著，呂興昌編訂，《林亨泰全集七：文學論述卷4》（彰化：彰化縣立文化中心，一九九八），頁六八。

【17】同上註，頁一三九。日本詩論家村野四郎在《現代詩的探求》中曾提出現代詩「排除音樂性」的主張，認為現代詩魅力的中心在其意義性，蓋千篇一律的音樂性會束縛詩的意義性，而二十世紀的詩人之所以有如此的認知，係因其背後有知性的精神以為支撐。見村野四郎著，陳千武譯，《現代詩的探求》（臺北：田園，一九六九），頁九六—九七。林亨泰上文的說法，與村野氏之說幾乎不謀而合，其吸收日本現代詩學或可由此見之。

代的，『新詩』的音樂性，即是專門用心靈去感覺的。」[18]換言之，古詩具歌謠體成分，強調的是語言的「說」與「聽」，而新詩（現代詩）著力表現的音樂性則非由「說」與「聽」而來，必須用心靈去感覺。在該文中，林亨泰還舉了戴望舒的〈我底記憶〉、紀弦的〈在邊緣〉、覃子豪的〈瓶之存在〉等詩以論證他的說法[19]。

進一步說，現代詩所使用的語言基本上也就是反韻文的，而韻文作爲表現詩作的工具，「可說是早已與幾千年來中國傳統的詩歌密密地結成一體」，在五四時代掀起新詩的改革風潮之後，韻文自然是要被廢棄[20]。茲引林氏〈惡意的智慧〉一文底下一段話，即可窺知其反對以韻文作詩之立場：

> 當詩猶以鏗鏘可誦的「韻文」充作惟一工具的時代，縱然本質上不懂得「詩何物」的人，也可由其現象立即判斷出「此乃詩」。這完全只是從外表上的判斷，絕談不上真正懂得詩。然而因為「韻文」有著悅耳的音調，所以直到現在，畢竟還能迷惑為數不少的讀者，這只要看他們那種閉眼搖首、抑揚吟誦的神態即可明白。[21]

正因爲林亨泰秉持這樣的立場，所以他接著才說：「現代到底是以不寫韻文詩爲時髦的時代了。於是，縱然

【18】林亨泰著，呂興昌編訂，《林亨泰全集四：文學論述卷1》，頁一六五—一六六。

【19】同上註，頁一六〇—一七六。

【20】同上註，頁一二二。王珂在《詩歌文體學導論》一書提及：「二十世紀漢詩在文體建設上爭論的焦點是詩的音樂形式，主要體現為格律問題：詩是否追求表面的視覺效果音樂特質？詩的音樂美是否有助於更好地表達詩的內容？強調詩的外在節奏還是內在節奏？」（549）這一爭論在民初新詩運動開始即始終存在，其中仍有不少詩人（如劉半農、劉大白、聞一多……）強調音律的重要性。見王珂，《詩歌文體學導論——詩的原理和詩的創造》（哈爾濱：北方文藝，二〇〇一），頁五四二—五四三。

【21】林亨泰著，呂興昌編訂，《林亨泰全集七：文學論述卷4》，頁六十五。

是音樂的門外漢也能陶醉的那種搖籃曲似的悅耳的音調從現代詩消失了。」【22】反韻文詩的同時，林亨泰主張要用白話或散文來作詩，亦即現代詩所使用的語言是用白話或散文來創作的。針對「白話」或「散文」這兩個用語，在一九七六年所發表的〈詩與現代自我之確立〉一文，他即特別強調：「我現在所謂的『白話』，它的相對詞就是『文言』；所謂的『散文』，它的相對詞就是『韻文』。」在他看來，「散文」係屬語言或工具的一個名稱，而非文類的名稱，「因此如果說：『用散文去寫詩』，那麼這反面的意思，當然也就等於說：『不用韻文去寫詩』，這是行得通的。但，如果倒過來說：『把詩寫成散文』，那就要犯上一個最糟糕的錯誤。」【23】為了怕人引起誤解，後來一九八八年於《笠》發表的長文〈新詩的再革命〉，還回頭為上述的說法做了更為詳盡的說明：

> 如果說「以散文之新工具」，相對的當然是指古典詩的「以韻文之舊工具」，而這裡所謂「散文」絕不是文類上相對於「詩」的那種「散文」。這麼一來，所謂「散文」是具有二種身分的。一種是帶有「工具」身分而相對於「韻文」；另一種是帶有「文類」身分而相對於「詩」。因此，即使能說「以散文來寫詩」（此時「散文」的身分是「工具」），也絕不能說「把詩寫成散文」（此時「散文」則為「文類」的身分）。……為了避免互相的混淆不清，我認為應該以「白話」一詞來替代工具身分的「散文」，而「散文」這一詞應該讓文類身分的散文為專用比較妥當。【24】

林亨泰主張以散文來取代韻文成為現代詩的語言，雖說這不無「工具論」的意味，但他也自承散文的「白話的

【22】同上註，頁六十六。
【23】同上註，頁九十九。
【24】林亨泰，《見者之言》（彰化：彰化縣立文化中心，一九九三），頁二五六—二五七。

字」、「白話的文法」、「白話的自然音節」等等，乃是與古典詩有所區別的現代詩詩體的所在【25】。問題是現代詩與現代小說、散文同樣都用非韻文的散文語言——也就是白話創作，那麼林亨泰試圖要建構的現代詩詩體就要緊接著回答這樣的問題：詩如何與（作爲文類的）散文（以及小說）區別？林亨泰認爲民初時期的「新詩運動」顯然「對此並沒有交代得很清楚，只管把『詩』寫成『白話』，而卻沒有注意到如何使『白話』成爲『詩』，以致遭受到如『分行的散文』之類的批評。」【26】現代詩雖說係以白話爲其語言，但這裡的「白話化」很可能只是一種「散文化」，而所謂的「散文化」亦可能是一種「非詩化」（胡適、徐志摩等人的白話詩都有這種散文化的傾向）【27】，這是以白話創作新詩不得不注意的問題。

綜上所述，可知要建立現代詩詩體，首先必須要和古典詩有所區別，這是第一個問題，林亨泰援民初新詩運動以來的「白話」（也即散文）的主張，以其爲詩體的語言本質；然而以白話爲現代詩詩體之語言，接下來的第二個問題是如何與其他同樣使用白話的其他文類散文、小說等區別，由於民初的新詩運動未能解決此一問題【28】，要建構台灣的現代詩詩體就必須予以正視，在〈現實觀的探求〉中林亨泰遂謂：

> 我們不可因詩與小說同屬於文學而就忽視了詩與小說之間的差別，更不可因共用了同一工具「白話」而就以為它們都是同一延伸線上發展的東西。老實說：詩之所以成為詩主要依靠著詩中有別於

【25】林亨泰著，呂興昌編訂，《林亨泰全集四：文學論述卷1》，頁二四五。

【26】同上註，頁二四五—二四六。

【27】同上註，頁三。

【28】在〈中國現代詩風格與理論之演變〉長文中，林亨泰曾舉徐志摩的名作〈再別康橋〉與〈我所知道的康橋〉說明民初時代詩與散文無異的情況，亦即此時的新詩（或稱白話詩）不啻就是「分行的散文」，可以說「這種『散文化』的傾向，是五四時代的所謂『新詩』的共同弊病。」同上註，頁一四二—一四七。

> 小說的「詩的要素」——諸如「暗喻」、「非連續」以及其他種種手段等——來激勵想像力，使作品本身自成一具體而充足的內在秩序，使生活經驗因而不斷地擴充其範圍，使生命也都能在多元而繁複的牽引中隨時確認自己的位置[29]。

現代詩詩體的建立要使詩的「作品本身自成一具體而充足的內在秩序，使生活經驗因而不斷地擴充其範圍，使生命也都能在多元而繁複的牽引中隨時確認自己的位置」，那麼除了上所述要仰賴運用有別於小說（散文）的「詩的要素」之外，更重要的是它還要涵納現代詩特有的內容，亦即現代詩的詩體除了擁有白話的語言形式特徵之外，還需具備特有的意義特性——也就是精神內容，所以林亨泰在〈抒情變革的軌跡〉中才說：「什麼是『詩體』？或者可以說緊跟著『內容』之發展而採取的一連串的發現過程」，簡言之，詩體乃是「內容的存在方式」[30]。

二、詩體的內容

如上所述，文體論的研究以作品的語言形式特徵爲優先，尤其對詩歌的研究更具有特別突出的重要性[31]，然而誠如韋勒克與華倫二氏於上書中所指出的，在文體論具體分析作品時，很容易導向對作品內容的研究：「長久以來，批評家即以直覺的、非系統的方式把文體的分析說成是作家表達自己哲學見解的方式。」而哲學見解顯現的即是作品的內容，例如貢道爾夫（F. Gundalf）在他的《歌德》一書中，除了分析詩人早期作品的語言形式之外，同時也說明歌德動態的口語如何反映了他朝一種動態的自然觀的轉變；韋、華二氏甚至指出，德國文論家還建立一種

---

[29] 同上註，頁二〇六。

[30] 同上註，頁二四六。

[31] Rene Wellek and Austin Warren, 176.

更具系統性的文體分析法（稱爲「母題與文學」），而其基礎是假定「在語言特性與內容成分之間存在著平行的關係」[32]。依此看來，林亨泰從文體論的角度試圖建構現代詩的詩體，除了論及其語言特質外，還自詩體呈現的內容（及其意義特性）著手立論，也就不足爲奇了。

那麼什麼才是作爲詩體的現代詩所必需的內容呢？在〈抒情變革的軌跡〉中，林亨泰這樣說：

它所需要的精神內容頗多——諸如敏銳的感性、批判知性、豐富的想像、熱烈的感情、社會關懷、現代意識……等等都是。因此，一旦失去這些精神內容的支持與後援，即使「白話的字、白話的文法，和白話的自然音節」乃至「有什麼話，說什麼話；話怎麼說，就這麼說」，恐怕只有成為「分行的散文」之一途了[33]。

以上所列舉的現代詩的「精神內容」的確頗多，惟深思之下，這些精神內容的呈現，早先民初的白話詩乃至過去的古典詩也不少見，如此何能構成現代詩詩體的特色？這裡，林亨泰其實把它們概括爲「知性的內容」而提出他所謂的詩貴知性的說法。在〈文學創作的生理基礎〉中他說：

人類自有了所謂抒情詩以來，大概也快有二千多年的歷史了，其間一般人從未懷疑過「抒情」在詩中的優位性。但直到晚近，我們擁有愈來愈多的理由可以證明這種固定觀念必須重新修正，同時，也相信這一修正觀念獲得信任以後，一個相當於「精神的感情」這一層次的「現代詩時期」也就很

【32】Ibid, 182.

【33】林亨泰著，呂興昌編訂，《林亨泰全集四：文學論述卷1》，頁二四六。

快地將以「主知」的姿態出現【34】。

由於把知性內容導入作爲現代詩詩體的要素，台灣現代詩的發展才逐漸由抒情的風格轉入思考的風格，現代詩的詩體才得以有新的風貌並由此奠立它的文體特性【35】。這個歷程從戴望舒的〈我底記憶〉（抒情的）直到覃子豪的〈瓶之存在〉（知性的）始得以確立【36】。然則爲何古典詩（乃至於民初新詩）側重抒情而現代詩強調知性的內容呢？在林亨泰看來，這與語言作爲詩人表現的工具有關：

其原因，主要是由平仄、對仗，以及整齊的字數、行數所構成的「韻文工具」的特色較能適合於「抒情」，而這一特色正是「白話工具」所缺乏的，相反的，「白話工具」卻擁有「語言意義的連貫性」、「思惟邏輯的抽象性」、「心理意識的時間性」等特色，這正適於「主知」的寫作過程。然而現代詩這種「主知」傾向，並非出自詩人的好惡，乃隨使用工具的特性而來的，相信這一點已可以明白的【37】。

古典詩以韻文爲工具，而韻文本身適合於抒情；現代詩則以散文（白話）爲工具，而散文本身適合知性的思考——林亨泰如是說法，恰恰吻合了前面本文所說的：語言的形式特徵（結構方式）會決定意義（結構）的表達；

【34】林亨泰著，呂興昌編訂，《林亨泰全集七：文學論述卷4》，頁一一五—一一六。
【35】林亨泰著，呂興昌編訂，《林亨泰全集四：文學論述卷1》，頁一七六。
【36】同上註，頁七十六。
【37】同上註，頁一八〇—一八一。

換言之，有什麼樣的語言（工具），就會有什麼樣的意義內容。但是關於「內容」，爲了怕與一般熟知的「題材」產生混淆，林亨泰特別強調他所謂的「內容」不等於「題材」。前者係「指依美感態度而表現出來的一切精神」，「必須經過藝術之熔鑄始能成立」；而後者「則是指尚未經過藝術處理之『素材』而說的」。兩者的差別是，不管題材是美的或醜的，一旦假借文字而成爲詩的內容以後，則「詩中題材個別的美醜均被揚棄而提升，無一不成爲詩之『美感』的」【38】。

其實，林亨泰這裡所謂的「知性」內容是別有所指的。在〈強化現代詩體質之探討〉一文中，林氏認爲現代詩目前需要注入更多的「知性」，如此才能強化現代詩的體質；然則如何注入更多的「知性」？簡言之，也就是降低現代詩的「傷感性」而提高它的「批判性」【39】。林亨泰此說其實早在他參與「現代派論戰」於一九五八年所發表的〈鹹味的詩〉一文中即已提出，他所說的「鹹味的詩」就是指「不慰藉讀者而只給予不快的」知性的詩【40】，也就是「批判底詩」【41】，他還舉紀弦的三首詩〈脫襪吟〉、〈都市的魔術〉與〈在飛揚的時代〉爲例，說明這三首批判的詩分別是對於個人、社會及時代的批判，而這種批判「就是抒情的崩潰，也就是主知的抬頭」【42】。

然而到底是什麼樣的詩才具有「批判的知性」呢？就題材的選擇來說，林亨泰似乎較偏愛「醜」的東西。當然，這裡存有一個前提，即前述所說的，題材並不等於內容，只要有表現能力強的詩人，那麼即使是「醜」的題材

【38】林亨泰著，呂興昌編訂，《林亨泰全集七：文學論述卷4》，頁一三七。林氏在此認為由詩的題材（不管美醜）提升為詩的美感，就是亞理士多德（Aristotle）所謂的「淨化作用」（katharsis）（頁一三七）。如此說法恐怕是出於誤解。亞氏所說的淨化作用不是針對創作過程而言的，而是指涉讀者閱讀作品後所產生的包括憐憫（pity）或恐懼（fear）等情緒反應。

【39】同上註，頁一七三。

【40】同上註，頁三十一。

【41】同上註，頁六十八。

【42】同上註，頁三十一—三十二。

照樣也能入詩，照樣可以表現出美感的內容來，「例如紀弦的〈脫襪吟〉曾用『何其臭的襪子，何其臭的腳』來表現流浪者的痛楚，並且又寫得相當迫切動人！那麼，這感動又不就是詩的美感嗎？」【43】在〈精神與方法〉一文中，林亨泰認爲傳統的詩人始終以抒情爲詩創作的唯一方法，習於以「星、鳥、花、月、蟲、蝴蝶、佳人、獸、林間、山谷、湖畔、海洋」等爲題材，而這些具美感的題材也是最易引起讀者共鳴的，結果就變成「以詩的題材美當爲詩美的詩」【44】，套用美國詩人惠特曼（Walt Whitman）的話說，這種美詩「不是大塊小塊的砂糖，就是口味甜蜜的糖果切片」【45】。而林亨泰提倡的則是如上所述的「鹹味的詩」，以他所舉例討論予以肯定的詩作來看，大多也是這種「鹹味的詩」。

如果詩要具有「鹹味」（醜的題材以及令人不快的批判）才能眞正成爲現代詩，那麼爲現代詩詩體立論的林亨泰，在此顯然貫注了他太多個人偏愛的色彩，難道以美爲題材的抒情的「甜味的詩」就不夠「現代」嗎？【46】或者說，只有「甜味的詩」才能「慰撫人的心靈」？而以醜爲美的現代詩則只能予人以不快？再者，「抒情」與「美」以及「主知」與「醜」的劃分也不可能一刀兩切，亦即醜題材難道就不能抒情？而美題材難道也不可主知？進一步言，古詩並非皆美，而現代詩也並非盡醜，林亨泰如此二分法式的主張未免武斷。所以古爾靈（Wilfred L. Guerin）等人即認爲：「文體論研究的是作者使用語字及文法（以及其他要素）——包括句子與整個文本的方

【43】同上註，頁八十。
【44】同上註，頁八十。
【45】同上註，頁三十。
【46】林亨泰其實並非主張詩要拋去一切的抒情，本來任何一首詩都有或多或少的「抒情」，不過在百分比上有所不同罷了；依他所言，如果有首詩竟有百分之六十以上的「抒情」，這就是「抒情主義」的詩，而他（以及現代派）所主張的只是要打倒這種「抒情主義」而已，亦即如其所言：「我們所真正歡迎的詩就是其『抒情』的份量要在百分之四十以下，而這就是所謂『主知主義』的詩。」同上註，頁二十七—二十八。

式」【47】，主要涉及的並非「可用的題材」（available materials）【48】，即文體「是怎麼說而不是說什麼的問題」【49】，其原因不難推知，蓋涉及思想內容主張的文體論容易引起爭議。

但是引起爭議的主張不只限於此。不少文體論者往往還試圖將明顯的文體特徵聯繫到作者的各種心理跡象，乃至於聯繫到他獨特的透視世界和組織經驗的方式，如史皮澤（Leo Spitzer）的《語言學與文學史》（*Linguistics and Literary History*）【50】所述。林亨泰在他的力著〈現代詩的基本精神——論眞摯性〉中即特別指出，以白話爲新詩的語言，五四時代的詩的表現之所以失敗，就是因爲詩人沒將文類分清楚，而讓詩與散文相混淆。雖然現代詩以白話爲語言，然而「怎樣的白話，才堪稱爲眞正存在於詩次元上的白話？」林亨泰以提出「眞摯性」（sincérité）的主張來回答這個問題【51】。什麼是他所謂的「眞摯性」？他以法國詩人高克多（Jean Cocteau）的解釋作爲他的定義：「討論一切，暴露一切，赤裸裸的生活著。爲了要彌補意欲成爲一個堅強的人之不足，我想盡辦法利用人類天賦中的另一極限，即表示著貧弱一面極限的，這種眞摯性。」簡言之，詩人在創作之時，「對於一般人所不欲言的，甚至自己的弱點（愚昧、下賤、懦弱、混亂、虛僞等）也毫無掩飾地率眞地描繪出來」，例如紀弦的〈脫襪吟〉這種毫無保留的坦白（臭襪子、臭腳），即是「構成了詩的眞摯性」【52】。爲了建立現代詩這一文類，如果只以白話爲詩體的形式特徵猶有不足，於此林亨泰將之連接到詩人創作的「心理跡象」，也就是要詩人秉持其眞摯性的精神，變成現代詩所使用的白話即爲具眞摯性的白話。

【47】Wilfred Guerin, et, al., *A Handbook of Critical Approaches to Literature* (New York: Oxford UP, 1999), 324.

【48】渠等即言：「文體論研究的是作者對可用題材的特定的選擇，這種選擇大多是文化導向的也受制於情境。」Ibid.

【49】陶東風，頁三。

【50】Leo Spitzer, *Linguistics and Literary History: Essay in Stylistics* (New York: Russell Sage Foundation, 1962).

【51】林亨泰著，呂興昌編訂，《林亨泰全集四：文學論述卷1》，頁十四。

【52】同上註，頁十六。

眞摯性的主張其實不新，劉勰《文心雕龍．宗經》中所指的「體有六義」，其首義即「情深而不詭」，近似林亨泰這裡所引述的高克多的說法。然而只要吾人進一步細究，則以眞摯性作爲現代詩詩體的語言特徵的論調，恐不堪一擊，理由很簡單：古典詩詩人難道就缺乏眞摯性嗎？屈原的《離騷》即不缺「情深而不詭」；而杜甫詩中的哀苦也夠「坦白」的了（如〈茅屋爲秋風所破歌〉所云：「布衾多年冷似鐵，嬌兒惡臥踏裡裂。床頭屋漏無乾處，兩腳如麻未斷絕。自經喪亂少睡眠，長夜沾濕何由徹！」），他們的眞摯性絕不亞於紀弦（民初的白話詩亦然）【53】。

第三節　詩體的進化

以上從詩體的形式與內容討論林亨泰建構現代詩詩體的主張，乃係自共時的角度對其文體論所做的結構語言學的描述，本節底下關於現代詩詩體進化的說法，則係從歷時的角度對林亨泰的文體論所做的歷史語言學的描述，誠如陶東風於《文體演變及其文化意味》一書所言：「前者旨在剖析文體的共時構成，而後者則重在把握文體的歷史變易；前者可稱爲理論文體學，後者則屬於歷史文體學，或歷時文體學。」【54】據此，陶東風進一步說明兩者所著重的研究面向的區別如下：

> 理論文體學對各種文本結構方式做靜態的、橫向的分析、比較、歸納，對各種不同的文體，包括不同作品的文體、不同作家的文體、不同類型——如小說、詩歌、散文、戲劇——的文體做共時水平上的區分；而歷時文體學則從動態的、縱向的角度描述歷史上處於不同時間維度的文體結構的轉

【53】例如聞一多的〈死水〉，即是一首以醜為題材並具批判力道的詩，這也算「毫無保留的坦白」，一點也不缺其真摯性。

【54】陶東風，頁四－五。

化、興替、變易，描述文體演變的各種現象並總結其規律。[55]

林亨泰如上所述在為現代詩詩體立論（共時地考察與主張詩體的語言形式與內容，以與古詩及其他文類如小說、散文區別開來）的同時，也著重從歷時的角度來為現代詩詩體劃定界限。在〈非音樂的音樂性〉一文裡，林亨泰即提出詩的創作是屬於詩人自己時代的說法，他說：「詩中如果缺少了屬於自己的時代並且是屬於自己的那種律動，就不能稱為『新詩』，詩人如果沒有表現那種完全屬於自己的時代並且屬於自己的律動才能，我們想奉勸他們最好還是停止寫詩……」[56]他這一段話雖是針對詩的音律而發（詩的音律屬語言的形式問題），卻也顯示他注意到在建構現代詩詩體之時還須考慮到詩體與其時代的關係——也就是詩體的流變問題。有鑑於此，在另一篇短文〈詩的本質〉中便將現代詩界定為：「現代詩是現代化的詩」，並簡略地提及由於「生物環境的變化」以及「大氣污染」（現代的時代特性）而使今昔不同[57]。

然則林亨泰如何從歷史文體學的角度來建構他的現代詩詩體呢？這得話分兩頭來說。

一、詩體解放論

首先是他援引胡適的說法提出的所謂「詩體解放論」，此係「用歷史進化的眼光看中國詩的變遷」，即「把中國詩的進化跟著詩體的進化分為四次的大解放」[58]：

【55】同上註，頁五。
【56】林亨泰著，呂興昌編訂，《林亨泰全集七：文學論述卷4》，頁七十七。
【57】同上註，頁八十八。
【58】林亨泰著，呂興昌編訂，《林亨泰全集四：文學論述卷1》，頁一四八。林亨泰著，呂興昌編訂，《林亨泰全集七：文學論述卷4》，頁一〇〇。

（一）第一次詩體解放——自《詩經》三百篇組織簡單的風謠體（ballad）發展到偉大的長篇韻文的騷賦文學。

（二）第二次詩體解放——由騷賦文學到五七言古詩（刪除了無意義的煞尾字以貫串篇章），使形式變得比較自然。

（三）第三次詩體解放——從整齊句法的五七言古詩再變爲更爲自然的參差句法的詞曲。

（四）第四次詩體解放——脫離古詩詞的民初的新詩運動。

上述的第四次詩體解放，在林亨泰看來，與前三次的詩體解放可謂大不相同，無法相提並論。爲何彼此會大相逕庭呢？林亨泰說：

> 因為前三次進展步履極為緩慢，且都是一脈相承地使用「韻文」而以「韻文」作為表現詩的工具的精神是不變的。但這一次卻大大地不同了，它從根揚棄了「韻文」這一工具。這意思就是說：前三次的解放，只不過是詩體的改變罷了，它仍停留在「同一工具」的使用上，這種改變過程，只能稱為「發展」（Development）。但是第四次的改變，卻發生在「不同工具」的使用上，這種性質的改變過程方能稱為「進化」（Evolution）【59】。

顯然，從韻文轉變爲散文的語言形式，使得古今之詩的區別由此劃分開來，而這也是第四次詩體大解放在歷史上所具有的意義；而也只有將語言由韻文變爲散文的詩體大改變，才能於文學史的演變中取得進化的意義。問題是：如此散文語言的「進化」便眞正能確定現代詩詩體的建立嗎？如前所述，民初白話詩如此的「進化」尚未止於至善之境地，蓋語言變爲散文／白話的新詩從此面臨了另一個「文類移轉的問題」，林亨泰指出，這第四次的詩體解放

【59】林亨泰著，呂興昌編訂，《林亨泰全集七：文學論述卷4》，頁一〇〇—一〇一。

「不僅是代表著『詩體的解放』，同時也意味著產生了不同的『文學類別』」【60】，而對這一新起文類的發展就不得不再從史的角度進一步加以考察，以了解這個文類（詩體）如何與同樣使用白話的其他文類（散文、小說）予以區分，於是再有底下所謂「中國現代詩發展論」的提出。

二、現代詩發展論

徹底與古詩的「韻律主義」訣別的新詩，其發展可謂「又進入另一個新的階段了」【61】。這一新階段的發展可再分為下面四個進程（也是階段）【62】：

㈠五四時代——第四次詩體大解放使詩人不再以韻文為表達工具，惟由於對文學改革運動的意義尚未認清，結果在詩的音樂性的表現上出現重大的偏差，詩人往往誤以為詩的音樂性就是文字的抑揚頓挫以及整齊的字句，「於是一方面極力主張廢棄『韻文』，另方面卻盲然地奉行著『韻律主義』」。

㈡象徵派時代——李金髮等人的象徵派出現後，引介法國的象徵主義詩理論，「本來可以大大地糾正五四時代的偏差，不幸，中國象徵派正要大顯身手之際，卻招來晦澀難懂之非難，只得打退堂鼓回頭與『庸俗』妥協了」。

㈢中國現代派時代——從戴望舒的現代派開始，對詩的音樂性總算有了比較正確的認知，至少在理論上將「韻律至上主義」的論調壓了下去，但是對於實際作品的認識仍然還有不少問題存在。這個階段的後期可以將早期的紀弦、戴望舒等人納入，而後二者對於「詩的音樂性」已經提出「情緒的節奏」這個新的說

【60】同上註，頁一〇一。
【61】林亨泰著，呂興昌編訂，《林亨泰全集四：文學論述卷1》，頁一五九。
【62】同上註，頁一五九—一六〇。

法，詩作並開始有「主知」的走向【63】。

(四)台灣現代派時代——從（一九五六年）現代派集團宣告成立之後，開啟了「中國現代詩發展史上的第四個階段」【64】。詩作的「主知要素」在這一階段有更再深入的發展。與上一階段作品中的「主知傾向」不同處在：前一階段主要是由詩人的「氣質」此一人格的力量的統御而來【65】；而這一階段則是因爲「重視『詩方法』的觀念慢慢在詩人創作精神中滋長」，換言之，「技法」在詩作品中的地位逐漸佔了優勢，而且是詩人「個性的逃避」【66】。

以上四個階段的發展，林亨泰認爲，由於「知性要素」的導入，「中國現代詩才漸由抒情的秩序轉入思考的秩序」，而其風格（文體）才眞正有了新貌【67】。總的來看，「民初的『新詩』，就『詩體的大解放』而言，雖是成功，但就『詩體的建立』而言，卻是失敗的。」【68】爲何民初新詩詩體的建立會功敗垂成？主要係因其忽視了詩的內在因素的問題，在〈詩與現代自我之確立〉中，林亨泰即提醒我們，要從歷史「進化的眼光」來看待詩體的問題：

【63】林亨泰在〈中國現代詩風格與理論之演變〉一文援引紀弦〈論詩的音樂性〉的說法，認為詩的音樂性可分為「文字的音樂性」（這是詩形）與「情緒的音樂性」（這才是詩質），他說：「所謂『文字的音樂性』，便是文字之受一定的格律限制的，即韻文之節奏，平仄與對偶、聲調與押韻，以及規定每節多少行、每行多少字的圖案式的排比等等是；所謂『情緒的音樂性』，便是情緒之旋律化，情緒之永續的波動，即詩情之由於想像作用，意匠活動而到達的組織化、秩序化所顯示的一種音樂的狀態是。」同上註，頁一六六。

【64】同上註，頁一八一—一八二。

【65】例如紀弦曾言：「詩就是通過詩人氣質所見的人生與自然之象徵。」（〈詩質與詩形〉），覃子豪亦謂：「詩的風格，是詩人氣質形於文采的昇華。」（〈風格〉）同上。

【66】同上註，頁一八二。

【67】同上註，頁一七六。

【68】同上註，頁二四六。

「不但必須特別注意到對詩的外在因素——詩形式的解放問題，同時，也必須充分顧慮到詩的內在因素——詩意識的蛻變問題，也就是說，必須把眼光放到內容與形式之間的微妙的各種關係上。」【69】

從考察詩體的演化而爲現代詩詩體之建立立論，使得林亨泰的詩體論從語言的形式特徵下手，還能顧及語言意義的表達內容面向，初而能與古詩進而始能和白話新詩區分開來，而樹立現代詩成爲一個獨特的詩體。至於詩體的「內容與形式是同時存在的，沒有時間或邏輯上的先後，任何形式同時包含意味即內容，而任何內容都是形式化的，存在於形式之中的。」【70】。中國傳統主流的文體論，向來是既看到形式的差異，又不忽視內容的區別，如陸機〈文賦〉即主「詩緣情而綺靡」之說（「緣情」爲內容特點，「綺靡」則爲形式特徵），如此的綜合視角似更爲中國古人所取【71】，林亨泰上述的詩體論主張也未能例外。

第四節　結語

霍松（Jeremy Hawthorn）在編著的《當代文學理論辭典》（*A Glossary of Contemporary Literary Theory*）的「文體與文體論」辭條中表示，文體論對於散文研究的貢獻較諸詩歌的研究少了很多的爭議【72】，此一說法拿到臺灣文壇來看，似也言之成理。臺灣新文學史中所出現的文學論戰，主要都是現代詩的論戰，對於現代詩究應如何表現以及表現什麼，詩人向來都是文壇上吵得最兇的一群，這裡面當然包括詩人們對詩體的不同看法（如笠詩社與創世

【69】同上註，頁一〇二。
【70】陶東風，頁四十九。
【71】同上註，頁四十八。
【72】Jeremy Hawthorn, 345.

紀詩社）。在戰後的臺灣新詩史中，林亨泰最早係以「側擊」的姿態參與現代派的論戰【73】，涉入論戰的程度不深，此則造成他所提出的詩體論主張，未在詩壇引起激烈的迴響，擦出兇猛的火花。

細究之下，這或許緣於其詩體論之說，不管是所持的立場或信守的觀點，均不脫紀弦的色彩。如上所述，林亨泰以散文（白話）的語言與知性的內容爲其詩體論定調，但是這兩項詩體特質其實都是紀弦的主張。紀弦向來即強調，現代詩在形式上是詩與歌分離的，「根本否定了文字的音樂性」【74】——這一點與林亨泰的「散文語言」觀如出一轍。紀弦更強調「現代詩在本質上是一種『構想』的詩，一種『主知』的詩」【75】——這一點也與林亨泰的「知性內容」說雷同。林亨泰的說法究竟是出自或附和紀弦乃至於與紀弦的論調巧合，倒可不必去細細追究；但正是由於兩人主張的相似性，身為現代派掌門人的紀弦擋在林亨泰之前遭受各方的抨擊則是不爭的事實。

再者，就現代詩的歷史文體學而言，林亨泰所持的現代詩發展說，立論頗爲簡略，基本上他只是提出一個總的發展趨勢看法，對於現代詩發展的四個進程如何轉變以及因何導致轉變，都未予深入檢視；尤其是關於日據時期臺灣新詩發展的脈絡，見諸文字的討論委實不多（可參見〈從八〇年代回顧臺灣詩潮的演變〉一文）【76】，而且更未將此一發展脈絡放到他的四個進程裡。有關戰前臺灣現代詩發展的進程如何銜接（或嫁接）他的現代詩進程論，有待他進一步予以補足。

【73】由紀弦於一九五六年揭示的〈現代派信條釋義〉所引起的「現代派論戰」，除了林亨泰一九五八年在《現代詩》第二十一、二十二期「以兩篇不慍不火的短文」為紀弦奧援之外，可以說現代派陣營均由紀弦一人獨自迎戰。參見蕭蕭，頁一一三。而林亨泰這兩篇短文（參本章前言），也非正面迎擊藍星的砲火，只是以與紀弦同樣的立場表達他的看法而已。

【74】紀弦，〈從自由詩的現代化到現代詩的古典化〉，收入張漢良、蕭蕭編著，《現代詩導讀〈理論、史料編〉》（臺北：故鄉，一九七九），頁二十七。

【75】同上註，頁二十六。

【76】林亨泰，《見者之言》，頁三一〇—三一三。

縱然如此，林亨泰提出的詩體論主張亦未始沒有創新之處。前已述及，他以批判性——尤以醜的題材入詩——來突顯現代詩的知性內容，可說就是當時與眾不同的說法——而這也就是他最早所提出的「鹹味的詩」的主張。雖然他以「知性之批判」來爲詩體的內容特徵加以規範，卻也因爲這樣的限定，反而窄化了現代詩的表現，蓋如此一來只要未具批判性內容的詩，都會被林亨泰剔除在範圍之外，可說利弊得失互見。

一般說來，有意從事文體論說者，多半持有某些特定的目的，而如同周慶華所言：「在眾目的中又以『疏通』或『規範』文體，以爲創作或批評的『憑藉』事關重大。也就是說，如果從事文體論說的人，不是爲了替創作或批評找出『憑藉』，他的論說就沒有什麼意義了。」[77]林亨泰以文體論的角度所提出的現代詩詩體說，就當時現代詩的崛起而欲與之前的中國白話新詩區隔的時代背景來看，其「疏通」乃至於「規範」文體的出發點昭然若揭；也只有從這樣的角度來看，不論其說是否被人接受，都具有文學史的意義。

【77】周慶華，頁三十二。

第三章 羅門的後現代論

第一節 前言

就崛起於一九五〇、六〇年代的詩人群而言，曾被視爲「現代主義急先鋒」的羅門[1]，他那獨樹一格、一以貫之的詩學理論，不僅令人側目，亦確佔有一席之地。一九八〇年代後現代詩潮初興，與羅門同時代的詩人（評論家），絕大部分對之不屑一顧，甚至予以拒斥，願意正視它繼而與之展開對話的，可謂寥若晨星——羅門是這極少數中的一人，不僅對它再三發爲議論，甚至可以稱得上是「唯一」願意敞開胸懷對它包容的人。

羅門向來即對於後現代思潮保持高度的關注。依其自述，早在一九七〇年代，他就運用「後現代主義的解構、多元與組合的創作觀念」，將他和蓉子的家居創造成「燈屋」——一件具有後現代精神的「具體生活空間的造型藝術品」，戴維揚便指稱這座「燈屋」是一件「後現代多元共生的綜合藝術」作品[2]。在羅青於一九八五年提出以解構「文字賦詩」爲訴求的「錄影詩學」[3]之前，羅門亦早於一九七一年即爲文提倡「以電影鏡頭寫詩」的觀

【1】羅門，《羅門論文集》（臺北：文史哲，一九九五），頁一六五。

【2】羅門據此乃謂：「由此可見，臺灣還沒有談論『後現代主義』解構多元的藝術創作理念之前的十幾年，我已在『燈屋』這件近乎是『視覺詩』的藝術作品中，實踐了『後現代主義』的藝術創作理念。」參見羅門，《在詩中飛行——羅門詩選半世紀》（臺北：文史哲，一九九九），頁三十二。

【3】羅青，《錄影詩學》（臺北：書林，一九八八），頁一六二—一七六。

念，顯示他極早便有「後現代解構、多元的創作理念與預想」[4]。不惟如此，在《在詩中飛行——羅門詩選半世紀》一書中，他更舉出自己早期的詩作諸如〈麥堅利堡〉（一九六一）、〈曠野〉（一九七九）、〈門的聯想〉（一九八八）等詩，已運用後現代「解構」與「拼湊」的手法，而後來在一九九〇年代所發表的包括：〈古典的悲情〉、〈長在後現代背後的一顆黑痣〉、〈世紀末病在都市裡〉、〈後現代A管道〉、〈卡拉OK〉與〈觀念劇場〉，亦均是「含有後現代意識的詩」[5]，足見在後現代詩潮中，不論是在論述或創作領域，羅門都不缺席，而且更是戰後第一代詩人中最早具有「後現代意識」者。

或緣於此故，林燿德始於一九九三年仲夏的「羅門、蓉子的文學世界」學術研討會中提出〈「羅門思想」與「後現代」〉論文，率先以「後現代」的角度，檢視了羅門詩美學中「有待爭議」的後現代觀[6]。之前的一年，羅門即在美國愛荷華大學主辦的「後現代主義與超越」（Post-modernism and Beyond）研討會上發表〈從我「第三自然螺旋型架構」世界對後現代的省思〉長文，有系統地闡釋他的後現代觀（該文後來成爲林燿德上文論述的主要依據）。羅門好發後現代議論非自該文始，亦非於該文絕，在他或長或短的評論文章中、正式或非正式的研討會場上，以至於口沫橫飛的筆仗裡[7]，時不時就來一下「後現代的抒情」，要不然也咬一口「後現代」，已是詩壇眾人

[4] 羅門，《在詩中飛行——羅門詩選半世紀》，頁三十二。

[5] 同上註，頁三十二—三十四。

[6] 「羅門、蓉子的文學世界」學術研討會於一九九三年八月六日至十一日在海南島海口市海南大學舉行，與會的學者、作家、詩人有六十多位，來自臺灣提交論文發表的有張健、林綠、陳鵬翔、戴維揚、陳寧貴、林燿德、蕭蕭等人。林燿德於研討會中發表的該篇論文，後收入《世紀末現代詩論集》中，並易名為〈羅門VS.後現代〉，更能突顯出羅門的後現代觀與其慣有的現代思想的牴牾。參見林燿德，《世紀末現代詩論集》（臺北：羚傑，一九九五），頁一〇三—一一一。

[7] 例如在《台灣詩學季刊》十八、廿一、廿二、廿三期上，羅門即與向明關於他的兩首詩〈天地線是宇宙最後的一根弦〉及〈大峽谷奏鳴曲〉打過筆仗，兩人在文中也針對彼此的後現代觀點互相質疑，動了肝火的詞句難免傷和氣——不知這是否為藍星晚期同仁的內鬨？

皆知的事。然而，除了林燿德上述論文對其後現代思想有較爲深入的評論外（筆仗的攻詰不談），多半的論者在檢視其詩論或詩美學時，都將焦點集中在他的現代思想部分，即陳鵬翔所說的三個重心：心靈、現代悲劇精神與第三自然【8】；誠如上述，不可否認，後現代詩觀在羅門詩美學中尤其是晚近的論述裡，亦佔極爲重要的地位，不應予以忽視。本章即賡續林燿德上文，從不同角度進一步檢視羅門的後現代論述，同時也釐清其後現代思想中糾葛與含混的部分。

第二節 後現代的繪圖與誤讀

一、後現代的繪圖

從一九八〇年代末談論後現代開始，在羅門的論述文字中，經常給「後現代」三字加上上下引號，引號當然不是隨便冠上去的，推羅門之意，想必「後現代」三字對他是另有所指。申言之，他所謂的「後現代」是以他個人的「詩眼」（也就是他的「第三自然螺旋型架構」理論）所描繪的一張認知地圖，儘管這張認知圖和眞正的後現代地圖有所出入（此亦即其對後現代誤讀之所在）。他爲自己辯解，說後現代（主義）是一群聲音，並且各說各話，各有不同的代言者；既是如此，他亦「有權利來面對各說各話的『後現代』提出一己的觀感」【9】，表示自己的意見，而不必「去全面應對所有『後現代主義』各說各話的代言者他們的全部思想」，並且謙稱自己也非這些後現代思想

【8】陳鵬翔，〈論羅門的詩歌理論〉，收入周偉民、唐玲玲主編，《羅門、蓉子文學世界學術研討會論文集》（臺北：文史哲，一九九四），頁二四七。

【9】羅門，《羅門論文集》，頁一四六。

家的專門研究者【10】。這個「宣示」，為羅門自己樹立了「後現代言談」的前提，同時也合理化自己的論證基礎。

儘管如此，對於是否使用「後現代主義」這樣的字眼，羅門自己仍無太大把握，所以他一度提出「將『後現代主義』改成『後現代情況』來談」的主張，雖然這部分原因是他「一向不太贊成標上『主義』兩字的標籤」——蓋主義本身是有框架的，而詩人的創作精神是不受框架束縛的，他不僅不受制約，而且還要不斷超越，如他所言：「因一有『主義』的框架，便已如用『鳥籠』來抓鳥，而非以『天空』來容納鳥與給鳥自由無限地飛了」【11】；部分原因恐怕也緣由他自己對後現代主義仍不甚了了——所以才強調他所稱的後現代是以自己獨特的「詩眼」所看的「後現代」，言下之意乃他和其他談論後現代（主義）的人一樣，都有「各說各話」的權利。

如上所述，羅門在他的長文〈從我「第三自然螺旋型架構」世界對後現代的省思〉（刊於《台灣詩學季刊》第六期）中雖一度主張以「後現代情況」代「後現代主義」來談論他的「後現代」看法，事實上，他卻很少使用「後現代情況」這樣的字眼；反諷的是，該文是從第十六期《藍星》的〈從我「第三自然螺旋型架構」世界看後現代情況〉一文「改頭換面」而來，前文對後文的內容稍做了更動，但是題目從「看後現代情況」被易為「對後現代省思」，「後現代情況」字眼反而不見了。羅門大概認為，後現代情況的指涉層面較後現代主義寬廣，而後現代又比後現代情況來得更廣泛。廣泛的面向較易把握，也容易自圓其說；而指涉特定的東西，則難以含糊其詞，非射中靶心不可，否則易於自暴其短。有鑑於此，羅門的論述文字中，用得最多的字眼是「後現代」。

羅門是該振振有詞，不要說是國人，連洋人、洋學者對什麼是後現代（postmodern）、後現代主義（postmodernism）、後現代情況（postmodern condition），乃至於後現代性（postmodernity）、後現代理論

【10】周偉民、唐玲玲主編，《羅門、蓉子文學世界學術研討會論文集》（臺北：文史哲；一九九四），頁十七。

【11】羅門，《羅門論文集》，頁一四五—一四六。

（postmodern theory），也呈現出眾說紛紜、莫衷一是的情況【12】。華德（Glenn Ward）即言，這是因爲後現代這個字眼本身嚴格而言並非一門學派的思想，也不是具有明確目標或觀點的統合性知識運動；它更沒有一個具支配地位的理論家或發言者。它雖被各個學科（discipline）所採納，但每一位使用者均以其自己的術語來界定它，往往「在某一學科中它所意味著的什麼，在另一個領域內未必就可以相容」【13】。易言之，其涵義可謂言人人殊。

話雖如此，這些「大同小異」的術語，仍可以依其指涉的不同面向，而呈現出不同的涵義，華德即將之歸納爲下列四項【14】：

(一)一種社會實際的事物狀況。

(二)一組試圖界定或解釋此一事物狀況的理念（思想）。

(三)一種藝術的風格，或一種事物做成（making of things）的取徑（approach）。

(四)一個被用在很多不同的脈絡裡的字詞，用來涵蓋上述那三種不同的面向。

大體而言，上述第一項涵義指的是後現代性或後現代情況，第二項指的是後現代理論，第三項指的是後現代主義，而第四項則指泛稱性的後現代。依此看來，羅門所使用的後現代（不論他有無冠以引號）一詞，當指上述華德所說的第四項泛稱性的稱呼。

【12】即以後現代主義與後現代性一詞為例，往往甲說的後現代主義，其意義可能就等同於乙說的後現代性，顯見二者容易被混淆。社會學者紀登斯（Anthony Giddens）認為它們之間有所不同，See Anthony Giddens, *The Consequences of Modernity* (Cambridge: Polity Press, 1991), 45-46；但另一學者庫馬（Krishan Kumar）卻以為這二個概念難以區分，See Krishan Kumar, *From Post-Industrial to Post-Modern Society: New Theories of the Contemporary World* (Oxford: Basil Blackwell, 1995), 101-102.

【13】Glenn Ward, *Postmodernism* (London: Hodder Headline Plc, 1997), 3.；孟樊，《後現代的認同政治》（臺北：揚智，二〇〇一），頁十二。

【14】Glenn Ward, 4.

譬如他不只一次地提及他比較重視的兩位後現代思想大師巴特（Roland Barthes）與詹明信（Fredric Jameson）[15]。嚴格而論，巴特是後結構主義思想家，不是後現代理論家——只是他的理論常爲後現代主義者所挪用（appropriate）。羅門提及巴特，主要是強調他的「寫作的零度」（writing degree zero）的主張[16]，而談到詹明信，則針對他所看到的「沒有深度、崇高點，以及對歷史遺忘」的後現代情況——或用詹明信自己的話說，即跨國資本主義（multinational capitalism）或晚期資本主義（late capitalism）的社會情境[17]。巴特的說法，涉及的是創作（手段）的問題（即對沙特所提出的「文學是什麼」問題的回答），而詹明信的理論涉及的則是「一種社會實際的事物狀況」（他談的文化問題比文學創作多）。換言之，前者所指的是「後現代主義」（此說有待商榷，下詳），而後者指謂的乃是「後現代情況」或「後現代性」（雖然詹明信的扛鼎之作《後現代主義或晚期資本主義的文化邏輯》中也用「後現代主義」一詞）；然而，羅門在使用其「後現代」一詞時，則籠統地將上面兩位思想家的說法全予以涵括，亦即羅門的「後現代」，包括了後現代主義及後現代情況的意涵。

在「後現代」這張大傘之下，綜合他在多篇文章中的各種說法，羅門爲它所描繪的這一張認知地圖，包括底下這些概念：解構、顛覆、多元、複製、拼湊、嘲諷、戲謔、遊戲、平面（或平塗）、去中心、缺乏嚴肅、自由開放、作者死亡、脫歷史感、消費性格以及零度寫作等等，不一而足。例如他提到之所以心儀詹明信的後現代理論時表示：

【15】羅門原先提到主張「零度創作」（zero-degree writing）的後現代理論家為德希達（Jacques Derrida），此一指鹿為馬的誤認已被林燿德的上文所糾正，後來在《羅門論文集》中已經羅門訂正。類如把巴特誤認為德希達的錯誤，當不只一端，在〈創作心靈的探索與透視〉一文中，羅門也錯將達達主義（Dadaism）大將杜象（Marcel Duchamp）誤認為後期印象派大師塞尚（Paul Cézanne），以為是後者採取「達達」與「普普」（Pop）的反逆與顛覆的創作理念，將夜壺直接在展覽場展出。參見羅門，《創作心靈的探索與透視》（臺北：文史哲，二〇〇二），頁一一八。

【16】Barthes Roland, *Writing Degree Zero*. trans. Annette Lavers and Colin Smith(New York: Noonday Press, 1968).

【17】Fredric Jameson, *Postmodernism, or, The Cultural Logic of Late Capitalism* (Durham: Duke UP, 1992), 3.

我曾經對詹明信這位後現代主義的顯著人物，他將目前世界的人類，裁決為沒有深度、缺乏歷史感的存在，這一嚴重問題……深有同感，便引發我個人進一步對後現代人類存在的實況提出質疑，並對目前所謂後現代偏向於沒有深度、沒有歷史感、流行、商業化、消費性格、浮面、淺薄等劣質化的文藝走向提出警告、批判與防範【18】。

從上述這段話中顯示，羅門的後現代觀接受了詹明信的說法，詹明信在上書中即提到後現代主義的新文本（text），融合了法蘭克福學派（the Frankfurt School）所拒斥的那些文化工業的形式、範疇與內容，他說：

事實上，後現代主義非常著迷於整個垃圾和媚俗之作（**schlock and kitsch**）、電視連續劇與《讀者文摘》（*Reader's Digest*）文化、廣告與汽車旅館、夜間表演節目和B級好萊塢電影，以及所謂的「代文學」（paraliterature）——機場出售的平裝本哥德式小說與羅曼史、通俗傳記、謀殺的神祕故事、科幻小說及奇幻小說的「墮落」景象。他們不再只是「引用」這些題材，像喬伊斯（**James Joyce**）或馬勒（Gustav Mahler）那樣，而是將這些題材納入他們的真正本質裡【19】。

詹明信認為上述那些所謂「後現代的代文學」和現代主義第一個最明顯的差異就是它的平板性或無深度性（flatness or depthlessness），也就是名副其實的膚淺性（superficiality）【20】。這種後現代主義的膚淺性是羅門所引

【18】羅門，《羅門論文集》，頁一六九。
【19】Fredric Jameson, 2-3.
【20】Ibid.,9.

以爲憂的（下詳）。除了引用詹明信上述的說法外，又如在他解讀林燿德的〈人人都想向我索討食譜〉等詩時，也從他所了解的後現代角度著手立論，底下這段論述即係來自他那張「後現代認知地圖」：

> 林燿德採取後現代「顛覆」、「解構」與「戲謔」意念與「拼湊」（collage）手法，透過醜美學的觀點，將文類與文字媒體解構，滲入非文字的其他符號；以及將雅與俗、腰上與腰下、神與鬼、田園與都市、古與今、自然與外太空……等的不同存在思想、情景與時空狀態，都混在一起，組合與拼湊成詩的至為新異、特異乃至有點怪異的詩思「大拼盤」，這顯然是一種兼具高度實驗性與創造性屬於後現代創作理念的表現【21】。

事實上，羅門的這張「後現代地圖」，不僅可從其論述文字中讀出，還可以自他幾首他所謂的具有「後現代意識」的詩作中看出，這包括〈古典的悲情故事〉、〈長在後現代背後的一顆黑痣〉、〈世紀末病在都市裡〉、〈後現代A管道〉、〈卡拉OK〉與〈觀念劇場〉等【22】，這些詩作並非後現代詩，而是具有後設意味的「論後現代的詩」，譬如〈後現代A管道〉一詩，就指出羅門眼中所見的幾種後現代的特色：缺乏嚴肅（「後現代嬉皮笑臉」）、去中心（「方向該往那裡走／只要是路／方向該往那裡休息／那要看它累成什麼樣子」）、拼湊（「有人將咖啡倒進龍井／有人將檸檬擠進牛乳」），以及自由開放（「只要你高興／一切都由你／價值由你定／歲月由你選／世界任你挑」）等。

【21】羅門，《創作心靈的探索與透視》，頁一三六。

【22】羅門，《在詩中飛行——羅門詩選半世紀》，頁三十四。

二、後現代的誤讀

羅門所描繪的這張「後現代地圖」，不論是以論述文字或詩作呈現，其中均不乏錯描或誤置之處，這當然是由於他對後現代或後現代主義的誤讀（misreading），雖然誤讀是理論的旅行（travel of theories）本身難以避免的。例如他舉自己的三首詩作〈麥堅利堡〉（一九六二）、〈曠野〉（一九七九）、〈門的聯想〉（一九八八），認爲它們即是運用了後現代的解構、拼湊與多元的「創作意念與手段」[23]。拼湊與多元固然是後現代的「創作意念與手段」，卻非後現代專屬，事實上，現代主義也玩這種手法；兩者的差異在：前者羚羊掛角，無跡可循，而後者則反是——也就是它有一個訴求的主題，來自多元的拼湊雖然看似各不相干，各說各話，背後卻在指向一個統一的思想，那麼這就是有「跡」可「尋」了，只是現代主義不太使用「拼湊」這個字眼，他們用的更多的是「並置」。並置其實也就是拼湊，但並置會爆出火花，拼湊則是胡亂地並置而已。羅門這三首詩均非胡亂的拼湊，而是有意的並置，而此一手法當然不該賴給後現代主義。

在《台灣詩學季刊》第廿二及廿三期中，羅門和另一位同輩詩人向明曾就自己的〈大峽谷奏鳴曲〉一詩是否爲後現代詩打過筆仗，爭議的焦點即在「解構」（deconstruction）問題上。羅門在該詩詩末的附言中說：「這首兩百多行的長詩，是我企圖跨時空、跨國界、跨文化與藝術流派框限，以世界觀與後現代解構理念所寫成的詩」[24]，就因爲這一附言，引來向明高分貝的質疑：這首八段結構的長詩「全都是保守的修辭性文本」；正因爲如此，在該詩中找不到「各種游離不定的差異」，看不出「有任何對既有文本破壞的企圖」，所以這根本不是用後現代解構理念寫的詩。向明認爲羅門只標榜一串聳動的口號，「卻沒有提示創作方法，譬如後現代詩是如何表現，解構理念的

【23】同上註，頁三十二—三十三。
【24】同上註，頁三〇四。

詩是如何表現，兩者疊加在一起的〈大峽谷奏鳴曲〉又是如何表現？」【25】

平心而論，向明的詰難不無道理。解構基本上是後結構主義的一種批評方法而非創作手段，依照學者布瑞斯勒（Charles E. Bressler）的說法，解構主義的解讀策略，有一套如下的進行次序：首先，他必須對文本（text）採取線性式的（linear）閱讀，也就是視文本具有清晰的開頭、中間與結尾的結構。其次，據此他必須進而【26】：

(一)去發現支配文本本身的一種二元性運作（the binary operations）；

(二)並對這種二元運作背後的價值、概念及理念予以評價；

(三)再翻轉這些被呈現出來的二元運作；

(四)還要拆解先前所抱持的世界觀；

(五)以至於接受植基於此種新的二元倒轉的文本所出現的有著各種不同層級的可能性；

(六)最後要允許文本的意義具有未定性。

首揭解構理論的德希達（Jacques Derrida）本人即特別強調上述那個翻轉原先二元對立（結構）的顛覆階段，在《立場》（*Positions*）一書中他更指出，這種解構策略不同於黑格爾式的辯證法。黑格爾的唯心主義「取消」（aufheben）古典唯心主義矛盾的二元對立（the binary oppositions），被取消之後的二元對立則再被歸結為第三

【25】向明，〈鼓勵．鼓勵．加倍鼓勵．脫國王新衣——評析羅門「大峽谷奏鳴曲」及其他〉，《台灣詩學季刊》，第二十二期（一九九八年三月），頁四十。

【26】Charles E. Bressler, *Literary Criticism: An Introduction to Theory and Practice*(Englewood Cliffs, New Jersey: Prentice-Hall, 1994), 81-82.

方，這第三方的出現，除了一面取消、拒斥之外，也一面予以提升、理想化【27】——這可說是一種文學的現代主義；然而德希達的「取消」所出現的新的「概念」，「不再可能，也絕不會被涵括在原先的體制中」【28】。德希達稱此翻轉後之出現者爲不可決定的「幻影的統一體」（unities of simulacrum），它並不構成第三端（a third term），例如就像Pharmakon（藥）這個字，它既非良藥亦非毒藥，既非善亦非惡，既非內用亦非外敷，既非言語亦非書寫。這「既非／亦非」（neither／nor）也就是說「同時」擁有兩個「或者」（or）【29】——這可說是文學上的後現代主義。羅門的〈大峽谷奏鳴曲〉大概只能找到黑格爾式「辯證性的和諧」（dialectic harmony），而找不出「既非／亦非」這種意義的未定性。

解構雖係一種解讀或批評策略（也是方法），然而羅門是否可以之作爲寫詩的依據？向明冷嘲熱諷說「我們的羅門先生居然可以用後現代解構理念寫詩」【30】，這話又不無商榷餘地。解構雖非創作手段，惟若詩人事先心中存有「解構理念」，執筆賦詩時難免受其影響，讓「文本顯出各種游移不定的差異」，使看似清晰嚴謹的文字洩漏一些縫隙，甚至玩弄純粹的意符遊戲（signifier game），亦非絕不可能。或許我們可以這麼說，羅門自可以以解構理念賦詩，問題在——他玩得道不道地。如果玩得不道地，又自稱爲係用「解構式」的玩法，自不免遭致誤解之譏【31】。

【27】Derrida Jacques, *Positions*, trans. Alan Bass (Chicago: The University of Chicago Press, 1982), 43.

【28】Ibid., 42.

【29】Ibid., 43

【30】向明，頁四十。

【31】羅門在反駁向明的質疑時自謙說，雖不敢像向明那樣說自己懂「解構」觀念，但也肯定地以自己廿多年前即用「燈屋」這件作品「具體說出後現代創作的『解構』觀念」。至於〈大峽谷奏鳴曲〉此詩，羅門坦承，基本上只是「以世界觀開放的心境以及後現代藝術解構與拼湊的理念去寫一首打破時空、都市、田園、太空、國界、文化與藝術流派框限的屬於我個人創作風格的詩」，所以並不是一首後現代主義的詩；同時並以此反唇相譏向明說他指鹿為馬，只因該詩附言出現有「後現代解構」這五個字眼，便「到天空去亂抓『大峽谷奏鳴曲』這隻根本不

羅門難辭其咎的還可以從他對巴特「零度書寫」的誤用看出。羅門在他的論述力作〈「第三自然螺旋型」的創作理念〉及〈從我「第三自然螺旋型架構」世界對後現代的省思〉二文中均一再提及巴特的「零度創作」觀念[32]。在該二文中（相關部分的文字都重複）[33]，羅門是這樣闡釋他的「零度創作」觀念：

的確當人類在以往生活中，極力企求各式各樣的「權威性」、「絕對性」、「完美性」與精神存在的「頂峰」世界，都大多換來不同的苦痛，常不如意，而且生活得太費心，乾脆將眼睛放低下來看，除去一切不變的規範與偶像所加的負荷力與約束力。讓生存空間一直清除與空到零度重新開始的位置。讓新起的一切，排除舊有的一切約束，且自由的進出，並建立新的生存空間秩序與狀態[34]。

就巴特所揭櫫的「寫作的零度」來看，羅門這段論述文字難免有偷龍轉鳳之嫌。巴特指的「寫作的零度」是一種中性寫作，而中性的寫作也就是一種純潔的寫作，其目的在祛除語言的社會性或神話性，換言之，就是要擺脫歷史與社會對文學語言的制約。文學不應被看作是一種具有特殊社會性的流通方式，它本身具有獨立的機制。古典文學的語言本身不具內涵，是言外之物的反射，所以是透明的。直至十八世紀末，文學語言本身才獲有自己的「重量」，而文學的形式也才在作家的目光之前搖晃，成爲被關注的對象。首先在夏多布里昂（François-René

是後現代主義的鳥，抓不到，還自言自語說自己懂後現代主義」，參見羅門，〈向明？向暗？向黑？〉，《台灣詩學季刊》，第二十三期（一九九八年六月），頁一四五—一四七。其實，向明也沒說他懂後現代主義。

【32】羅門，《羅門論文集》，頁一三五—一三七，一五〇—一五一。

【33】羅門在論述中，後文常常習慣「剪貼」或「複印」自己的前文，不僅觀點重複，連文字也重複，如下引有關「零度創作」之說，這二篇文章的文字就幾乎是一整段重複。羅門的這種行文習慣，識者已不以為怪。

【34】羅門，《羅門論文集》，頁一五〇。

de Chateaubriand）時代，寫作開始成為作家目光注視之焦點，幾乎與其工具性功能分離，可說是一種自戀現象，其次，直至福樓拜（Gustave Flaubert），才明確地使文學（形式）成為「製作」的項目；最後馬拉美（Stephane Mallarme）針對語言的破壞，使文學語言在某種意義上成了殭屍，亦即其對寫作的謀殺（meurtre），完成了文學對象的構造。零度的寫作即是一種「擺脫特殊語言秩序中一切束縛的寫作」，也就是使語言呈現「一種中性的和惰性的形式狀態」，例如卡繆（Albert Camus）的《異鄉人》，即顯現一種「不在」的風格，就像馬拉美的印刷失血症企圖在稀薄的字詞周圍創造一片空白地區，不再發聲；「不在」即沉默，以非祈願式或非命令式的直陳性語言寫作[35]。

然而，羅門所說的「零度寫作」指謂的卻是詩人的存在狀態，尤其將它和他詩論中慣有的三個重心之一的「心靈」相互連結起來立論[36]，亦即詩人應「除去一切不變的規範與偶像所加的負荷力與約束力」，讓心靈狀態掏空降到零度，排除舊有的一切束縛，自由開放進出，以「建立新的生存空間秩序與狀態」。嚴格而言，這實在與巴特所說的寫作的零度風馬牛不相及，所以陳鵬翔才說：「羅門在討論這種零度書寫時根本就未了解到巴特是在討論語言、風格與書寫這三種『形式』（form）的關聯……，他當然更沒想到巴特的零度書寫概念並未在他往後的文學研究中扮演重要的角色。」[37]的確，「零度的寫作」此一主張，是巴特早期結構主義的文論，羅門若要援引巴特的理論，理應注意其中晚期轉向後結構主義的作品才是。

【35】Roland Barthes著，李幼蒸譯，《寫作的零度》（臺北：時報，一九九一），頁五十六—五十七。

【36】依陳鵬翔的研究，在〈論羅門的詩歌理論〉一文中指出，羅門的詩論有三個重心，即心靈、現代人的精神悲劇，以及所謂的「第三自然」。參見陳鵬翔，〈論羅門的詩歌理論〉，收入周偉民、唐玲玲主編，《羅門、蓉子文學世界學術研討會論文集》（臺北：文史哲，一九九四），頁二四七。

【37】同上註，頁二五九。

第三節　後現代的肯定與否定

一、後現代的肯定

如前言所說，在戰後第一個世代的詩人群中，羅門稱得上是願意對後現代（或後現代主義）予以包容以至於接納的前輩詩人。在〈從我「第三自然螺旋型架構」世界對後現代的省思〉一文中，他即表明「肯定後現代主義階段性的必然性與其突破現代主義，所呈現的某些正面價值」[38]；而他之所以願意肯定後現代主義「某些正面的價值」，係源於他向來所主張的多向性（NDB）詩觀[39]，畢竟詩人是在「自由遼闊的天空」而不是在「鳥籠」內創作的，在詩的表現技巧及內涵世界上，同時都要講究它的多向性。基於這樣的觀點，「多向性」勢必要將新起的後現代納入，無論在詩的內容或形式上，都應該正視其存在，而且也能爲詩人所用。詩是語言的藝術，作爲一名現代詩人則應不斷探索詩語言新的性能：「由於人類不斷生存在發展的過程中，官感與心感的活動，不能不順著這一秒的「現代感」，往下一秒的「現代感」移動，而有新的變化。這便自然地調度詩語言的感應性能到其適當的工作位置，呈現新態。否則，便難免產生陳舊感與疏離感。」[40]

的確，誠如羅門所說，一個現代詩人若能不斷注意與探索詩語言新的性能與其活動的新的空間環境，他便能不

---

[38] 羅門，《羅門論文集》，頁一四八。

[39] NDB是None Direction Beacon的縮寫，專業名稱叫「多向歸航臺」，是一種飛機的導航儀器，讓飛機可在看得見及看不見的狀況下，從各種方向準確地飛向機場。羅門認為這種NDB「頗似詩人藝術家的廣體的心靈與各種媒體，將世界從各種方向，導入存在的真位與核心」，而此讓他在無形之中形成其創作上「多向性」的詩觀。參閱羅門，《羅門詩選》（臺北：洪範，一九八四），頁九。羅門少時曾任空軍飛行官校飛行員。

[40] 同上註，頁五。

斷地持有創造性的意念，而這一意念「將使所有停留在舊語態中工作的『比』、『象徵』與超現實等技巧，必須有所改變與呈示新的工作能力」[41]。現代詩人既要不斷探索新的語言，以調度其語言的感應性，則他當勇於嘗試後現代主義對於詩語言所帶來的革新。

出於這樣的觀點，羅門在爲蕭蕭《凝神》詩集所寫的序文中，便從後現代的角度立論，認爲蕭蕭的詩雖如其他詩人一樣離不開賦比興手法的運用，但他的詩作亦「明顯已涉及所謂『後現代』帶有解構顛覆性、遊戲色彩、拼湊，以及反常態與複製的詩風」[42]。例如以〈應無所住而生其心〉這首被羅門大加推崇的詩而言，這是該「詩集中題材與思想面的廣闊度與用量都較大的一首詩」，詩人創作的企圖心與膽識很大：

> 運用的表現技巧也具多樣性與變化，包括現代詩一貫用的意符、象徵、超現實、立體觀念、內延化的形而上性，以及後現代著重的指符、平塗、解構、多元混合拼湊、複製、圖像、設計……等，可說是全面動用所有能用的創作技巧與手段，因而這首詩，應是一首具大容涵與大工程建構的詩，也是蕭蕭帶有後現代詩風的一首具有思想性與表現的重大作品，值得大家重視[43]。

在肯定「蕭蕭是有思想性、語言功力、想像豐富，以及有藝術策略與運用多樣性技巧表現的優秀詩人」之後，羅門認爲這本詩集「是隨帶著『現代詩』具有內在深度的思想資源，進入『後現代詩』新的工業區，去創建與經

【41】同上註，頁七。
【42】羅門，《創作心靈的探索與透視》，頁一六八－一六九。
【43】同上註，頁一七〇。

營確有實力的『後現代詩』的新廠房，出產新穎的詩產品，是有創意與前景的」【44】，可以看出，羅門的結論是站在「肯定後現代」的立場，從蕭蕭詩作中的後現代味，讚揚他有經營新語言與技巧的能力。

同樣的情況，在羅門評論羅青、杜十三及林燿德的詩作中，亦可看到他不只一次地從後現代的角度肯定這三位詩人。就羅青來說，他之所以被認爲是「第一流的詩創作者」，是因爲他具有「第一流想像力」【45】，所以他才能用此一「第一流的想像」玩出「西瓜十六種吃法」【46】；而從他的「玩法」中可以發現：「他不像余光中是採取新古典美學精神所引發的『常態正規』能動性去運作；而是運作在後現代顛覆、解構多元、拼合與重建的新思維境域，溢放出詩新穎的異類意趣與複疊的思緒，更值得從新的藝術角度與表現形式來觀賞與予以重視。」【47】

另就杜十三來說，羅門在爲他的詩集《石頭悲傷而成爲玉》所寫的序文中，除了肯定杜十三「面對世界，採取多向度的觀察，內視力也較一般詩人銳敏與深入，又有一己獨特的切入點」之餘，特別盛讚他的「後現代能力」：

> 他有審判能力，能確實善用「後現代」解構觀念，打破所有的框限，自由的進出古、今、中、外以

【44】同上註，頁一七五。

【45】羅門的論述文字，除了擅用形象式的比喻，例如「『詩』是神之目，『上帝』的筆名」、「詩是打開智慧世界金庫的一把金鑰匙，上帝住的地方也用得上」，在評論詩人作品並給予肯定之餘，往往亦不吝用誇張的形容詞加以讚揚一番，如此處所用的「第一流」字眼；又如形容杜十三的詩集《石頭悲傷而成為玉》「像一顆亮麗的詩的人造衛星」；再如稱林燿德為「臺灣奇才」，以至於是一位「才情、才思、才智高人一等具有創作前景的天才作家」。喜用誇張的形容詞予人以肯定之讚語，讓羅門的論述文字帶有他個人強烈的色彩，形成他個人獨特的評論風格。參見羅門，《創作心靈的探索與透視》，頁一六三、二二三、二二四。

【46】羅青〈吃西瓜的六種方法〉組詩（計五首），收在詩集《吃西瓜的方法》（臺北：幼獅，一九七二）中（頁一六一－一六六）；羅門說羅青「吃西瓜的方法」有十六種（多了十種），可能是筆誤。

【47】羅門，《創作心靈的探索與透視》，頁一七七。

及田園、都市與宇宙太空的生存時空環境，自由的使用地球上所有的物體材料以及各種藝術流行主義的功能，以致擁有創作世界豐富與大包容度的資源，這便首先使他這部書的書寫內容與藝術表現，出奇的繁複，多變化與多樣性，而滿足讀者【48】。

至於論及林燿德的部分，除了上引（前節）評論林燿德的獲獎詩作〈人人都想向我索討食譜〉的文字外，更進一步指出他的「這首詩確是大力抓住『後現代』創作的左右心房。那就是在『內容』與『形式』做雙向的全面的『解構』與『突破』，在不可能中創造可能，開拓他思維空間廣闊與藝術表現理念新穎的詩創作世界」，使他這首詩「幾乎像是在後現代新的創作園區展示各種技巧的特殊發表會」【49】（儘管這首典型的現代詩可否從後現代主義的角度來解讀恐值得商榷）。

如上所述，羅門之所以能正視後現代「某些正面的價值」，係出於他所持的「NDB詩觀」，而這「NDB詩觀」實係根源於他自成體系的「第三自然螺旋型架構」理論。依照「第三自然螺旋型架構」的說法【50】，詩人內心秉持此一架構，無形之中即為其自己形塑一個具有「無限自由與開放的包容性」的精神世界，它可以三百六十度圓形不斷向前（上）突破與前進，而旋轉衍生為一種螺旋形運動，形成一「前進的永恆」，將各種古今中外的思維含納，包括老莊、陶潛和王維，也包括米開蘭基羅、莎士比亞與貝多芬，更包括巴特及詹明信。此一螺旋形「永恆的前進」所旋開的是「內在N度空間」，在此一空間內，何止是傳統寫實或現代，連後現代乃至後後現代都可以存在，而且其創作手法亦能為詩人所用，進而冶於一爐。有鑑於此，在「第三自然螺旋型架構」之下，後現代或後現

【48】同上註，頁一六一。
【49】同上註，頁一三五。
【50】羅門，《羅門論文集》，頁一三一—一四三。

代主義自不必爲羅門所排斥，而這也是羅門之所以願意正視它以至於肯定它的道理。

二、後現代的否定

依羅門所信，後現代主義之出現乃至「解構」現代主義，係因後者向上旋轉到它的「頂峰世界」時，背後出現了盲點，亦即現代主義發展至極致所顯現的盲點乃由繼起的後現代主義來加以克服。現代主義會出現盲點，後現代主義當亦不能例外，所以他說：「同樣，後現代主義在『第三自然』所旋開的『前進中的永恆』的無限地展現的Z度透明螺旋型世界裡，背後所呈現的盲點，也就接著有待後後現代來克服調整改善與重建。」【51】所以本節開頭所舉的〈從〉文中，羅門雖一面聲明他肯定後現代主義突破現代主義的正面價值，也一面澄清要「同時看出它背後所可能甚至已出現的某些盲點」【52】。

基於這樣的立場，在上文中，羅門即表示他要採取超越這種主義發展階段性的態度，在以「全面性的通觀與審視」來探索後現代主義所可能出現的盲點時，「難免有些批判」【53】——這就是羅門對後現代主義有所保留的地方。正因爲他「有所保留」的態度，所以他對後現代是有所取、有所不取，絕非「來貨照收」【54】，有著他自己個人的後現代工廠【55】。從他對後現代有所選擇的批判可以看出，他所拒收的是後現代出現的負面現象【56】，而這也就是羅門對後現代加以否定的一面。

【51】同上註，頁一四八。
【52】同上註。
【53】同上註。
【54】同上註，頁一七一。
【55】同上註，頁一六八。
【56】羅門，《在詩中飛行——羅門詩選半世紀》，頁三十四。

羅門對後現代的否定，首先係直指詹明信所說的「無深度感」，也就是後現代的淺薄性。依羅門的了解，詹明信對後現代情況的分析，是在「指控人在『後現代』已活在沒有『深度』、『崇高點』以及『對歷史遺忘』等狀態」；而羅門站在他「第三自然的螺旋型世界」裡，「認爲詩人與藝術既是開拓人類內在更深廣的視聽世界，則應該反對『浮面』、『淺薄』與『流行性』的氾濫，並繼續在詩中探索與建立一個具有『美』的深度與不斷向頂端爬昇的高層創作世界」【57】。在這樣的創作世界裡，詩人有信心懷抱「永恆」與「眞理」，理由是：

因為大家已看到在世紀末，人類活在後現代的泛價值觀中，好像越來越沒有價值標準，只要合乎我意的，就有價值；活在後現代泛方向感中，所有的方向好像都是方向，只要我高興的方向，我就去，結果是各走各的，走在沒有方向的方向裡……，也沒有所謂的絕對真理以及對與錯，結果形成目前勢利、暴力、政客屬性、冷漠、性的氾濫、毒品、愛滋病流行，甚至無情、無義、無信的劣質化社會現象【58】。

羅門上述這樣的「控訴」，雖不無道理，但要把他所指陳的那些「劣質化社會現象」全一股腦推給後現代情境，令人不由得興「替罪羔羊」之嘆。這些所謂後現代式的「浮面」、「流行」、「粗糙」的文化現象，究竟是後現代的因抑是後現代的果？恐須進一步辯明。至少法蘭克福學派便指出，這種膚淺的大眾文化係現代文化工業有以致之。

對羅門來說，無深度感（或曰淺薄性、平面化）既是後現代的文化現象，也是後現代詩所顯現出來的一種弊

【57】羅門，《羅門論文集》，頁一五七。
【58】同上註，頁一五八。

害。此乃立基於羅門對於詩所秉持的理念。羅門向來認爲，意象是詩之所以爲詩的「基本元素」，如果將意象排除，等於是不要詩出來，蓋詩根本上是以意象來「表現不可見的更爲眞實奧祕與無限的世界」；若只是指陳表面可見的世界，那是散文、小說與報導文學的事。例如陶潛的「採菊東籬下，悠然見南山」詩句，如果沒有後句「南山」意象的出現，只有前句外在的「視象」，那不過是散文而不是詩。換言之，詩須有意象始能見其深度，這才是詩的意指（signified），否則只存意符（signifier），那是散文，詩是不會在這種平面的創作領域裡出現的。然而，目前不少後現代詩則是要將意象放逐，以拼湊或連環套的手法產生缺乏深度的平面圖景，「畢竟仍顯有偏失與可見的盲點」[59]。羅門的「意象說」令他對後現代難免不懷好感：

若有人在後現代，圖完全排除詩的意象，那顯然是不智與不加深思的，因為詩如果沒有「意象」，詩會餓死，或者「窮」得只好交給散文領養，甚至使中國五千年來以詩意境高超為榮的文化心機受到傷害。事實上詩高超的「意境」世界是由高超的「意象」來領航與達成的[60]。

後現代詩的弊端當不只喪失意指（即意象被放逐）而已，在羅門看來，它所強調的解構與多元化傾向，如前所述，雖然有其正面意義與價值，也就是它將「一」解構變成更多的「一」，多線道地展現出生命與一切事物存在的多彩多姿與富麗的世界與景觀——這便有如將「太陽」解構，使解構後的每一部分都仍閃著陽光，這應當予以肯定[61]；然而，肯定解構的同時也不能忽視它可能產生的負面與盲點。羅門進一步憂心忡忡地說：

【59】羅門，《在詩中飛行——羅門詩選半世紀》，頁七—九。

【60】同上註，頁八。

【61】同上註，頁二十九。

將「太陽」擊碎（解構），使所有的「碎片」，都變成個別的「太陽」，這當然是美好的構想。但如果「太陽」被解構了，所有的「碎片」都不是「太陽」，只是零星的煙火，像目前世界日趨「流行」、「浮面」、「薄片」，甚至劣質化缺乏「理想」的文藝現象，那是我站在「第三自然螺旋型世界」所無法苟同的【62】。

羅門上述這個「太陽」與「碎片」形象式的譬喻，並不難理解，只是解構一詞並非如他所說將「一」打碎變成「多」，這樣的說法恐怕是引喻失義。羅門如何誤植解構另當別論，但是從他上述在高度讚揚後現代的「解構」之餘仍不忘提醒讀者與詩人同好它可能產生的負面與盲點，足證他對後現代的有所取與有所捨。他所取的，也就是他對後現代（主義）肯定的部分；他所捨的，也就是他對後現代（主義）否定的部分。而不管肯定或是否定，就羅門自己所提出的「第三自然螺旋型架構」而言，他是不會感到有任何的衝突的。

第四節　結語

羅門之所以對後現代有褒有貶，並在這褒貶互異的立場中不會感到「自亂陣腳」，實係出於他潛意識裡（不自覺地）想要綰合現代主義與後現代主義的意圖。一來他認爲現代與後現代二者並非「一刀兩斷分開存在的孤立體」，它們甚至是「錯綜複雜糾纏在一起」，況且創作者也大多有兩邊跨界的現象【63】；二來他始終秉持的是一種

【62】羅門，《羅門論文集》，頁一六〇。

【63】同上註，頁一四九。

「自由開放的創作心靈」，自然不願也不會爲包括現代主義和後現代主義的「框框」所限制【64】，畢竟有「框」才會畫地自限，也才會彼此產生衝突。

羅門這一綰合現代主義與後現代主義的論證，可以如下概括：「現代思想＋後現代詩風（拼湊、顛覆、複製……）＝傑出詩作」。以他對於林燿德與蕭蕭（部分）詩作的分析與讚揚爲例，即可看出他背後結合現代與後現代的意圖。對於林燿德的詩作，羅門之所以認爲傑出，是因爲其雖「披上後現代詩風」，採取顛覆、逆返與革新的創作手段，但是卻也「不會放棄『現代』乃至過去任何有利他創作需求的東西」【65】，羅門肯定地認爲：「林燿德確是帶著『現代』足夠的思想財源不是『空頭支票』，進入『後現代』向前邁進的實力派的傑出的詩人。」【66】對於蕭蕭的詩作（主要是《凝神》），羅門認爲，在他的若干「具有後現代創作風貌的詩中，仍堅持詩思的內在性意涵與深度，乃至『意象——意符（即符指，signified）』所意指的某些含有哲思的形而上性」。蕭蕭這本《凝神》詩集，在羅門看來，誠如上述，「是隨帶著『現代詩』具有內在深度的思想資源，進入『後現代詩』新的工業區，去創建與經營確有實力的『後現代詩』的新廠房，出產新穎的詩產品，是有創意與前景的。」【67】

上述那樣的論證不無商榷的餘地。就純粹的後現代主義者而言，恐怕無法接受「骨子裡是現代主義卻戴著後現代主義的外殼」這樣的論調；當初後現代理論之崛起，就是在瓦解現代思想，而後現代主義之中如果還寓有現代（啟蒙）思想，那也非後現代主義了。反之，若具現代的人文精神意涵，也就難以成爲一首後現代詩作，向明批評

【64】雖然羅門再三強調他不太贊成把「主義」兩字標在任何文藝尤其是詩身上——因為「主義」是有框架的，而詩人的創作精神是不斷超越與不受制約的，是要打破框架的。參見羅門，《羅門論文集》，頁一四六；羅門，〈向明？向暗？向黑？〉，頁一五一。然而，在多數的譴詞用句中，後現代「主義」一詞還是常常上口。

【65】羅門，《創作心靈的探索與透視》，頁一一一。

【66】同上註，頁一二八。

【67】同上註，頁一七三、一七五。

羅門的一句略帶笑謔的話：「只要把作品中任意三行拿來看，如果三行文意之間有邏輯性思考的即是僞作」【68】——也就是非後現代詩，倒也言之成理。林燿德在〈「羅門思想」與「後現代」〉論文中曾指出，在羅門的詩論思想中，存在著「三組對抗的課題」，即：「進化的文學史觀」對「不連續史觀」；「形上學體系」對「反形上學（反二元理言中心主義）」；「純文學的超越性」對「讀者論」【69】——這三組對抗課題，其實可以化約爲：「現代主義」對「後現代主義」，而這一組對立思想並不容易調和與化解。

羅門曾引述林燿德上文的一段話：「後現代主義者譏笑現代主義是『刺蝟』，眼睛只能看到一個方向，他們又自比爲『狐狸』，可同時注意不同的方位。不過眼觀八方的狐狸，常因咬不著刺蝟而餓死。」【70】，認爲「這段話正是說明，變化多端的後現代主義，若同現代思想斷絕，會空肚子餓死」【71】。事實上羅門哪裡知道，眼觀八方的狐狸根本不會想去咬刺蝟，他只會譏笑刺蝟是個現代主義者。狐狸可能會也應該會翹辮子，但絕不是餓死或咬死。

【68】向明，頁四十。
【69】林燿德，〈「羅門思想」與「後現代」〉，收入周偉民、唐玲玲主編，《羅門、蓉子文學世界學術研討會論文集》（臺北：文史哲，一九九四），頁一六四。
【70】同上註，頁一六五。
【71】羅門，《創作心靈的探索與透視》，頁一一四。

第四章　洛夫的超現實主義論

第一節　前言

超現實主義（surrealism）於一九五〇及六〇年代再度崛起並盛行於臺灣詩壇[1]，在此一期間形成張漢良所說的「臺灣的超現實主義風潮」[2]。雖然張漢良認為「超現實主義於一九五〇年代中期介紹到臺灣詩壇來，起初並非有計畫的輸入」[3]，然而透過若干詩人、詩論家以及詩刊、文學雜誌的推介，乃至於詩作的實踐[4]，無疑地，在這一、二十年的臺灣詩壇中，使得超現實主義享有舉足輕重的地位，以致連反對它的《笠》在第二卷第一期中甚至也

【1】最早引進並實踐法國超現實主義的是以水蔭萍為首的於一九三三年成立的風車詩社。風車詩社引進超現實主義除了有對抗當時詩壇主流的寫實詩風外，還與風車詩人想藉此「逃避政治的陰影」有關，即水蔭萍自己所言：「筆者以為文學技巧的表現方法很多，與日人硬碰硬的正面對抗，只有引發日人殘酷的摧殘而已……有鑑於寫實主義備受日帝的摧殘，筆者只有轉移陣地，引進超現實主義。」參閱陳明台，《台灣文學研究論集》（臺北：文史哲，一九九七），頁三十九—四十，四十五；林佩芬，〈永不停息的風車——訪楊熾昌先生〉，收錄於楊熾昌，《水蔭萍作品集》（臺南：臺南市立文化中心，一九九五），頁二七二。

【2】張漢良，〈中國現代詩的「超現實主義風潮」〉，收錄於林燿德主編，《當代台灣文學評論大系．文學現象卷》（臺北：正中，一九九三），頁二七九。

【3】同上註。

【4】同上註文，可參閱張漢良在該文文末附錄的〈中國現代詩的「超現實主義風潮」（一九五六年～一九六五年）年表〉（頁二九四—二九六）。

刊載了布魯東（André Breton）的〈超現實主義宣言〉【5】。這樣熱烈的情況，顯非當初（一九三〇年代）由風車詩社首度引進它時可同日而語。

在這一超現實主義風潮流行的一九五〇及六〇年代，洛夫無疑是「臺灣超現實主義的代表人物」【6】，那是因爲無論是發爲文字或是以詩作身體力行，在當時的臺灣詩壇，洛夫都可說是其中的佼佼者；或緣於此故，即使洛夫本人從未宣稱他自己是一位超現實主義者，也仍然被視爲是「倡導超現實主義的始作俑者」【7】，例如張漢良在〈中國現代詩的「超現實主義風潮」〉一文中便說他是「高舉超現實主義大纛的《創世紀》詩人」【8】。之所以會予人如斯印象，洛夫認爲或與他發表過一篇〈超現實主義與中國現代詩〉的論文不無關係【9】。

事實上，洛夫的確不是臺灣倡導超現實主義的始作俑者。遠的（水蔭萍等人於一九三〇年代即藉由日本詩壇間接引進超現實主義）不說，即就一九五〇及六〇年代當時來看，關於詩作方面，瘂弦於一九五八年二月的《南北笛》詩刊（第十八期）便率先發表了具有超現實主義概念的〈給超現實主義者——紀念與商禽在一起的日子〉一詩【10】；而關於理論文字方面，雖然五九年葉維廉發表的〈論現階段中國現代詩〉不以超現實主義而用存在主

【5】在這篇中譯的〈宣言〉前加了一個案語：「本刊並不做此種主張」。見André Breton著，葉笛譯，〈超現實主義宣言〉，《笠》第二卷第一期（一九六五年六月），頁十三。

【6】陳義芝，《聲納——台灣現代主義詩學流變》（臺北：九歌，二〇〇六），頁一〇八。

【7】洛夫受此「封號」，內心並不好受，因為「後來所有攻擊超現實主義的人，都集中矛頭」對他。參見氏著，《詩的邊緣》（臺北：漢光，一九八六），頁五十五。

【8】張漢良，頁二八四。

【9】洛夫，頁五十五。

【10】該詩云：「你渴望能在另一個世界聞到蕎麥香／把一切搗碎／又把一切拼湊」又說：「你不屬於邏輯／邏輯的鋼釘／甚至，你也不屬於詩」，張漢良據此認為瘂弦對於超現實主義的「這種了解是相當深入的」，見氏著，前揭文，頁二八二。

義（existentialism）來論析瘂弦的〈深淵〉（被公認爲超現實主義代表作之一）【11】，但翌年發表的瘂弦的〈詩人手札〉及覃子豪的〈象徵派與超現實主義〉二文，則先後皆論及達達主義（Dadaism）與超現實主義（但並不深入）。再二年，《藍星季刊》（三號）刊載有胡品清譯介的法國超現實主義重要詩人德斯諾斯（Robert Desnos）的作品，《現代詩》（三十八期）更有胡品清專文〈超現實主義者及其繼承人〉的發表。

然而，洛夫爲人所熟知的超現實主義代表作〈石室之死亡〉則於一九五九年起始連載發表；六一年發表的評論余光中長詩〈天狼星〉的〈天狼星論〉（當時易題爲〈論余光中的天狼星〉），雖論文中正式提到超現實主義，但只簡略帶過【12】，未予深論。顯而易見，洛夫的「超現實主義起步」已經比別人晚了。考洛夫之所以被人與「超現實主義的始作俑者」劃上等號，除了他的〈石室之死亡〉長（組）詩名氣太大（但爭議性也最多）有以致之，恐與他的另兩篇長文〈超現實主義之淵源〉〔譯自范里（Wallace Fowlie）的《超現實主義的時代》（*Age of Surrealism*）一書〕與〈超現實主義與中國現代詩〉不無關係。蓋此二篇係當時（直至今天看來也是）介紹超現實主義較具系統性與全面性的專文，尤其後文更有洛夫個人獨特的主張，色彩鮮明。惟就發表時間來看，前文載於一九六四年十二月的《創世紀》（二十一期），而後文則遲至六九年始發表於《幼獅文藝》（詩專號）上，再怎麼看，洛夫都不能算是「始作俑者」。

【11】葉維廉該文是《創世紀》詩人中較早以現代主義（modernism）理論來評析臺灣現代詩的論文，指出歐美現代主義是包括現象學、立體主義、意象派、表現主義、達達主義、超現實主義及存在主義的各種實驗和運動。話雖如此，葉氏在論述的過程中，標舉的主要是存在主義的思想主張，對於現代主義其他流派（包括超現實主義）——除了象徵主義，則未再置一詞，見氏著，〈論現階段中國現代詩〉，收錄於《秩序的生長》（臺北：時報，一九八六），頁三十三—四十六。

【12】洛夫，《洛夫詩論選集》（臺南：金川，一九七八），頁一九七—一九八。本書同年（一九七八）另有開源出版社的版本。隔年（一九七九）易書名為《詩的探險》，改由黎明文化事業公司重印出版，只在該書前後增加了〈再版前記〉與〈洛夫作品評論題目備考〉，餘內容篇幅不變。

儘管不是臺灣超現實主義的始作俑者，甚至連他本人也否認自己是一個「超現實主義者」[13]，但是洛夫關於超現實主義的論調與主張，不可否認，在《創世紀》詩人群中乃至於在當代臺灣詩壇中，可謂是最具代表性的一位，也與《笠》陳千武、杜國清等人所提倡的新即物主義（new objectivity）取得一個互爲對蹠的位置。有鑑於此，洛夫持的究竟是什麼樣的超現實主義主張？他提出的所謂「知性的超現實主義」理論，其底蘊爲何？是否可以自圓其說？抑或是其說自始即有先天上不易克服的難點？凡此，當有進一步考察的必要，畢竟如上所述，洛夫的超現實主義說法具有不同凡響的地位，而這也是本章底下欲一探究竟的目的。

第二節　超現實主義的淵源及特質說

洛夫是如何了解他所認識的超現實主義呢？從迄今爲止的文獻資料顯示，相較於創世紀其他詩人，洛夫對於超現實主義的研究應該是功夫下得最深的一位，並且由於他在長文〈超現實主義與中國現代詩〉末尾註明參考了三本英文專書：范里的《超現實主義的時代》、巴拉克安（Anna Balakian）的《超現實主義的文藝起源》（*Literary Origins of Surrealism*）與李德（Herbert Reed）的《超現實主義》（*Surrealism*）[14]，也讓我們可以按圖索驥找到他所接觸的資料[15]，而此則不啻說明：洛夫所了解的法國超現實主義，既非直接得益於法文專書，亦非如一九三〇

[13] 洛夫在《無岸之河》詩集的〈自序〉中曾如此辯白道：「某些人未加深思，僅憑印象，硬派我一個『超現實主義者』的頭銜（有人甚至把創世紀詩社的詩人均列為超現實主義者）。……凡稱我為超現實主義者，足證他們既不明瞭超現實主義，更不了解我。」參見氏著，《無岸之河》（臺北：水牛，一九八六），頁四—五。

[14] 洛夫，《洛夫詩論選集》，頁一〇四。

[15] 據瘂弦表示，創世紀詩人中最早研究超現實主義的是商禽，惟誠如張漢良指出的，商禽有關超現實主義的理論文字很少，唯一接近超現實主義掌門人布魯東觀念的是〈詩的演出〉中的這一句話：「不論詩人或讀者，請把所有的官能：視的、聽的、觸的、想的（便是思考

年代風車詩社輾轉自日文書刊汲取，而是透過二手英文專書的引介來認識並把握超現實主義的【16】；然則洛夫又如何「嫁接」英美學者的超現實主義呢？此由於他從范里氏上書譯有〈超現實主義之淵源〉一文（收在《詩人之鏡》一書中）【17】，可以從中找到他的思想與論說的來源和根據。

一、超現實主義的淵源

在〈超現實主義與中國現代詩〉中，洛夫首先把超現實主義界定爲：「在兩次世界大戰之間二十年來（一九一九—一九三九）以法國巴黎爲中心的一種新藝術活動，其後發展爲一國際性運動」。在精神上，超現實主義係自達達主義繼承而來；但是達達主義要橫掃一切，立意在破壞與反叛，超現實主義表現得「則遠較達達主義爲深刻」，蓋其旨「在破壞反叛後的建設」【18】。事實上，超現實主義諸子如：布魯東、佩雷（Benjamin Peret）等人之前皆曾先後加入由查拉（Tristan Tzara）創立的達達主義陣營，而達達主義徹底否定當代世界、傳統價值、理性與有規則的語言，表現出一種虛無主義的傾向，如一九一八年發表的〈達達主義宣言〉便如此開頭：「自由：達達，達達，達達，痙攣的色彩的嚎叫，各種對立、矛盾、滑稽和非邏輯事物的交錯，亦即生活。」此一宣示即已說明了

的）全部動員，在各自的心中建立『舞臺』，讓『詩』在那裡演出！」，參見洛夫、張默、瘂弦編，《中國現代詩論選》（高雄：大業，一九六九），頁二十。張漢良也表示，商禽此一觀念並非超現實主義自動語言論的專利，例如象徵主義即有類似主張。至於另一位較早顯露並介紹超現實主義思想與理論的瘂弦（見一九六〇年發表的〈詩人手札〉），則與商禽一樣，皆未提供其接觸與研究的文獻資料來源，以致他們如何接受並受到超現實主義的影響，「只有留待日後考據」。參見張漢良，頁二八二—二八四。

【16】洛夫在〈我與西洋文學〉一文中曾表示：「至於里爾克和法國超現實主義詩人的作品，由於我不諳德文和法文，都是透過翻譯才能賞識。」該文收入氏著，《詩的邊緣》，頁五十四。

【17】洛夫，《詩人之鏡》（高雄：大業，一九六九）。

【18】洛夫，《洛夫詩論選集》，頁八十五—八十六。

達達主義的宗旨[19]，最後卻爲布魯東等人所無法接受，陸續與查拉決裂。顯而易見，超現實主義在精神上之所以延續自達達主義，還有部分原因是布魯東等人實際上跨越了這兩個派別；而超現實主義之興同時也意味了達達主義之亡。這一點則是洛夫在上文中未及說明之處。繼而，洛夫再分從下述三點進一步介紹超現實主義的淵源：

(一)歷史淵源

首先就歷史的觀點來看，洛夫認爲「與超現實主義關係最密切的，是對它產生刺激作用的古典主義和浪漫主義」。古典主義對超現實主義來講乃是「反刺激」，蓋古典主義講究「秩序、規律、抑制、平衡、選擇、綜合」，作爲一個古典主義文學家或藝術家，「必須合乎他所處社會的道德規範、政治信仰與美學思想」，所以他的情感不屬於個人而屬於同一時代的人。至於與古典主義對立的浪漫主義則是「正刺激」，浪漫主義反抗社會的箝制，作家個人要爲自己的作品制定律則。「質言之，浪漫派藝術是由藝術家個人所創造，古典派藝術則由一個社會所創造。古典精神是知性、秩序、控制；浪漫精神是生命、自由、創造。」[20]

洛夫上述的說法幾乎是原封不動地照搬自范里的〈超現實主義之淵源〉譯文[21]，只要把該二文拿來細加對照一番便能一目瞭然。也正因爲如此，范里該文語焉不詳處，洛夫在此也照單全收了。范里在上文中雖提及超現實主義「與古典主義與浪漫主義頗有淵源」[22]——這可說是他的創見，問題在古典主義爲何會是超現實主義的歷史淵源之一，卻完全沒有交代清楚，甚至出現「莎士比亞由於他的五大悲劇而被稱爲古典作家，但由於他的浪漫氣質甚濃，

[19] 轉引自鄭克魯，《法國詩歌史》（上海：上海外語教育，一九九六），頁三〇七。
[20] 洛夫，《洛夫詩論選集》，頁八十六。
[21] 洛夫，《詩人之鏡》，頁一四一—一四三。
[22] 同上註，頁一四一。

也可稱他爲浪漫派作家，而我深信有一天終將有人把哈孟雷特當作超現實人物來研究」如此莫名其妙的說法[23]。對超現實主義來講，古典主義是「反刺激」而浪漫主義是「正刺激」——這是筆者依洛夫文意的推論，洛夫及范里二氏均未有如是「演繹」。

(二)時代因素

時代因素是促使超現實主義興起最直接的近因，洛夫亦自范里氏上文將之歸納成底下兩點[24]：一是「戰爭（指第一次世界大戰）帶給人們的失敗感，而產生空虛、徬徨、焦慮不安的心理。這是二十世紀中最爲顯著的共同人類經驗」，而超現實主義便是因此應運而生的一種新的文學藝術形式。另一是「寫實主義的衰頹腐化」，蓋在世紀初的法國，盛行的寫實主義對青年藝術家而言，已變成厭煩、枯燥和單調的代名詞，寫實主義把文學充當社會代言人的陳腔濫調已不爲他們所喜[25]。出於「反對陳腐的社會信念和規範」的超現實主義，乃「致力把文學從社會表現的寫實主義的桎梏中解救出來，而使轉變成爲作者忠於自我，以最大程度的坦率與眞誠來表現他的思想與經驗的文學。」[26]

[23] 同上註。

[24] 同上註，頁一四八—一四九，一四四—一四六。

[25] 范里氏上文即有類似的說法：「超現實主義者……不遺餘力予以攻擊的就是把文學稱為社會的表現的陳腔濫調，他們認為這就是布爾喬亞自我陶醉的文學的目的，……現實主義一詞業已呈現令人厭煩的含義，而現實主義的信條業已腐蝕，枯燥而單調。」同上註，頁一四二—一四四。

[26] 洛夫，《洛夫詩論選集》，頁八十七。

㈢思想淵源

關於超現實主義的思想淵源，洛夫擺明的說他是根據范里氏（上文）的分析，認爲「在思想上影響超現實主義者最深遠的有三位大師」：首先是哲學家柏格森（Henri Bergson），他主張必須解脫邏輯知識的束縛。其次是心理學家佛洛依德（Sigmund Freud），他對潛意識作用的發現，啟導了超現實主義主要的理論。第三位是文學家紀德（Andre Gide），他強調「自我肯定」（self-affirmation）對一位藝術家的重要[27]。洛夫據此並進一步說明：

> 這三位大師對現代文學藝術思想的發展，影響殊深，尤其對超現實主義所強調的「真誠」，貢獻極大。譬如柏格森所謂「直覺的真誠」（sincerity of intuition），佛洛依德所謂「潛意識心理的顯露」（revelation of subconscious mind），紀德所謂的「個人道德的真誠」（sincerity of individual morality）。這三者都是超現實主義者賴以反抗陳腐傳統，存誠去偽的有力支持者。假如十八世紀的問題是：我們如何做？我們做些什麼？那麼一百年後的問題是：我是什麼？我如何能達成自我存在的真誠？換言之，十八世紀有關人的行為問題，到今天已成為人的人格問題。超現實主義就是透過藝術形式來表現這個問題，更正確點說，超現實主義的藝術形式，也正是這個問題的形式[28]。

上述之論，其實是范里的說法[29]，而這三個思想淵源中尤以佛洛伊德對超現實主義（以布魯東爲代表）的影

---

[27] 同上註，頁八十九。
[28] 同上註，頁八十九—九十。
[29] 洛夫，《詩人之鏡》，頁一四七。

響最大【30】，因爲超現實主義強調「潛意識的眞誠」，而潛意識的理論主要來自佛洛依德。至於柏格森、紀德二人與超現實主義的關係，一般研究超現實主義的專書最多只是點到爲止，並不特別強調，例如法國學者杜布萊西斯（Yuonne Duplesis）在他的《超現實主義》（*Le Surrealisme*）中，對於柏格森的「直覺說」只是一筆帶過，對紀德更未置一詞【31】。不過，洛夫與范里在此提到一個重要的觀點，那就是超現實主義所強調的「眞誠」，而此一「自我存在的眞誠」則開啟了超現實主義諸子各種反傳統的文學創作手法，以形成他們自己的風格特質。

二、超現實主義的特質

在〈超現實主義與中國現代詩〉一文中，洛夫將超現實主義的特質歸納爲下列三項，並逐一加以檢討【32】：

㈠超現實主義是一種透過潛意識的眞誠，以表現現代人思想與經驗的新藝術思想【33】。

洛夫認爲，「眞誠」（sincerity）是超現實主義者最基本的精神，他們相信唯有在人的潛意識中才能發現生命中最純粹、最眞實的品質，而我們有意識的談話和日常生活，與眞正的自我和內在的慾望是相悖逆的——也就是非

【30】布魯東曾在一九二一年同佛洛伊德見過面，當時佛氏正在進行精神病治療和潛意識的研究；三年後布魯東發表了〈超現實主義宣言〉。參見鄭克魯，頁三一〇。

【31】關於柏格森與超現實主義的關係，杜布萊西斯只有底下寥寥數語：「柏格森的全部著作突出了智能的侷限性，智能只能作用於物質方面，而直覺卻能把握住存在的源泉本身。這位哲學家在佛洛伊德之前，就使人注意到了夢幻、心靈感應現象以及心理活動的各種反理性表現。」參見Yuonne Duplessis著，老高放譯，《超現實主義》（北京：三聯，一九八八），頁十六。

【32】底下所述，參見洛夫，《洛夫詩論選集》，頁九十—九十四。

【33】關於這一項特質的分析，洛夫並沒有針對「潛意識的眞誠」問題加以論述，反而筆走龍蛇去談現代詩「語言的創新」問題，筆墨多屬浪費，沒有打到靶心。

出自我們的本性。超現實主義者堅信，「在我們的夢中或本能動作中所顯示的較日常外在行爲習慣的更爲眞誠」，而夢或本能動作即是一種潛意識的呈現，尤其是夢（le reve），潛意識的能量藉由它來顯影，乃是布魯東想要積極開發的「想像力隱藏的模糊地帶」，在一九二四年的〈超現實主義宣言〉中更宣稱：「夢，無制裁處分，所以能展現更多訊息，也許夢還能提供解決問題的良方」；而在他與另一位超現實主義詩人艾呂雅（Paul Eluard）於一九三八年合編出版的《超現實主義字典》中甚至直接表明：「夢是第二生命」；夢更是「不自主的詩」【34】，也就是詩人對自己最爲眞誠的袒露。然而，夢（乃至夢幻）在超現實主義中（尤其顯影在詩中意象）所居地位之重要，洛夫完全沒有發揮。

(二)超現實主義係以文學藝術為手段而使我們的精神達到超越境地的一種新的哲學思想。

洛夫在此強調，超現實主義可以被「當作一種人生態度，甚至生活方式來處理，藉它來解脫生之悲劇，並在創作過程中獲得征服、失敗、絕望的力量」，也就是「它是一種人類存在的形而上態度」。關於此一特質，其實是洛夫沿襲范里「擴張的說法」，范里在〈超現實主義之淵源〉中便如此主張：「深刻地說，超現實主義實爲一種生活方式，一種方法；我們或許能利用它解答生存之謎，並在日常生活中學習去征服虛弱、失敗、矛盾與戰爭。」【35】而范里（與洛夫）這樣的論調，顯然與學界普通所持的「超現實主義是一種文學藝術運動或思潮」的認知不盡相同，而這一點似有被嫁接到存在主義（哲學）之嫌。

但是最令人不解的是，在論述超現實主義爲一種「人類存在的形而上態度」時，洛夫竟暗渡陳倉波特萊爾（Charles Baudelaire）的「想像的自發性」（autonomy of imagination）說法，認爲超現實主義者要正視波氏所說

【34】轉引自林宗慧，〈布列東的娜底雅——超現實主義〉，《師大學報：人文與社會類》，第四十七卷第一期（二〇〇二年），頁十二—十三。

【35】洛夫，《詩人之鏡》，頁一五二。

的由想像源自的內在的宇宙性悲苦（cosmic sadness），且通過他的藝術予以宣洩釋放。洛夫會將超現實主義接枝到波特萊爾、藍波（Arthur Rimbaud）等象徵主義詩人身上，主要還是受到范里上文的影響（他幾乎是照單全收了）。對此，張漢良即指出，范里其實「是一個相當寬大的作者，他的超現實主義兼併了浪漫主義與象徵主義的思想，其傳統可上溯至柏拉圖的對話錄《愛昂》（*Ion*）與《舊約》，哈姆雷特的超現實人物，藍波竟然也是『超現實的領袖人物之一』。」[36]張漢良認為，洛夫「認可的是超現實主義精神（形而上的、非實證的），而非布魯東的超現實主義運動（歷史的、實證的）與後者的自動語言」，蓋洛夫曾於《石室之死亡》序文中坦言：「超現實主義並不是一種美學或文學上的派別。在根本上他是對整個人類的生存所採取的一種形而上的態度。」[37]，所以在此他才把超現實主義（特質之二）視為一種新的「哲學思想」。

(三)超現實主義在表現方法上主張自動主義（automatism）。

關於超現實主義的這第三個特質，主要是指其自動寫作（automatic writing）的藝術手法而言，這裡洛夫引述布魯東自己在〈超現實主義宣言〉中對「自動寫作」的界說：

> 超現實主義為純心靈的自動主義，用書寫或其他方法來表現潛意識的心理狀態。這種表現要拋棄那些被規律、美學及道德所控制的偏見。在哲學上，超現實主義是基於對一個被棄置的形式予以信賴，認為這種形式具有更高的真實性，也是基於對夢幻的絕對信任，以及思想上不十分有趣的遊戲[38]。

【36】張漢良，頁二八六—二八七。
【37】洛夫，《石室之死亡》（臺北：創世記詩社，一九六五），頁二十二。
【38】洛夫，《洛夫詩論選集》，頁九十二—九十三。

對此，洛夫更進一步解釋，這種「純心靈的自動主義」想要捕捉的語言，「就是在一個人即刻思想的沉默狀態下的那種語言，唯有放鬆對語言的各種限制，眞詩與眞我才能出現，凡經過刻意修飾潤色的美辭華藻都是人造的僞詩。」如此不加修飾從潛意識自動浮現的語言，其最大功能「在揭露邏輯語法的空洞與虛假，使語字從修辭學中獲得解放」。這樣的自動寫作不僅是對詩欣賞固定反應的挑戰，更是對「習俗的日漸失去眞義的語言」的一種反抗[39]。然則自動寫作到底實際要如何進行？洛夫則未再加以說明。布魯東曾經以隨機性（arbitrariness）的書寫方式交代了整個自動寫作的過程[40]——也就是說白（口頭）思想（la pensée parlée）的書寫過程，這裡，杜布萊西斯加以簡略的歸納更讓人一目瞭然：「（詩人）精神應該完全處於被動狀態之下，它只須謄錄下那『不可思議的口述聽寫』，而不讓任何意識功能參與活動。不要說想著去理解，而應該讓那些話語不斷地紛至沓來。」[41]

事實上，超現實主義強調的自動主義的表現手法不只洛夫上述所說的自動寫作一項而已，還包括其他不少「非文學性的手段和技術」，諸如催眠（記錄被催眠者於催眠狀態下所說的話）、夢敘事（詩人睡醒後立即用速記法將方才的夢境記載下來）、拼貼（如隨意剪下報上的標題或片段文句，然後任意結合截下的片段成爲一首詩）、共同創作（包含相銜創作法：參與者一個接一個各自寫下一段文字，其前提是彼此不知別人寫出的是什麼字句[42]；問答法：二人一問一答，但回答問題的人事先並不知道問題；以及假設句法：參與者先以「假若……」設定一個句子寫在一張紙上，然後於另外一張紙上任意寫下一個句子，參與者彼此不知句子內容爲何，最後再隨意拼湊假設句與答句）、偏執狂批判法（詩人模仿或嘗試進入「發狂狀態」來寫作，前後實驗了包括極度偏執狂、痲痺性癡呆、譫

【39】同上註，頁九十三。

【40】Andre Breton, *Manifestoes of Surrealism* (Ann Arbor, MI: The University of Michigan Press, 1972), 29-30.

【41】Yuonne Duplessis著，老高放譯，頁六十七。

【42】超現實主義以此相銜的共同創作遊戲所得出的第一個詩句為：「屍體——精緻——喝——酒——新」（"Le cadaver-exguis-boira-levin-nouveau"），這也是超現實主義有名的「屍體精緻」（cadaver exguis）一詞的由來。參見林宗慧，頁十八。

語、早發性癡呆等精神異常狀態來刺激其藝術創作）等等【43】。當然，洛夫在乎的頂多是其中的「自動語言的寫作」一項表現手法而已。

超現實主義的自動寫作等手法營造出的這種像夢境般變幻不定的幻影視野（dream-like phantasmagoric visions），其實並非法國詩人的專利，在更早的英國小說家吳爾芙（Virginia Woolf）的《戴洛維夫人》（*Mrs. Dalloway*）以及愛爾蘭小說家喬依斯（James Joyce）的《尤里西斯》（*Ulysses*）中，其意識流（stream of consciousness）的手法所形成的閃爍不定的紛亂意象，與稍後出現的法國超現實主義詩作簡直如出一轍，他們都是展現潛意識幻境的高手，習於製造些不合邏輯的場景，且並置種種奇怪的意象【44】。關於意識流小說手法與超現實主義的自動寫作之間的共同特質，則已非洛夫所能或所要關注的議題了。

第三節　知性超現實主義及其詩評

在臺灣詩壇多數人的認知裡，自動寫作（或自動語言）幾乎成爲超現實主義的代名詞，就洛夫而言，他在絕大部分的評論文章中提及超現實主義，往往亦自自動寫作的角度來加以立論；然而誠如他所言：「在最初接觸超現實詩的那個階段……仍不免對超現實中某些過於自動化的語言深感困惑。讀超現實詩，有時就像讀一篇神怪小說，讀時腦子裡漂浮著一些光怪陸離的幻影，但一閃而逝，事後腦中不留下任何可以啟發思想的東西。」有鑑於此，他認爲超現實主義雖非洪水猛獸，但也絕非萬靈祕方，所以「對它的接受是有所選擇，有所批評的」【45】。在歸納出上述

【43】同上註，頁十三—二十一。
【44】Peter Childs, *Modernism*(London and New York: Routledge, 2000), 121-122.
【45】洛夫，《詩的邊緣》，頁五十五。

超現實主義的第三個自動寫作的特質之後，洛夫對它卻有更進一步的省思：

> 問題是在藝術的傳達性（communication）上。如果我們完全否認藝術的傳達性，也就等於完全否認藝術的欣賞性，和藝術中的知性，尤其對語言為唯一表現工具的詩而言，完全不能傳達，甚至無法感悟，是不可想像的事。我不承認詩人純然是一個夢囈者，詩人在創作時可能具有一個作夢者的心理狀態，但傑出的詩仍是在清醒狀態下完成的。……一個詩人如過分強調自動方法，恣意揮灑而不成格局，語言氾濫而了無約制，勢將妨害一個藝術品的充分發展，這也許就是法國狹義超現實主義迂腐浮誇的一面【46】。

有了這樣的質疑，洛夫於是主張「超現實主義的某些理論與方法尚須做適度的修正」【47】，因爲超現實主義犯了一個嚴重的錯誤，即其「過於依賴潛意識，過於依賴『自我』的絕對性，致形成有我無物的乖謬」，而這樣的乖謬之誤主要又導源於其自動語言的表現手法——這是洛夫表明對超現實主義最不滿的一點，乃於〈超現實主義與中國現代詩〉一文中首揭「廣義的超現實主義」之說，企圖對法國超現實主義予以修正；後來更於《魔歌》〈自序〉中再度提出「知性的超現實主義」的補充性說法【48】。底下我們先來檢視其所謂的「知性的超現實主義」之說，進而再看看他是如何以如是之論點展開其對於現代詩作的批評。

【46】洛夫，《洛夫詩論選集》，頁九十三—九十四。
【47】同上註，頁九十四。
【48】洛夫，〈我的詩觀與詩法——「魔歌」詩集自序〉，收錄於氏著，《洛夫詩論選集》，頁一五七。

一、知性的超現實主義論

洛夫對超現實主義理論在引介的同時即有所保留，乃至於有對它進一步修正的想法，已如上述。事實上，在最早與〈超現實主義之淵源〉譯文同時發表（一九六四年）的〈詩人之鏡〉長文中，洛夫已然顯露出後來他自己所主張的「知性的超現實主義」的念頭。在該文中他談到：「對於一個超現實主義的詩人，邏輯與推理就像吊刑架上的繩索，只要詩人的頭伸進去生命便告結束。布洛（魯）東賦予心靈的自由，唯一的目的是：永遠地更深入比邏輯世界、客觀世界更爲現實的境界中去。」此一比邏輯與客觀世界更爲現實的境界也就是潛意識的美感世界，爲我們「造就了一種更爲眞實的情景」，然而他也不無憂心地指出：

> 當然，我們也曾憂慮到如果純然訴諸潛意識，未經意志的檢查與選擇而將其原貌赤裸裸托出，勢必造成感性與知性的失調，詩生命的枯竭，而語言技巧對於詩的功用亦無從顯示。……因此我們主張一個作品在初步醞釀之後，獨立存在之前，必須透過嚴格的批評與控制，似此始克達到「欣賞邊際」而產生一種如艾略特所追求的介於「可解與不可解」之間的效果【49】。

從上述這一段話即已顯示，洛夫並不認同在援用自動寫作時令潛意識毫無節制的傾瀉而出——這樣直覺式的寫法（如碧果）【50】，就會形成詩作的晦澀、難解乃至不可解；爲了對抗這種「不可解」（也就是上面提及的「不可傳達性」），知性的意識此時必須介入潛意識的活動中，以便加以「嚴格的批評與控制」，在後來的〈超現實主義與中國現代詩〉中遂有如是說法：「藝術創造的過程，即是一項介於意識活動與潛意識活動之間的過程。」更引述英

【49】洛夫，《詩人之鏡》，頁五十三—五十四。

【50】洛夫，《洛夫詩論選集》，頁九十九。

國雕刻家摩爾（Henry Moore）的話來支撐自己的觀點：「所有傑出的藝術品都含有抽象與超現實的成分，就像含有古典與浪漫的成分一樣——秩序的；知性的，也是想像的；意識的，也是潛意識的。」【51】

在洛夫看來，此時的超現實主義詩人「由於夢，由於潛意識，由於無棲息的飛翔，由於透過自動語言而呈現出人的本能與原性」；他「就像天使、像幽靈，永遠在大地之上，雲天之外做無目的的暢行飄游」；然則「一個廣義的超現實詩人究竟不是一個『人鳥』（man-bird）或夢遊者，他不時會在創作中以知覺調整感覺，清醒而適切地操縱他的語言，在感情中透露出知性的光輝」【52】——這就是他對於法國超現實主義加以修正後所拈出的「廣義的超現實主義詩人」的定義。事實上，在創作的過程中，所謂意識和潛意識的區分無法一刀兩斷、截然分明，這也非用超現實主義者所強調的「眞誠」的信念即可做到，所以到一九三二年（距第一次〈超現實主義宣言〉發表時已有八年），布魯東已願意承認：所有的潛意識寫作實際上都打上起碼的一點理性控制的印記【53】，而洛夫似乎亦極早即觀察到布氏本人的這一轉變。

對一位廣義的超現實主義詩人來說，如同洛夫所說：「他不僅要能向上飛翔，向下沉潛，更須擁抱現實，介入生活。」原來所謂「具有知性光輝」的「廣義的超現實主義詩人」，不能脫離現實，抽離生活，即要求其展現「知性的深度」（intellectual depth），「不能完全從課堂或書齋中求得，主要的是在經過生活的捶擊，現實的熬煉，痛苦的鞭撻之後從生命中悟得」【54】，換言之，洛夫所提出的「廣義的超現實主義」，其底蘊也就是將知性的意識活動引納進來，以約制（瘂弦的用語）感性的潛意識之流，如此以便正視乃至介入現實生活，以免詩人只是「漫步在

【51】同上註，頁九十五。
【52】同上註，頁九十八。
【53】C. W. E. Bigsby著，黎志煌譯，《達達與超現實主義》（石家莊：花山文藝，一九八九），頁八十七—八十八。
【54】洛夫，《洛夫詩論選集》，頁九十九。

雲端」，變成讀者不可解的「痴（詩）人說夢」。這樣的主張如上所述，到了一九七四年被洛夫另以「知性的超現實主義」正式命名。洛夫認爲，臺灣詩人中如：大荒、管管、辛鬱、楚戈、周鼎、沈臨彬、張默、葉維廉、商禽、瘂弦……等人【55】，可謂典型的廣義的「知性的超現實主義」詩人。

然而，以知性來調和甚至控制超現實主義的直覺或感性，是否即能矯正超現實主義所帶來的流弊？事實上，當布魯東承認可以在潛意識的自動寫作上打上理性（知性）的印記時，即已喪失第一次〈宣言〉時的超現實主義立場；同理，當超現實主義被洛夫冠上「知性」二字時，所謂「超現實主義」亦不復爲原來的超現實主義。洛夫並非昧於「知性」與「超現實」這種先天上的矛盾而不自知，但是他懍然知其不可而爲之，仍「企圖將此一矛盾在藝術創造中加以統一」【56】，問題在當這種矛盾被統一時，超現實主義本身即喪失其立場，它的潛意識特質即被一腳踢開，蓋只要知性或理智在創作過程中跨腳進來，自動語言就不再「自動」，換言之，此時不再是語言帶領詩人，而是詩人帶領語言來寫作了。試想，除了超現實主義，其他流派——即便是與其相近的象徵主義（symbolism）以及形上詩派（metaphysical poets）（按洛夫的說法）的創作，不也都是或多或少在感性上加一些知性【57】，如果被修正後的超現實主義其創作手法亦與其他諸多流派雷同，那麼強調潛意識自動寫作的超現實主義是否仍具其殊異之特質，則已不問可知了。超現實主義之所以是超現實主義，正因爲它堅持把理性棄之不顧，一腳踢開。

【55】洛夫，《詩人之鏡》，頁五十三；洛夫，《洛夫詩論選集》，頁九十九。
【56】洛夫，《詩的邊緣》，頁五十六。
【57】洛夫在〈詩人之鏡〉一文中曾舉形上詩派詩人艾略特（T. S. Eliot）的詩句：「斜陽黃昏一如麻醉病人躺臥在手術臺上」，以及象徵派詩人葉慈（芝）的詩句：「有人面獅身的巨獸踽踽步向伯利恆」說明，這種出自潛意識的創作手法可以表現心靈深處的奧祕，並認為這是襲自超現實主義的一種非「自動表現」的技法。參見《詩人之鏡》，頁五十二。然而，首先，艾、葉二氏上述詩句是否如洛夫所說就是超現實主義的一種技法，還有很大的討論空間；其次，若果上面那兩個例句真是超現實主義的創作技法，顯然其與象徵詩派及形上詩派亦無殊異之處，反而更能突顯其獨創之自動語言的必要性。

二、禪與超現實主義

撇開知性與超現實主義兩者的扞格與矛盾不談，我們倒有興趣想看看：洛夫到底憑什麼法寶可以「將此一矛盾在藝術創造中加以統一」？洛夫的祕訣一言以蔽之，即將超現實主義與中國禪詩予以融合。洛夫首先認爲「詩禪一體」，尤其是「性靈派」、「神韻派」的中國古詩，其「含不盡之意見於言外」乃是「詩達於化境後的效果」，誠如王世禎所言：「捨筏登岸，禪家以爲悟境，詩家以爲化境，詩禪一致，等無差別。」（《香祖筆記》卷八）；繼而，洛夫認爲：「這種不落言詮而能獲致『言外之意』，或『韻外之致』，即是禪宗的悟，也就是超現實主義所講求的『想像的眞實』，和意象的『飛翔性』。超現實主義詩中有所謂『聯想的切斷』，以求感通，這正與我國『言在此而意在彼』之旨相符。」[58]換言之，第一，禪與詩二者可通；第二，中國禪詩與法國超現實主義在性質上亦有可通之處。

在〈超現實主義與中國現代詩〉一文中，洛夫更進一步闡明這兩者的相通之點：就超現實主義來說，它強調潛意識的功能，重視人的本性，反對現實中的表面現象以及一切約定俗成的規範，尤其視邏輯知識是一切虛妄之根源。再就中國禪家的思想而言，它主張人的覺性圓融，需直觀自得，方致妙理，以現代心理分析學的觀點來看，這種妙理覺性唯得之於潛意識的眞實[59]。在此，洛夫更引述了一段禪家的對話來做進一步的比較：

趙周從諗禪師參南泉，問：「如何是道？」泉曰：「平常心是道。」師曰：「還可趣向也無？」泉曰：「擬向即乖。」師曰：「不擬，爭知是道？」泉曰：「道不屬『知』，不屬『不知』。知是幻覺，不知是無記。若真達不疑之道，猶如太虛，廓然蕩豁，豈可強是非耶？」[60]

【58】洛夫，《洛夫詩論選集》，頁一〇〇。
【59】同上註，頁一〇〇－一〇一。
【60】同上註，頁一〇一。

在洛夫看來，上述這段話至少有兩點爲超現實主義者所服膺：「第一是認爲邏輯推理（即趣向），且以習慣語言去表現，即是對禪道的歪曲而使其落於虛妄。其次，所謂『道不屬知，不屬不知』，亦即智慧與自性不是在意識中求得，也不是在無意識中求得。這大致與超現實主義原則『介於意識與潛意識之間』若符節合。」【61】儘管如是，在後來（一九八六年）的《詩的邊緣》中，洛夫從另一個角度也指出兩者的殊異之處：「禪詩是從萬事萬物具體的實相的感覺中產生，是極端客觀的，而超現實主義則是對自我潛意識的體現，是極端主觀的，兩者都可能喚起暗示，但並不具有象徵意義。」【62】然則詩作若能融合這兩者之長，使得主觀與客觀合一，即能臻至洛夫所說的「知性超現實主義的藝術效果」。洛夫在此還以自己的〈金龍禪寺〉一詩作爲禪詩與超現實詩兩者手法融合的例證，認爲該詩所造成的矛盾的「反常」，「表面看來，是對現實的扭曲，卻因而形成一種奇趣，爲詩提供一種驚喜，能即刻抓住讀者的注意力，亦如禪師的『棒喝』。」【63】

但是洛夫認爲禪與超現實主義最相似之處，乃是兩者所使用的表現方式。前者以「參話頭」中的「無意識的對話」方式，正是後者所使用的一種自動語言，也就是嚴滄浪所說的「羚羊掛角，無跡可求」的詩中妙境【64】。洛夫在此將禪的「參話頭」比附爲超現實主義的自動語言，此則須進一步予以辯明。首先，按日本禪學大師鈴木大拙的說法，「參話頭」的對話所引發的禪悟，最大的敵人是理智，也就是邏輯的推理活動【65】，但是抑制理性活動的「參話頭」最終仍需要到達一個「悟」的境界，此一「悟」的領會雖不必吻合「正—反—合」式的辯證法（dialectics），

【61】同上註。

【62】事實上，禪家思想或禪詩的「不落言詮」，雖自「萬事萬物具體的實相的感覺中產生」，惟其感悟未必如洛夫所說「是極客觀的」。

【63】洛夫，《詩的邊緣》，頁五十七—五十八。

【64】洛夫，《洛夫詩論選集》，頁一〇一—一〇二。

【65】鈴木大拙著，劉大悲譯，《禪與生活》（臺北：志文，一九七六），頁一四六。什麼是「參話頭」？禪門中往往利用這種公案來讓其弟子學習，例如一個和尚問洞山良价說：「誰是佛？」洞山回答：「麻三斤。」——這就是「參話頭」的公案。見《禪與生活》，頁一四四。

卻是禪學修行的一個標的。相形之下，超現實主義的自動寫作則未必有如此之訴求，誠如杜布萊西斯所言，超現實主義雖然「應該是理解力的某種崩潰」，但是它「並不是要到一個超驗的世界中去，而是要到一個本能的王國裡來」[66]，而這樣一個「本能的王國」顯然並不能完全等於禪的悟境。其次，禪門的「參話頭」是修行的一種途徑，並非詩的創作方法，拿來和超現實主義的自動寫作相提並論，難免「不倫不類」。即便硬要與超現實主義予以比附，禪門的「參話頭」方式也比較接近上述所提到的「問答式」創作法而非自動寫作法。

洛夫試圖以禪來統一「知性」與「超現實」二者的矛盾，並沒有解決他本身因此而滋生的另一個盲點。此係出於他將超現實主義和中國禪詩相提並論，乃取其「超現實主義的精神傾向」[67]，也就是說，他認爲超現實主義的精神傾向可與中國禪宗思想遙相呼應[68]，正如他在《石室之死亡》序文中所言，超現實主義「是對整個人類的生存所採取的一種形而上的態度」；然而當他嘗試提出知性超現實主義的主張並進一步結合中國禪詩時，卻又反過來「把超現實主義視爲一種詩的表現方法」[69]，這就造成他的理論的自相矛盾。此一根本性的矛盾其實又導源於他本身面對自動寫作或自動語言時那種「既愛又恨」的矛盾心理，一方面，他說他不滿自動語言[70]，甚且認爲自動語言並非超現實主義者必具之表現技巧[71]；另一方面又認爲自動寫作乃超現實主義者最重要的信條，最重要的表現手法[72]，因而也把多數的力氣花在論述它的表現方式即自動寫作上，以致忘其初衷，亦即站在「超現實主義的精神傾向」的

【66】Yuonne Duplessis著，老高放譯，前揭書，頁八十。
【67】洛夫，《洛夫詩論選集》，頁九十四。
【68】張漢良，頁二八七。
【69】洛夫，《詩的邊緣》，頁五十六。
【70】洛夫，《洛夫詩論選集》，頁一五七。
【71】洛夫，《詩人之鏡》，頁五十二。
【72】洛夫，《洛夫詩論選集》，頁九十二。

立場上，試圖打開中國禪詩和超現實主義融合的新途徑。

三、超現實主義的詩評

對於一位詩論家或詩評家而言，最重要並不只是他秉持何種詩學理論的主張，而還要看他如何將其理論落實在詩作的批評上，詩評即詩論的實踐，且前者的重要性絕不亞於後者。由是，在檢視洛夫的超現實主義詩論之餘，仍有必要探究他是如何據此以從事其詩評的工作。出於廣義的或知性的超現實主義的主張，洛夫基本上係以此論調來解讀他所謂的「具有超現實主義精神的詩人」的作品；而「具有超現實主義精神的詩人」的作品，如前所述，「都是介乎現實與超現實，意識與潛意識，可解與不可解之間」[73]，亦即他所說的廣義的或知性的超現實主義。

在〈超現實主義與中國現代詩〉一文中，洛夫以具體的詩例討論了商禽（〈逃亡的天空〉）、瘂弦（〈下午〉）、葉維廉（〈河想〉）及周夢蝶（〈五月〉）四位他所謂的「能適度把握感性與知性的廣義的超現實詩人」。在論述商禽〈逃亡的天空〉時，認為該詩「在語言的背後，除了夢幻的色彩、意象的香氣、詩心與物性接觸時所產生的純粹感應外，幾乎找不出任何可以解說的具體意義。但在曖昧中仍顯出極為清朗的光輝。」並指出「詩中的意象似乎屬於這個世界之內，而實飄浮遨遊於太虛之外……與現實密切結合而又超於現實之上，正是所謂『超乎象外，得其圜中』。超現實的詩大多具有這種飛翔的，飄逸而又曖昧的特性，奇妙處即在與實際世界不即不離。」[74]而論及瘂弦的〈下午〉時則認為：「由於夢，由於潛意識，由於無棲息的飛翔，由於透過自動語言而呈現出人的本能與原性，超現實主義者就像天使、像幽靈，永遠在大地之上，雲天之外做無目的的暢行飄游……但一個

【73】同上註，頁九十七。
【74】同上註，頁九十六。

廣義的超現實主義詩人究竟不是一個『人鳥』（man-bird）或夢遊者，他不時會在創作中以知覺調整感覺。」[75]至於提到以禪境為詩境的周夢蝶的〈五月〉一詩時，則說他「以超現實主義的暗示手法表現出一種既曖昧不可盡解而又圓融可以感悟的詩境」，「他的人生雖植根於這個世界，且較任何其他詩人都接近現實，但他詩的羽翼一直在太空飛翔，他詩中的意象來自現實而又超現實。」[76]在〈試論周夢蝶的詩境〉一文中亦謂其詩所營造的係「只能感悟不能解脫的禪境，一種超現實的詩境」[77]。

從上述所徵引的文字來看，洛夫的確以其自創的知性的超現實觀來詮釋上述諸位詩人的詩作，然而他彷彿「漫步在雲端」，只以極印象主義式的（impressionistic）文字來「觀察」詩人的作品，並沒有「彳亍在大地」對文本本身加以實際的解析，使得他的批評頗有「此中有眞意，欲辨已忘言」的「禪味」。這並不是說，凡是洛夫的詩評都以這種「漫步在雲端」的方式來表示他個人印象式的感悟，例如他在分析羅英（另一位被洛夫視為具超現實手法的詩人）的詩作時，即曾對其文本展開細緻的批評[78]。但是奇怪的是，只要在分析中一碰上（知性）超現實主義觀點的引用，他的文字馬上變成印象式的「觀察」，而使文本本身有被「架空」的傾向，如他提到羅英以超現實手法寫〈魚〉這首詩時，呈現的即是這種「漫步在雲端」式的文字：「『魚』這首詩，表現的完全是一個感官經驗世界，我們一接觸它，便被導入進入一個超現實，甚至超自然的神話世界，一個彩色繽紛的夢境，其中只有形象，沒有語言，只有生命，沒有秩序，只有感覺，沒有意義。」[79]事實上，洛夫的詩評，極少純粹出於超現實主義的角度，譬如他分析其所謂的「廣義的超現實主義詩人」，包括周夢蝶、管管……乃至碧果等人，關於超現實主義的觀

【75】同上註，頁九十八。
【76】同上註，頁一〇二—一〇三。
【77】同上註，頁二二八。
【78】洛夫，《詩的邊緣》，頁九十七—一一一。
【79】同上註，頁九十八—九十九。

點都只被他附帶一提，尤其是在批評張默詩作的〈無調的歌者〉一文中，竟完全不提超現實主義[80]，顯然洛夫關於超現實主義的詩評與其（知性）超現實主義的理論，兩者之間隔有一段不算太近的距離。

然而問題不僅止於此。如上所述，由於洛夫過於強調感性與知性的交融——並以此來修正超現實主義所要到達的詩境，「只有當我們把主體生命契入客體事物之中時，始能掌握」；在此洛夫這個說法則已過渡到「與物同一」的主張了[81]。但是詩人創作如何做到「與物同一」呢？在評析蘇紹連的《驚心散文詩》時，他又提出「物我交感」的說法，所謂的「物我交感」，洛夫說：「其作用在強調『我』與『物』的關係的換位，並表達二者關係調整後所生的新意。」，而蘇紹連的〈削梨〉、〈心震〉、〈七尺布〉及〈喘〉等詩，都採用了「物我交感」的手法[82]。不僅如此，「物我交感」的手法尚另以「變形」的方式來呈現，而此種「變形」方式，洛夫說「頗像卡夫卡的手法」，且特別舉《驚心散文詩》中的〈獸〉予以說明：

> 我在暗綠的黑板上寫了一隻字「獸」，加上注音「ㄕㄡˋ」，轉身面向全班的小學生，開始教這個字。教了一整個上午，費盡心血，他們仍然不懂，只是一直瞪著我，我苦惱極了。背後的黑板是暗綠色的叢林，白白的粉筆字「獸」蹲伏在黑板上，向我咆哮，我拿起板擦，欲將牠擦掉，牠卻奔入叢林裏，我追進去，四處奔尋，一直到白白的粉筆屑落滿了講臺上。
>
> 我從黑板裏奔出來，站在講臺上，衣服被獸爪撕破，指甲裏有血跡，耳朵裏有蟲聲，低頭一看，令

---

[80] 洛夫，《孤寂中的迴響》（臺北：東大，一九八一），頁一九八—二一〇。

[81] 在《魔歌》的自序中，洛夫還舉自己的詩作，諸如〈不被承認的秩序〉、〈死亡的修辭學〉、〈大地之血〉、〈詩人的墓誌銘〉、〈裸奔〉、〈巨石之變〉等，以支持其「與物同一」的說法。參見，《洛夫詩論選集》，頁一五七。

[82] 洛夫，〈蘇紹連散文詩中的驚心效果〉，收入蘇紹連，《驚心散文詩》（臺北：爾雅，一九九〇），頁九。

我不能置信，我竟變成四隻腳而全身生毛的脊椎動物，我吼著：「這就是獸！這就是獸！」小學生們都嚇哭了【83】。

洛夫認爲，根據分析心理學的潛意識論，人的屬性爲神、人、獸三者的分配組合【84】，詩中出現的小學生由於天眞無邪，獸性尚不存在，或雖存在卻潛伏未彰，故不懂得什麼叫獸，所以「身爲人師的詩人最後只好以一種超現實的聊齋式的敘事手法，將自己『變成四隻腳而全身生毛的脊椎動物』作爲舉證。這種變形的過程不僅辯證了人本質上的複雜性，更暗示人性墮落，獸性揚升的悲哀」【85】。除了上詩，洛夫大體上認爲，蘇紹連《驚心散文詩》中大半的詩的成功，主要歸功於以「變形」與「物我交感」爲主的超現實手法的運用。

事實上，蘇紹連〈獸〉一詩所運用的類似卡夫卡式的變形手法，由於成功地營造了一個獨立的、完整的情節（plot）與環境／背景（setting）——且又是極爲日常的現實（everyday reality），此時人物的變形（老師變成了野獸）就成了一個幻象的或魔幻的要素（fantastic or magical element），進入到寫實的情節與環境內（課堂與教室），形成一個頗具典型的魔幻寫實主義（magic realism）的畫面。魔幻寫實主義以敘事性的情節（narrative plots）將現實與魔幻情景並置（juxtapose），以描繪諸多奇異的、怪誕的、可怖的、以及似夢般（但非幻影）的面向（the strange, the uncanny, the eerie, and the dreamlike-but not the fantastic-aspects of everyday reality）【86】。卡夫卡（Franz Kafka）的《變形記》（或譯爲《蛻變》）（*Metamorphosis*）即被視爲較早的魔幻寫實主義的代表作之

【83】同上註，頁四─五。

【84】佛洛依德認為人的人格中包含本我（id）、自我（ego）與超我（superego）三部分，本我即人格中的慾望我，自我也就是現實我，而超我則等於道德我。洛夫這裡所說的神、人、獸即是比附為佛氏所說的超我、自我、本我。

【85】洛夫，〈蘇紹連散文詩中的驚心效果〉，頁五─六。

【86】Seymour Menton, *Magic Realism Discovered, 1918-1981*(Philadelphia: The Art Alliance Press, 1983), 13.

一【87】。相對於魔幻寫實主義，超現實主義以潛意識自動語言所描繪的只有破碎的、跳躍的不連貫敘事（或畫面），其中所出現的驚人（洛夫在此用「驚心」來形容）意象或有出人意表的「變形」效果【88】，乃至也同樣打破時空界限以展現怪誕的情境，惟終究其呈現的只是潛意識片段式的夢囈，而無法將現實「完整地」予以魔幻化。蘇紹連〈獸〉的「變形記」，上演的不是超現實而是魔幻寫實的場景。

洛夫之所以有上述那樣的「誤讀」，一言以蔽之，歸根結柢仍出於其知性超現實主義的主張。如上所述，洛夫思以知性制約直覺／感性的超現實主義，其目的在使之不超離於現實之外，即他所言：「不僅要能向上飛翔，向下沉潛，更須擁抱現實，介入生活」【89】。然而如斯論調在碰上蘇紹連這種既現實又魔幻（或是物我交感）、既知性又感性的散文詩作，便會將魔幻寫實詩誤認爲超現實詩了，蓋魔幻寫實主義服膺的「變現實爲幻想而又不失其爲眞」的創作理念，在此已有點接近洛夫「知性超現實主義」的論調。所以他所說的〈獸〉的「超現實的聊齋式的敘事手法」，其實應該說成「魔幻寫實的聊齋式的敘事手法」。

第四節　結語

不論是作爲一個詩的流派或是創作思潮，超現實主義到了一九七〇年代的臺灣詩壇，似乎和「洪水猛獸」一詞

【87】Maggie Ann Bowers, *Magic(al) Realism*(London and New York: Routledge, 2004), 17.

【88】例如法國超現實主義詩人佩雷（Benjamin Peret）的〈佩雷的記憶〉一詩，詩裡「從奶頭走出一頭奶牛」，而這頭奶牛所尿出的貓，往上爬至「高處梯子斷裂」時，竟變成「一個肥大的郵差」。這樣的變形雖帶有魔幻般的情境，惟由於不合邏輯性的敘事都是片段的、無法連貫的，只是自動語言的潛意識自由的流竄。是詩出處參見，王家新編，《歐美現代詩歌流派詩選（上）》（石家莊：河北教育，二〇〇三），頁一六七。

【89】洛夫，《洛夫詩論選集》，頁九十六。

劃上等號，彷彿之前所有因西化所帶來的創作歪風，都是由它而起，也被它「概括承受」。超現實主義何其不幸，不管它是否爲現代詩的寫作打開了另一扇與眾不同的窗，老是被視爲新詩妖魔化的代名詞；但它又何其有幸，不管它是否成爲若干詩人和詩社的養分或觸媒劑，也由於有它的貢獻，歷史爲這些詩人和詩社留下了名字。然而，不管歷史如何給予定位，功過有無定論，承認（與瘂弦、商禽）向超現實主義借過火的洛夫[90]，到了一九八〇年代卻極力撇清他與超現實主義的關係，甚至表明他從未公開宣稱自己是位超現實主義者，只因他早期發表過〈超現實主義與中國現代詩〉那一長篇論文，使得後來所有攻擊超現實主義的人都將矛頭對他[91]。實情果如是乎？

事實上，在一九七四年《魔歌》自序中，洛夫即曾坦言：「我不否認我是一個廣義的或知性的超現實主義者」[92]，儘管他的確沒有說「我是個超現實主義者」；然而如果未予深究超現實主義並對洛夫的所謂廣義或知性的超現實主義主張予以入木三分的檢視，一般人又如何去分辨其兩者之間的差別？洛夫既表示「不否認」，那不就等於「承認」了？至於「廣義的或知性的超現實主義者」與「正宗的或本版的超現實主義者」是否不同，那是不會有人去斤斤計較了。

但是誠如本文上面所說，洛夫思以知性來制約（或將中國禪詩會通於）超現實主義，其實有其先天上或本質上的困難，亦即如果超現實主義能以理性作適當的控制，那麼所謂超現實也就不復爲超現實了，而這樣一來，它便不再比其他流派或創作主張更具特色。一言以蔽之，知性的超現實主義其實不是超現實主義，它是變相的「僞超現實主義」。

正因爲洛夫始終甩不開「超現實主義情結」（complex of surrealism）而代之以「僞超現實主義」，除了如上

【90】洛夫自承他在寫作〈石室之死亡〉時（約民國五〇年左右），超現實主義對他當時的詩觀和語法確曾產生過影響；也相信在同一時期，瘂弦的〈深淵〉與商禽的〈天河的斜度〉，和他一樣，或多或少也向超現實主義借過火。參見，《詩的邊緣》，頁五十五。

【91】同上註。

【92】洛夫，《洛夫詩論選集》，頁一五七。

所述他一直成爲被反對者攻擊的「箭靶」，在他進行詩作批評時，也因此錯認顏標，以致「牛頭不對馬嘴」，將魔幻寫實主義與超現實主義混淆，造成批評的失手。縱然如此，創世紀詩人中也只有洛夫有勇氣撰寫如此有體系的長篇論文以介紹並交代超現實主義的主張[93]，自成一家之言。

---

[93] 作為詩論家的張漢良（亦曾為創世紀同仁）前文，主要是從比較文學的角度，把超現實主義作為一個思潮被引入臺灣詩壇的現象予以檢視，目的不在建立或介紹一個文學理論；況且該文發表在一九八一年，距洛夫論文發表的時間已有十二年之久，更晚於其譯文〈超現實主義之淵源〉發表的時間十七年。

第五章　葉笛的傳記詩評

第一節　前言

相較於產量豐富的譯作，葉笛自日返臺後僅見的文學評論專著只得兩冊：《台灣文學巡禮》（一九九五）與《台灣早期現代詩人論》（二〇〇三），收穫稍嫌單薄，這二本論著所收論文幾乎全爲詩論評（不管其討論的對象是詩人或詩作）[1]；而在這兩本書出版之間發表的另外兩篇論文〈日據時代台灣詩壇的超現實主義運動——風車詩社的詩運動〉（一九九六）與〈台灣現代詩《笠》的風景線〉（二〇〇〇），以及稍晚於二〇〇四年笠詩社四十週年國際學術研討會上發表的長篇論文〈論《笠》前行代的詩人們〉，亦屬詩論評著述，這或許緣由於葉笛除了從事文學研究之外，本人同時也是一位現代詩人之故[2]，有鑑於此，我們可以說，葉笛的文學論述係以詩論評見長。

葉笛的詩論評，整體而言，顯現出一清晰的基調，那就是如其第二本評論專著的書名所示一樣，率以簡約而又不含糊的「詩人論」（the poet study）爲其論述之依據，此所謂「詩人論」兼有兩種涵義：一是指以現代詩人本人作爲論述對象，探析的是「人」（poet）；二是指從人的角度來評論詩人的作品，探析的角度係從「人」出

[1]《台灣早期現代詩人論》一書，光從書名，不問可知，其為詩論評專著，殆無疑義。《台灣文學巡禮》全書探討的也是現代詩人及其作品，只有輯二的〈文學與電影的滄桑〉以及附錄中的〈二〇年代中國文學中的虛無傾向〉二篇超出詩論評的範圍外，可以說《台》一書亦為一本詩論的專著。

[2]葉笛出版有二本詩集：《紫色的歌》與《火和海》。

發，卻仍歸結在詩作上。前者研究的雖係詩人本身，但亦須佐以其詩作材料作爲立論的證據。不論是上述哪一種涵義，其皆出於艾布拉姆斯（M. H. Abrams）所說的前提，即「文學以（作家）個性爲其標誌」（且是最可信賴的標誌）[3]，而這一研究的前提，其實也就是傳統傳記式批評（biographical criticism）向來的主張；基於此點，我們有理由相信，葉笛所本的批評詩學乃是屬於一種傳統的研究方式（traditional approach）的傳記式詩評。

依艾氏所見，詩作（文藝）與詩人的個性，彼此是相互關聯的變量，衡量其變量之間的差異，可以區別出此種傳記詩評三種不同的研究方式：1.係根據詩人來解釋其詩作；2.乃是從詩作中讀解其詩人；3.則是（讀者／批評家）藉由閱讀詩作來發現詩人。第一種係探究「文學致因」（literary causes）的研究方式，亦即法國文學批評家聖柏甫（Charles-Augustin Saint-Beure）所云：「有其樹，必結其果」，其研究乃透過參照詩人的性格、生平、家世、環境等「具體個性」，而把該詩作的特性孤立出來加以解釋。第二種的研究目的則是撰寫傳記，即將詩作當作一種易於獲得的紀錄或材料，據此去推測詩人的生平與性格。而第三種研究乃以審美及欣賞爲其主要目的，基於「詩作的審美特性係詩人個性的投射」的觀點，把詩作視爲「直接通向詩人靈魂透明的入口」[4]。第二及第三種傳記研究之差別，主要在於前者是透過詩作來撰寫詩人個人傳記，而後者則是藉由詩作來了解詩人本身。

基本上，葉笛的傳記詩評係上述所稱的第一種研究進路（approach），即「根據詩人來解釋其詩作」，如同古爾靈（Wilfred L.Guerin）等人所說：「此種研究方法視文學作品主要（若非絕對的話）爲作者生活及時代或作品中人物與時代的反映」[5]，儘管小說作品比較適於採用此種批評方法（蓋其所寫的生活經驗通常較詩爲廣，也因

【3】 M. H. Abrams, *The Mirror and the Lamp: Romantic Theory and the Critical Tradition* (Oxford: Oxford UP, 1953), 227.

【4】 Ibid.

【5】 Wilfred L.Guerin et al., *A Handbook of Critical Approaches to Literature*(New York & Oxford: Oxford UP, 1999), 22.

而較多受到外在因素的影響）【6】。緣於如是的研究進路，葉笛的傳記詩評主要分從詩人的生平（life）、思想或理念（idea）以及時代環境（milieu）三方面來解讀及探析詩人的作品，而其所解讀與評述的詩人包括：賴和、張我軍、陳奇雲、楊華、王白淵、楊雲萍、水蔭萍、江文也、林修二、吳新榮、巫永福、吳瀛濤、詹冰、陳秀喜、陳千武、林亨泰、杜潘芳格、錦連、黃騰輝、李魁賢、白萩、許達然、柯旗化及莫那能等人，集中討論的對象為日據時代與所謂「跨越語言的一代」的省籍詩人，且主要為笠詩社的詩人【7】。底下本章即分從上述三個角度進一步檢視葉笛的傳記詩評。

第二節　詩人生平的解讀

從詩人的生平（或其個性）來解讀與詮釋他的作品，很早即盛行於某些英國與德國的浪漫主義批評家中，不論是由詩人直接將其個性與生活經驗投射到詩作中，或是由詩人以扭曲或偽裝的方式間接地予以表現【8】，其詩作背後都有一個人存在，使得吾人在閱讀作品之際，不能不注意到那個人（也就是詩人），誠如韋勒克（Rene Wellek）與華倫（Austin Warren）在《文學理論》（*Theory of Literature*）一書介紹傳記批評的文學研究方法時所指出的：「我們讀了但丁（Alighieri Dante）、歌德（Johann W. Goethe）或托爾斯泰（Lev Nikolaevich Tolstoy）的作品，了解到在作品背後有一個人。在同一位作者的作品之前，存在著一種無可置疑的相似的特性。」【9】詳言之，「人要

【6】惟古爾靈等人亦認為，詩人或其詩作並不就與外在經驗絕緣，如果因此以為詩人不關切社會問題，或者好詩不寫這類題材的話，則將是一大誤解，誠如渠等所言：「即使是某些抒情詩，亦易於運用歷史——傳記的分析方法（historical-biographical analysis）。」,Ibid., 23–24.

【7】關於此點，或與葉笛本人亦為笠詩社同仁不無關係。

【8】M. H. Abrams, 228.

【9】Rene Wellek and Austin Warren, *Theory of Literature* (New York & London: A Harvest/HBJ Book,1977), 79.

是嚴肅，他的語言和風格也就嚴肅；人的性情活潑，他的風格和語言也就活潑……人若是謙卑、低下、軟弱，那他的語言和風格也會如此。」[10]這樣的說法背後其實暗含兩個斷言：一是一個人的作品中有著某種個性，把他的作品同其他作者的作品區別開來，例如我們從中可以看出一種「維吉爾特性」（Virgilian quality）或「密爾頓特性」（Miltonic quality）；二是這種文學特性與這個人本身的性格相關，比如維吉爾式的風格特性是與生活中的維吉爾的某方面相應的[11]。

抱持如上的信念，葉笛的傳記詩評每每先從詩人的生平談起，然後以此作爲他進一步分析詩人作品的依據，譬如他在評述張我軍及其詩集《亂都之戀》時，開頭便先概略介紹張氏的生平，接續又介紹張氏的文學歷程，並以此來解讀、分析張氏的若干詩作。以收入《亂》書中的第一首詩〈沉寂〉爲例，葉笛先敘述張氏之開始創作新詩是他「在一九二三年隻身奔走北京，就讀北平高等師範學校的升學補習班」時，而就在這時，「他和同班上的，後來成爲他妻子的羅心鄉女士發生熱烈的戀愛，《亂都之戀》的第一首詩〈沉寂〉便是在他戀愛受阻，身感周遭封建思想道德的重量壓力的煩悶、痛苦之下寫成的。」[12]顯然，葉笛將詩句「一個T島的青年，／在戀他的故鄉；／在想他的愛人」中所說的「他」視爲張氏本人，並從考證他的生平材料下手，以之作爲解讀〈沉寂〉一詩的依據。這首浪漫的「充滿著眞摯的感情」的情詩，葉笛上述的分析，正好驗證了浪漫主義批評的手法。

顯而易見，葉笛相信，若有所謂「張我軍詩風」，則其必循張我軍之人而後可得，爲此，他徵集不少張氏個人生平資料，目的在索求詩作（詩集）背後存在的那個人。那麼，葉笛如何評述《亂都之戀》的內容呢？他竟然援引張氏次子的話，從詩作的外緣（也即詩人的生平）部分切入予以闡釋：

【10】M. H. Abrams, 230.

【11】Ibid.

【12】葉笛，《台灣文學巡禮》（臺南：臺南市立文化中心，一九九五），頁二十三。

該詩集的內容如何呢？這一點，張我軍的次子張光正有概括而很中肯的介紹，現在引用其中一部分：「這些詩是父親於一九二四年，在北京，返回臺灣途中，在故鄉板橋的三個地方寫的。主要以那時軍閥混戰，人心惶惶的北京城作為背景，抒發了熱戀、相思、惜別和懷念等種種情思，表現出對人生的熱愛，對黑暗現實的憎恨和對光明的憧憬。」【13】

如斯論述方式，在葉笛後來所撰《台灣早期現代詩人論》與〈論《笠》前行代的詩人們〉中，已成爲他一慣的寫作（研究）模式。以前書爲例，譬如在他談及楊華「《黑潮集》的光和影」時，便引楊華在該詩集裡的〈自序〉「夫子自道」式的一小段話：「這五十餘篇小詩，是我在一九二七年二月五日爲治安維持法違反被疑事件，被捕禁在台南刑務所（監獄）裡時所作的。（餘略）」【14】由其生平經歷以解讀《黑潮集》。又如論及楊雲萍「南遊雜詩」之一的〈新町〉一詩時，葉笛也從考證詩人的生活之處著手以爲詮釋，他說：「新町是日據時代臺南市的花街柳巷」，而該詩所云：「聽說：這裡藏有五百嬋娟。／『請進、請進來呀。』／進去幹什麼？／可憐、可憐。／我疲憊悲哀／毫無戀慕的思念／稍往前走，就有通往平安的運河，／前面幽暗看不清。」葉笛的解釋是：這是當時有天夜裡，詩人被旅館的老闆引導到該地方參觀而有感而作的【15】。再如他談到吳新榮〈題霧社暴動畫報〉一詩時，亦以「還原」到詩人寫作此詩時的實況來說明：「這一首〈題霧社暴動畫報〉是吳新榮還就讀於東京醫學專門學校時，作於一九三〇年十月二十九日，後來收入《震瀛隨想錄》改題〈霧社出草歌（唱山歌調）〉的。同年十月二十七日

【13】同上註，頁三十三—三十四。
【14】葉笛，《台灣早期現代詩人論》（高雄：春暉，二〇〇三），頁一五〇。
【15】同上註，頁一二八—一二九。

爆發震驚社會的『霧社事件』，只隔兩天，詩人就寫出這首抗議詩。」【16】

復以前文〈論《笠》前行代的詩人們〉爲例，葉笛在論及陳秀喜詩集《樹的哀樂》裡〈台灣〉一詩時，認爲「詩人堅決地相信：一切大風大浪都打不倒臺灣，這個搖籃是永恆的，永遠爲我們所愛！」，卻又筆鋒一轉再從詩人的生平切入補述：「陳秀喜大概從二十二歲到二十六歲前後在大陸旅居六年，她也許在這段時期學會中文，使得她得以跨越語言。但更令人佩服的是：她未被中國的醬缸所染，這實在是難能可貴的。」【17】又如談及陳千武（桓夫）著名的〈信鴿〉一詩時，葉笛也考證道：「這是戰爭終結後十九年才寫的詩。桓夫在日據時代曾經被徵召到南洋作戰，〈信鴿〉寫的是深埋於時間的流砂裡的『死』，這種記憶已經變成生命內在的記憶。」【18】凡此例子，在葉笛的論述文字裡，可謂俯拾皆是。

葉笛上述這種批評進路，源出自他向來所堅信的「文如其人」之說：「『文如其人』，如果我們不懷疑這句話的眞實性，那麼，要了解一個文人的文章，先去了解其爲人，是一條捷徑吧？」【19】這一番話正好爲他的詩人生平切入的傳記詩評做了個註腳。古爾靈等人即認爲，文學藝術並非憑空存在，「它係某人在歷史中的某一時期所創作的產品，其目的在於向他人表述與人類有關的某種觀念或問題。」假設我們欣賞、評斷這些文藝作品，必須去除其他經驗（包括作者個人經驗），而只從嚴格的美學觀點——例如新批評（new criticism）所認爲的那樣——來看，誠如古爾靈等人所說：「那確是一件非常危險的事情。無可置疑的是，有不少文學經典，都是自傳、宣傳，或有關討

【16】同上註，頁一六〇。

【17】葉笛，〈論《笠》前行代的詩人們〉，收錄於鄭炯明編，《笠詩社四十周年國際學術研討會論文集》（臺南：國家臺灣文學館籌備處，二〇〇四），頁五十一—五十二。

【18】同上註，頁五十三。

【19】葉笛，《台灣早期現代詩人論》，頁一九三—一九四。

論的表述。」【20】

如此看來，葉笛秉持的「文如其人」的批評信念，自有其道理所在。古爾靈等人曾舉密爾頓（John Milton）二首著名的十四行詩〈詠失明〉（"On His Blindness"）與〈悼亡妻〉（"On His Deceased Wife"）為例，具體說明「文如其人」這種傳記詩評的價值。對於前首詩，讀者如果知道密氏於四十四歲時即已完全失明的話，那麼對該首詩將可得到「最佳的了解」；而就後首詩來說，其實是密氏對他第二任太太凱瑟琳．伍庫克（Katherine Woodcock）所做的一種獻辭，而讀者更須知道的是，密氏娶她時自己已失明，此一事實也足以說明詩中「伊的面龐蓋了面紗」（"Her face was veiled"）這一句的涵義【21】。葉笛上述的傳記詩評，與古爾靈諸氏所展示的研究方式如出一轍，而吾人亦不得不承認「文如其人」之批評有其價值之所在。

第三節　詩人理念的解讀

西歐飛（Frank Cioffi）在〈批評中的意圖與詮釋〉（"Intention and Interpretation in criticism"）一文中提到：「讀者對於一部文學作品的反應將依其所知之不同而異：而他所知曉的其中一件事……便是作者心中所想或者其所意欲（意圖）之事。」【22】西氏這一段話明顯指出：傳記式研究（biographical studies）強調，讀者想要了解作品的其中一個途徑就是——去探知作者的意圖（intention），而作者的意圖亦即其所思想之事。關於此點，史蒂文森

【20】Wilfred L. Guerin et.al.,op.cit., 18.

【21】Ibid., 22.

【22】Frank Cioffi, "Intention and Interpretation in Criticism," in *Issues in Contemporary Literary Criticism*, ed. Gregory T. Polleta (Boston: Little, Brown,1973), 224.

（Bonnie Klomp Stevens）及史迪華特（Larry L. Stewart）二氏曾說：「儘管大多數的傳記研究關切外在事件，以及外在事件如何形塑主角（即作者）的內在想法，但是仍有一些傳記研究將焦點幾乎全集中在（作者）內心的思想及其過程本身。」[23]換言之，傳記研究或批評的探究途徑中尚包括對於作者思想或理念的解讀。

將傳記與文學批評兩者首先結合在一起研究的約翰生（Samuel Johnson）[24]，曾經對此種研究方式特別加以說明。他認爲這種傳記研究可分爲三個步驟：1.首先記錄下傳記性的事實（即作者生平），包括作者較有名氣的詩作成因與大眾的反響；2.然後再對詩人的智力特性做一評估；3.最後對詩作本身進行批評性的考察[25]。本章前面所述從詩人的生平來解讀詩人的作品，即是此處約翰生所謂的第一個批評的步驟；至於這裡所說的第二個步驟——檢視或考察詩人的智力特性，在實際批評中其實也就是在考察詩人的思想或理念，即從詩人的創作理念或想法來解讀、分析他的作品。

葉笛的傳記詩評，往往即自詩人的創作理念來解讀其詩作。關於此種批評方式，葉笛一貫的技倆便是徵引或援用詩人「夫子自道」的話，以作爲他解讀並評判詩作的依據。在《台灣文學巡禮》中論及白萩詩集《天空的象徵》一洗過去《蛾之死》與《風的薔薇》那種予人驚奇、震駭的「繁複的形象」，轉而呈現出返璞歸眞般的「更單純的形象和象徵」時，葉笛的看法是，此時的白萩有了「把作爲一個詩人對世界應負的責任看得比純爲藝術而藝術的詩人自尊更重、更深刻」的自覺；然而，葉笛如何判定白萩有此「在創作上有所抉擇」的轉變的自覺？他的方式是徵引白萩的「自語」：

【23】Bonnie Klomp Stevens and Larry L.Stewart, *A Guide to Literary Criticism and Research* (Fort Worth, Texas: Harcourt Brace Jovanovich College Publishes, 1992), 60.

【24】Ibid., 58.

【25】quoted in M. H. Abrams, 232.

這種自覺，可從白萩自語中看出來：「重要的是精神而不是感覺。過去我們曾耽迷在感覺，執信著形象可解決詩的一切。然而遊樂一陣之後，我們感覺空虛！擴散的形象造成歧義，扼死了我們的思想。我們要求每一個形象都能載負我們的思想，否則不惜予以丟棄，甚且從詩中驅逐一切形容，而以赤裸裸的面目逼視你[26]」。

葉笛在此的徵引，目的在以探求詩人理念的轉變來解讀其詩風變革的肇因，而方法則回歸到詩人自己身上，蓋任誰也無法越俎代庖幫詩人代言其創作理念，讓詩人自行「現身說法」毋寧是較不會犯錯的選擇，而這也成了傳記詩評典型的批評技倆。在上書中，葉笛亦以徵引的同樣手法，分別論述桓夫、許達然等人的詩作，目的無他，就是讓詩人為自己的詩作「下理念的註腳」。

在《台灣早期現代詩人論》一書中，葉笛在討論有互為牴角之勢的風車詩社掌門人水蔭萍以及鹽分地帶詩人群大將郭水潭的詩作時，更為罕見地長篇援引二氏對於創作理念的見解。譬如以水蔭萍〈土人的嘴唇〉一詩的解讀為例，葉笛先是說：「水蔭萍對詩的見解、執著，從未改變，其詩的理念，可以從〈土人的嘴唇〉清楚地看出來」，接著便援引一大段（超過整整一頁）水蔭萍於一九三六年所寫的一篇論文裡的話，以資證明〈土〉一詩是適合以其創作理念來分析的[27]。再如論及郭水潭的〈乞丐〉與〈秋天的郊外〉這兩首具左傾色彩的詩作時，葉笛也不厭其煩地援引郭氏隨筆中的〈對文壇之我見〉一文，以表明他的創作理念，說明郭水潭「毫不諱言資本主義文學、藝術粉飾太平，把社會的不公不義，經濟的不平等，歸之於人性和宿命論等的謬論，進一步撻伐資本主義社會的文

[26] 葉笛，《台灣文學巡禮》，頁一二二。
[27] 葉笛，《台灣早期現代詩人論》，頁一九四—一九六。

學。」【28】令人訝異的是，爲了顯示郭與水二氏所持創作理念的不同，葉笛在同文的稍後處竟徵引了郭水潭批判以水蔭萍爲首的風車詩社的〈薔薇詩人們〉一文，以資對照【29】。至於在〈論《笠》前行代的詩人們〉一文，譬如論及吳瀛濤的詩作前，葉笛亦事先連引吳氏〈詩與人間的探求〉、〈詩的孤城〉與〈詩語與現代詩〉三文中的詩觀，以爲下文進一步論析吳氏詩作的依據【30】。

韋勒克與華倫二氏認爲，傳記研究「有助於揭示詩作實際的產生過程」【31】；就傳記詩評往往以探究詩人的理念爲其解讀詩作的途徑來看，它同時也揭示了詩人創作的過程，乃至於詩人創作生涯演變或發展的軌跡。詩評家要重現此種創作過程或演變軌跡，何其困難，像羅威斯（John Livingston Lowes）研究英國詩人柯立芝（Samuel Taylor Coleridge）的兩首詩作〈古舟子詠〉（"The Rimo of the Ancient Mariner"）與〈呼必烈汗〉（"Kubla Khan"），爲了揭示柯氏的想像（即創作）過程，不僅要對相關的外在事件（指與這二首詩相關者）要有高度的關注，更發揮他細緻的探究功夫，進一步去追蹤柯氏所閱讀過的東西，察看其中有哪些資料有助於詩人的創作【32】。葉笛的傳記詩評並不使用羅威斯這種「笨功夫」，他選擇的方式是徵引作者「自剖」之語這條研究捷徑，例如在分析吳新榮的〈思想〉一詩時，他做了如下的徵引：

> 吳新榮曾於《笠》詩刊〈詩史資料〉專欄上發表過〈新詩與我〉說：「第一期青年時代也可謂浪漫

【28】同上註，頁二二一。

【29】同上註，頁二二三。

【30】葉笛，〈論《笠》前行代的詩人們〉，頁四十三—四十四。

【31】韋、華二氏並認為，可以把傳記研究當作是一門（未來的）學科來看，而傳記即可成為這門學科——文藝創作心理學的材料。See Rene Wellek and Austin Warren,op.cit., 75.

【32】John Livingston Lowes, *The Road to Xanadu* (Boston: Houghton Mifflin, 1927), xi,quoted in Bonnie Klomp Stevens and Larry L.Stewart,op.cit., 60.

> 主義期，第二期壯年時代也可謂理想主義期，第三期老年時代也可謂現實主義期……第二期是我自日本回臺以後至臺灣光復的一段時期，我們自稱為『鹽分地帶時代』，所發表都在臺灣人主辦的文學雜誌及報紙的文藝欄。……在此時代的作品比較少量，僅作二十五首，收錄《震瀛詩集》稿第二卷。第三期是老年期……共十多首，為《震瀛詩集》稿第三卷。」

從這一段文字，可以明白〈思想〉是收錄於第二卷。據其自述看來，〈思想〉屬於壯年時代，理想主義時期的作品。由詩的字裡行間，可以明白他重視詩的語言[33]。

用上述徵引詩人自己的話的方式，葉笛追蹤出〈思想〉一詩的軌跡，原來是吳新榮創作歷程中屬於他第二期（即理想主義的壯年時代）的作品。

葉笛曾經在〈陳奇雲是誰？〉一文中提到上述這種「詩人的思想＝詩人的詩作」這樣的看法，所謂「不平則鳴」，詩人有話想說，方思以詩代言，但詩人爲何選擇以詩代言其思想？葉笛在此引述了尼采（Friedrich W. Nietzsche）的話說：「詩人用韻律的車輦隆隆地運來他的思想；通常是這思想不會步行。」，換言之，「詩人之所以寫詩，正像尼采所說的因其思想不會步行才來寫詩的。」而詩人以詩代言其思想（可視爲其理念的實踐），「不能不說是一種katharsis（感情的淨化）了」[34]。從葉笛傳記詩評的角度來看，詩人的創作行爲，本身即代表著詩人情緒的淨化，此則又回歸到亞里斯多德（Aristotle）的悲劇淨化論去了。

---

[33] 葉笛，《台灣早期現代詩人論》，頁一七〇－一七一。

[34] 同上註，頁六十七－六十八。

第四節　詩人環境的解讀

如前所述，傳記詩評除了從詩人的生平來解讀其作品外，往往也從詩人所置身的時代背景（即環境）來加以考察，前者係屬傳記詩評的微觀研究（micro-study），而後者則爲傳記詩評的宏觀研究（macro-study），也就是將對於作品的研究焦點擴及於詩人所處的整個時代環境；正因爲如此擴大層面的研究，所以傳記式批評或傳記研究（biographical studies）也常被稱爲「歷史—傳記的研究途徑」（historical-biographical approach），而這樣的稱呼則突顯了此種研究的兩個主要方式：1.從作者個人的生平、閱歷入手以解讀作品——這是傳記面向的分析；2.從作者置身的時代環境著手以闡釋作品——這是歷史面向的分析。

從宏觀的歷史（時代環境）的面向（historical aspect）來解析文藝作品，較早見之於十九世紀法國的文學批評家鄧納（Hippolyte Taine）唯科學主義決定論的主張[35]，鄧氏認爲每一位作家都有他所隸屬的種族的印記，並且在其作品中「承受著因時間和環境而產生的調節適應」；經他研究結果發現，決定文學創作或者文學家的「主要才能」的，有三個主要的限制因子：民族、環境和時代。就後二者而言，「作家成長的地方、生活的社會、所受的教育等是環境的限制，形成他特殊的氣質和思想；而每一個時代都有每個時代特殊的觀念，這觀念會影響到作家思想和情緒的養成。」[36]鄧氏如斯說法，成了傳記詩評從時代環境也即宏觀面向著手闡釋詩人作品的理論依據。

回過頭來再看葉笛的傳記詩評，可以發現他在詮釋詩人作品時，往往也自其置身的時代環境切入，最明顯的莫過於〈論《笠》前行代的詩人們〉一文中他所使用的這種批評方式，該文在分述笠詩社「跨越語言」的前行代與銜接前行代的詩人群之前，即率先來個綜覽「《笠》創立前後的社會和詩壇」，也就是對笠的資深輩詩人群當初所

【35】參閱何金蘭，《文學社會學理論評析——兼論在中國文學上的實踐》（臺北：桂冠，一九八九），頁二十五—二十七。

【36】同上註，頁二十七—二十八。

置身的時代與環境做一鳥瞰，以之作爲後面他檢視各個詩人及其作品的基礎【37】。在該文中，有如下一段敘述時代背景的話：

> 一九四九年五月二十日，國民黨政府實行戒嚴，並且配合「動員戡亂」制度，進行白色恐怖（統治），藉以杜絕政治的動亂，鞏固獨裁體制。同時，鑑於在大陸上文化和思想，意識形態方面被赤化，喪失政權的慘痛經驗，在文化上乃砍斷五四以降大陸的文學傳統，同時，使盡一切手段掩蓋台灣在二十年代至日本戰敗前已締造的臺灣新文學……。在如此嚴酷的政治高壓下和荒漠的文化現象下，在當時《笠》詩刊雖然談不上明目張膽地站起來抗爭而成為中流柢柱，卻也默默地凝聚淨化精神的力量來提升詩的創造【38】。

如此對笠詩人所處時代的「定調」，始得以讓葉笛推論出：「《笠》就在這種默契裡，在文化沙漠裡，以堅定不移的步伐默默地走過四十年，之所以如此，無他，集結於《笠》的詩人們都是認同臺灣，以臺灣這塊土地爲寫作的源泉，也相信文學能夠成爲人民賴以生存的土地之歷史記憶的。」【39】

單就個別詩人而論，葉笛的評論也每每自時代環境的角度來闡釋他們的詩作，例如在《台灣文學巡禮》一書中討論到賴和的〈覺悟下的犧牲：寄二林事件的戰友〉，便考證此詩的創作背景「二林事件」：「一九二五年十月，在二林發生日警鎮壓『二林蔗農組合』（即農會）的事件，簡稱『二林事件』，被檢舉者共八、九十人，都受到非刑毒打。」復又討論到可謂是「日據時代臺灣農民們的現實生活史詩」的〈流離曲〉一詩時，也說這是賴和爲了抗

【37】葉笛，〈論《笠》前行代的詩人們〉，頁三十六—三十九。

【38】同上註，頁三十九。

【39】同上註。

議一九三〇年「退職官拂下無斷開墾地」魚肉農民的無道而譜寫的史詩。最後論及另一首長詩〈南國哀歌〉時，更提到這是「賴和爲了在一九三〇年十月二十七日的『霧社事件』裡英勇就義的高山同胞寫的鎮魂曲，也爲了臺灣總督府調動日軍用新式武器、大炮、飛機甚至用毒瓦斯來殺戮高山同胞，爲時兩個月之久的軍事行動，向全臺灣，全世界發出的沉重的控訴。」[40]

此外，在另一冊《台灣早期現代詩人論》中，在檢視諸如張我軍、王白淵、陳奇雲、楊雲萍、楊華、吳新榮、水蔭萍、郭水潭、巫永福等人的作品時，葉笛亦都或多或少著墨於他們個人的時代環境，就拿他分析巫永福早期的一首具「超現實」意味的小詩〈歡喜〉來說[41]，完全未對此詩做內緣分析（internal analysis），反而從宏觀的時代環境面向來交代巫氏寫作此詩的背景：

> 日本詩壇反映著第一次世界大戰後的法國詩活潑、多元的運動，結合西脇順三郎、田中克己、安西冬衛、村野四郎等創辦季刊《詩與詩論》，由春山行夫主編，大力介紹未來派、達達主義、超現實主義等，並且提倡新散文詩運動，對應著當時抬頭的普羅文學，給文壇輸入新鮮的空氣，但他方面免不了缺乏正視社會的觀點。不久便被季刊《詩・現實》所取代，這本季刊在創刊號的編輯後記明確聲明：否定逃避現實和游離的文學，重視歷史性的認識和作為世界文學之一環的日本文學。上述的日本詩壇情況，剛好是巫永福留學日本前後的動態。感受性敏銳、強烈的文學青年巫永福身歷其境，想來，或多或少，總是會受到影響的吧[42]。

---

[40] 葉笛，《台灣文學巡禮》，頁八—九，十二—十三。

[41] 〈歡喜〉一詩，葉笛的譯文如下：「肉體無限大地被擴大／感情無限小地被縮小／啊 神經系統的停止狀態／啊 擁抱的無差別狀態／／掌中天空放晴／眼中生命的象徵在輝耀／口中黃河在流著／心中熱水沸騰著」，參見氏著，《台灣早期現代詩人論》，頁二九七。

[42] 同上註，頁二九六—二九七。

葉笛上述這種從歷史背景切入來解讀詩作的批評進路，令人想到古爾靈諸氏對莎士比亞（William Shakespeare）著名悲劇《哈姆雷特》（*Hamlet*）所做的傳記式批評。古氏等人試問，讀者／觀眾或許會好奇：爲何哈姆雷特不在他父親死後自動繼承王位？（劇中安排由其叔父繼位）這就需要從當時的歷史背景來加以了解。原來在哈姆雷特的時代，丹麥王位繼承人係由選舉所產生，新王是由全國最有勢力的貴族所組成的皇家議會（the royal council）遴選的，王位傳給故王長子的習俗尚未形諸法律的規定【43】，如果那時王位由哈姆雷特繼承，那麼悲劇可能就要改寫了。總之，對於時代環境的了解，有助於我們欣賞與詮釋文學作品。

第五節　結語

在二十世紀二〇年代英美新批評（new criticism）崛起之後，傳記批評（研究）已被打入冷宮歸爲傳統的一種批評方法；受此影響，臺灣學界僅餘老一輩學者和評論家仍在運用此種批評途徑，而取徑於傳記詩評的葉笛，可謂爲其中代表性的一位。傳記詩評的研究方法雖然老舊，專業性亦嫌不足，但誠如韋勒克與華倫二氏所說，迄至今天，它仍是有用的：首先，它無疑具有評註上的價值——可以用來解釋詩人作品中的典故與詞義；其次，傳記式的研究框架還可以幫助吾人從文學史的角度來估量一位詩人的成就，亦即詩人文學生命的成長、成熟與可能衰退的問題；復次，這種研究方式也爲解決文學史上的其他問題積累資料，例如：一位詩人所讀的書、他與其他文人之間的來往、他的遊歷、他所觀賞過和居住過的風景區及城市等——所有這些都關係到如何更好地理解文學史的問題，包括一些有關該詩人或作家在文學傳統中的地位，他所受到的外界的影響，以及他所汲取的生活素材等問題【44】。

【43】Wilfred L.Guerin et al.,op.cit., 39.

【44】Rene Wellek and Austin Warren,op.cit., 79–80.

縱然如此，韋、華兩人也提醒我們，像葉笛所從事的此種老派的傳記詩評雖然有用，但是「如果認爲它具有特殊的文學批評價值，則似乎是危險的觀點」，畢竟「任何傳記上的材料都不可能改變和影響文學批評中對作品的評價」[45]。韋、華二氏指出：「即使文藝作品本身可能具有某些因素確實同傳記一致，這些因素也都經過重新整理而化入作品之中，已失去原來特殊的個人意義，僅僅成爲具體的人生素材，成爲作品中不可分割的組成部分……。儘管藝術作品與作家的生平之間有密切的關係，但那絕不意味著藝術作品僅僅是作家生活的摹本。」[46]準此以觀，傳記詩評雖然有用，惟其仍不足以對詩人及其作品做出有價值的評斷，於現代詩學的研究上，須輔以其他批評方法。

葉笛對於臺灣現代詩人的研究，在詮釋及評述詩作時，偶亦兼及形式與內容的探討，譬如他解讀陳奇雲的詩作，即謂其「有惠特曼澎湃的熱流，其韻律時疾時緩，猶如其心情變動不居的潮流，因而詩型多變，長短不一，這些特點頗像蘇聯詩人馬耶可夫斯基（Vladimir V. Mayakovski）」[47]，但大多像這樣淺嚐即止，未能深論，殊爲可惜；其詩論評概以傳記研究途徑爲主，而其擅於做詩人生平等文獻資料的蒐集與考證，亦由此可爲證明，此則成爲其傳記詩評的「註冊商標」了。

【45】Ibid., 80.

【46】Ibid., 78.

【47】葉笛，《台灣早期現代詩人論》，頁七十九。

第六章 杜國清的新即物主義論

第一節 前言

新即物主義，德文爲Neue Sachlichkeit（new dispassion），英文爲New Objectivity，又被譯爲新客觀主義（直譯爲「新客觀性」），係德國於一九二〇年代初出現的一個藝術運動，誕生之初乃出於對「表現主義以及抽象繪畫的反動」[1]，被視爲威瑪共和（the Weimar Republic）時期的一個藝術流派，於一九三三年納粹（the Nazis）掌權後結束。作爲一項藝術運動的新即物主義，主要展現在繪畫藝術（pictorial art），但也擴及文學、音樂、攝影與建築諸領域[2]；此所謂「新即物性」或「新客觀性」，誠如當初爲它命名的藝評家哈特拉伯（Gustav Friedrich Hartlaub）所云：「我們所展示的（以其自身純粹的外在而言）是其客觀性（objectivity）的特徵，而藝術家乃以此客觀性來表現他們自己。」[3]由是，新即物主義諸子，如葛羅茲（George Grosz）、迪克斯（Otto Dix）、達瑞豪森（Heinrich Maria Davringhausen）、史瑞夫（Georg Schrimpf）、卡諾德（Alexander Kanoldt）、查得（Christian Schad）[4]，其作品雖然以獨特而細密的手法來呈現外在物象（事件）的客觀性，卻與以往的寫實主義有所不同

---

[1] 李長俊，《西洋美術史綱要》（臺北：作者自印，一九八〇），頁一三八。

[2] See "New Objectivity," *Wikipedia, the free encyclopedia*, accessed June 21 2007, http://en.wikipedia.org/wiki/New_Objectivity.

[3] Ibid.

[4] 新即物主義本身又常被區分為兩個派別：一為真實主義派（the Verists），代表人物為葛羅茲與迪克斯，其畫作對掌權者及社會的罪惡多加嘲

（以客觀性來「表現」自己），所以仍與表現主義（expressionism）有著不可完全分割的關係【5】。

事實上，作爲一個藝術流派或運動的新即物主義，在歐洲乃至德國並非一個重要的流派；不僅如此，其之是否成爲一個流派尚受到若干藝術史家的質疑，在大半的西洋美術史著作中不是對它隻字不提，便是將之放到後期的表現主義中略述，例如柯布里奇（E. H. Gombrich）著名的《藝術的故事》（*The Story of Art*）一書【6】，即對新即物主義不置一詞，可見其地位之不受重視。同樣地，就文學領域而言，新即物主義作爲一個文學流派或運動，也遭到一些文學研究者的質疑，西方的文學史家少有人提及，遑論將之視爲一重要或具影響力的流派。有鑑於此，像袁可嘉主編的《歐美現代十大流派詩選》一書，諸如寫實主義與表現主義等流派的作品均被選入【7】，唯獨不見新即物主義詩作。

然而，一九二〇年代中後期透過日本前衛詩運動的引介，緣自於德國的新即物主義，藉由《詩與詩論》（當時現代主義主要的提倡者）詩人村野四郎與笹澤美明等人之手，出現於日本詩壇，而後更於一九六〇年代末期被陳千武等人間接引進臺灣詩壇，甚且成了笠詩社最顯著的詩學主張，對臺灣現代詩來說，不僅「是多元發展中不可無之一部分，甚至對整體華語現代詩的開拓也是一大貢獻」【8】。在引介新即物主義入臺的笠詩人中，主要有陳千武與杜

諷與抨擊，並常表現經濟對個人的施壓以及戰爭（第一次世界大戰）所引發的災難；另一為魔幻寫實主義派（the magic realists；又被譯為魔術現實主義派，係當代拉丁美洲魔幻寫實主義的源頭），代表人物為達瑞豪森、史瑞夫、卡諾德、查得，主要是對表現主義過於主觀性的反動。

【5】新即物主義因此也被視為後期表現主義（post-expressionism）的一個流派，甚或被稱為偽表現主義派（the pseudo-expressionist）。

【6】E. H. Gombrich, *The Story of Art* (London: Phaidon, 1960)。

【7】袁可嘉所選入的「十大流派」詩作有寫實主義、唯美主義、象徵主義、新浪漫主義、未來主義、意象主義、表現主義、超現實主義、後現代主義與具體主義。參見氏編，《歐美現代十大流派詩選》（上海：上海文藝，一九九一）。

【8】丁旭輝，《笠詩社新即物主義詩學初探》，收入於鄭炯明編，《笠詩社四十週年國際學術研討會論文集》（臺南：國家臺灣文學館籌備處，二〇〇四），頁一九九。

國清兩位【9】，他們不僅譯介有日本的新即物詩【10】，更有相關的評論文章，其中杜國清的論文〈《笠》詩社與新即物主義〉則是笠詩人中對新即物主義最具全面性與系統性的評介，代表了笠詩人對於新即物主義的認知與論點，因而有值得深究的必要。

杜國清的上文實係脫胎於一九九九年在「台灣文學國際研討會」發表的論文〈新即物主義與台灣現代詩〉，依其論點，誠如丁旭輝於〈笠詩社新即物主義詩學初探〉長文中所說：「不但呈現了笠詩社新即物主義更細微、深刻的內涵，並從臺灣現代詩的整體著眼，擴大了新即物主義的格局。」【11】若再將其於〈日本現代詩鑑賞〉系列文章中對日本新即物主義詩人村野四郎與笹澤美明評介的二文合而觀之（以唐谷青筆名發表），即可梳理出杜氏對於新即物主義所描繪的輪廓。丁旭輝上文的討論，焦點放在笠詩社（乃至於社外其他詩人的主張與論調）諸子（陳千武、陳明台、李魁賢、杜國清……）關於新即物主義的說法，係出於宏觀的論述角度；本章底下的討論，相對而言乃以微觀角度聚焦於杜國清個人的新即物主義論，而按照他的說法，其關於新即物主義的立論，可以歸結爲：起源說、特徵說、以及詩作的實際批評三個方面，底下即分從這三項一一予以檢視。

第二節 起源說

在談到笠詩社與新即物主義的關係時，杜國清嘗指出：「對臺灣現代詩的發展具有相當影響的新即物主義，作

【9】林盛彬，〈杜國清與新即物主義〉，《笠》第二四二期（二〇〇四年八月），頁一二二。

【10】陳千武譯有村野四郎的《體操詩集》（刊於《笠》第三十九期），杜國清則於〈日本現代詩鑑賞〉系列文章中介紹了村野四郎與笹澤美明，並譯有他們的新即物詩作（分別刊於《笠》第四十七期與五十八期）。

【11】丁旭輝，頁二一五。

爲文學或藝術思潮，在大多數的百科全書中找不到這一項目。」【12】誠如上述，大多數的西洋（歐美）藝術史與文學史著作，亦不見有關新即物主義的討論，卻因爲笠詩人的引進，被視爲該詩人集團的主流詩論【13】，而在臺灣詩壇有了重要的影響，確實如杜氏所言：「新即物主義是臺灣文學發展中的一個特色，而在中國新文學的發展史上卻是未曾有的。」【14】可以說，新即物主義在臺灣現代詩發展的過程中，是一個極爲特殊的現象。面對這一特殊的現象，杜國清首先要探究的是：到底這個新即物主義乃從何而來？想要了解這個連百科全書幾乎也不談的創作思潮【15】，自然要追本溯源直探其源頭，而此即爲杜氏關於新即物主義的起源說。

就臺灣詩壇而言，新即物主義來自日本，儘管與其發祥地德國沒有直接的關聯【16】；惟就日本詩壇而言，其新即物主義則如前所述乃直接從德國引入，因此探討新即物主義的來源，就不能不先從德國的情形談起。杜國清遂話分兩頭，分別就新即物主義在德國發生的背景以及介紹到日本的情況予以考察。

一、新即物主義崛起於德國的背景與主張

杜國清認爲，新即物主義係第一次世界大戰後在德國興起的一個文學藝術流派；「相對於前世代的表現主義所

【12】杜國清，〈《笠》詩社與新即物主義〉，收入於東海大學中文系主編，《戰後初期台灣文學與思潮論文集》（臺北：文津，二〇〇五），頁二〇七。

【13】林盛彬，頁一二二。

【14】杜國清，頁二〇七—二〇八。

【15】根據杜氏的說法，中文百科全書中唯一找得到有關「文學上的新即物主義」的解說詞條，係光復書局於一九八二年十一月出版的《光復彩色百科大典》（第四冊《文學與藝術》）。該條目的撰寫人是笠詩社的李魁賢。參見杜國清，上註，頁二〇七。目前網路版的《維基百科》，雖然查得到「新即物主義」這一詞條，惟其解說指的是「藝術的新即物主義」而非「文學的新即物主義」。

【16】同上註，頁二一三。

主張的抒發激情和狂熱的主觀傾向，它標榜冷靜的秩序與新的主觀性。」【17】換言之，新即物主義的崛起是來自表現主義過於狂熱的主觀「表現」，而它所標榜的秩序與新的客觀性，恰與表現主義成了一個對照。既云新即物主義系出表現主義（但又「反叛師門」），則杜國清就不能不「細說從頭」，也即對表現主義做一交代。

杜國清說，肇始於二十世紀初的表現主義，主要是對抗文學上的自然主義（naturalism）與美術上的印象主義（impressionism），在第一次世界大戰後成爲支配德國藝術界的主要風潮。表現主義所要強調的，「不是現實的再現，而是主觀的呈現和本質的探求，主要特徵在於根據幻想或觀念的變形、沉重的悲劇感情和深刻的諷刺，反映出第一次世界大戰前後的時代精神。」爲何它有這樣的特徵呢？此則與其時代背景有關，當時的「知識份子和藝術家經歷機械文明和資本主義的發展導致的社會矛盾，以及戰爭與戰後的社會不安，於是背向社會而沉潛於自我的內部，對醜惡的現實投出歇斯底里的憎惡和激情，表現出外界與內部嚴重分裂的苦惱。」例如代表人物之一的巴爾（Herman Bahr）即呼籲：「機械奪走人的精神。而現在精神要把人取回來。……整個時代變成一個危急的叫聲。藝術也一起叫，叫著召回精神。這就是表現主義。」【18】

杜氏上述對表現主義的描繪，由於是參考自日本平凡社版的《世界大百科事典》（卷廿六）「表現主義」條目，稍嫌簡略，茲有必要進一步說明。德國表現主義的發展，約可分爲二個時期，前一個期又可分成南北兩派，北德派一九〇五年由畫家黑克爾（Erich Heckel）、柯克納（Ernst Ludwig Kirchner）等人於德勒斯登組成橋社（Die Brucke），致力於「原始的形態與感性的探求」，主張排斥繪畫的自然主義表現，認同梵谷（Vincent van Gogh）的內在表現力量，認爲「藝術是由其自身單獨的純粹創造出來的」【19】。南德派則以康定斯基（Wassily Kandinsky）

【17】同上註。
【18】同上註，頁二一三—二一四。
【19】劉其偉認為橋社由佩克斯坦（Max Pechstein）等人於一九〇五年創立，時間及創建人物皆有誤，參閱氏編著，《現代繪畫理論》（臺北：雄獅，一九八五），頁六十七。

與馬克（Franz Marc）爲中心，一九一一年於慕尼黑組成所謂的藍騎士派（Blaue Reiter; Blue Rider），主張「脫離物象及觀點，以抽象的色點面及線條的律動，做成音樂般境界的表現，傳遞出非言語所能表達的精神狀態」[20]。前期的發展多少都傳承了梵谷的表現風格以及孟克（Edward Munch）等人的北歐表現傳統；但是藍騎士派的表現愈到後來主觀性愈強，其畫作重點逐漸傾向無主題（即非客觀物體）的表現，帶有濃烈的抽象性意識，以致引發後期新即物主義的反動。新即物主義一反藍騎士的「無形象」與「主觀性」（抽象性），認爲藝術的表現應該「有形象」且「不可主觀」——也因而其主張對於題材的選擇應能表現社會主題。

表現主義發展到後期新即物主義的出現時已在一九二〇年代初[21]，作爲表現主義的反動，杜國清認爲：

> 它主張在藝術上回復現實性，反對表現主義的狂熱的激情與主觀的絕叫，企圖從機械文明的刻板生活和喪失個性的人群中發現新的認知視野（vision）。與膚淺的寫實主義只客觀細敘現實社會的表面事象不同，它所企圖的是全面的捕捉現實，其中含有作者的理想，以平白的散文，透過即物性的表現，暴露隱藏的矛盾和幻想，因此也具有「魔術的現實主義」的傾向[22]。

有趣的是，杜氏在此提到的新即物主義與「魔術的現實主義」的關係（惜乎其未進一步說明）。此所謂「魔術的現實主義」其實是現今爲吾人所熟悉的魔幻寫實主義（magic realism），在劉其偉的《現代繪畫基本理論》中，甚至

---

[20] 劉其偉在上書中認為藍騎士運動起始於一九〇八年，這也與一般說法不同。同上註。

[21] 「新即物主義」一詞是由藝評家哈特拉伯於一九二三年寫給他的同僚的一封信中命名的。哈氏當時在曼海姆主持一項展覽，在該封信中他新創此一詞彙，描述他正在策劃的這項展覽。See *Wikipedia, the free encyclopedia*, op. cit.

[22] 杜國清，頁二四一。

是將二者視爲同一[23]。事實上，新即物主義又常被劃分爲兩個派別（參閱本文註四）——眞實主義派（the Verists）與魔幻寫實派（the Magical Realists），《維基百科》（*Wikipedia*）對它們的解釋是：前者是「撕裂當代事實世界的客觀性形式（the objective form of the world of contemporary facts），並且以其自身的速度與發燒的溫度再現當下的經驗」；而後者則是「尋求更多具永恆能力的客體，以實現在藝術領域的外在存在法則（the external laws of existence）」[24]。

被視爲新即物主義的同義詞（或另一個支派）的魔幻寫實主義，是由另一位德國藝評家弗朗茲·羅（Franz Roh）在他一九二五年出版的《後期表現主義，魔幻寫實主義——最近歐洲繪畫的問題》（*Post-expressionism, Magic Realism: Problems of the Most Recent European Painting*）中命名的，他以此名稱來界定當時出現的與表現主義藝術極爲不相同的一種繪畫形式，這種繪畫注意精確的細節，具有光滑的宛如照相般的清晰性（a smooth photograph-like clarity），而且再現了現實中那些神祕的非物質面向（the mystical non-material aspects of reality）[25]。依包爾斯（Maggice Ann Bowers）的說法，這一魔幻寫實支派主要出現在一九一九至一九二三年

---

[23] 劉其偉，《現代繪畫基本理論》（臺北：雄獅，一九九一），頁八十九。

[24] *Wikipedia*, op. cit.

[25] 弗朗茲·羅以魔幻現實主義為這些所謂「後期表現主義」的德國藝術家命名，這些藝術家包括迪克斯、恩斯特（Max Ernst）、卡諾德、葛羅茲、史瑞夫（其中迪氏與葛氏又被人劃分為「真實主義派」，參註四）等人。譬如迪氏與葛氏二人的畫作，畫中人物的身體相對於其被強調的臉部以不成比例的尺寸被縮小。對弗朗茲·羅而言，這種繪畫藝術的「魔幻」面向既非宗教亦非巫術，而是有助於「世界合理性組織」的一種「存在的魔幻」（the magic of being）。See Irene Guenther, "Magic Realism, New Objectivity, and the Arts during the Weimar Republic," in *Magical Realism: Theory, History, Community*, eds. Lois Parkinson Zamora and Wendy Faris (Durham, NC and London: Duke UP), 35。

間動盪不安的威瑪共和時代【26】，它與當時的表現主義（以梵谷爲代表）【27】、超現實主義（surrealism）（以達利（Salvador Dali）爲代表）不同的是：表現主義喜用暖色調，並以粗略、厚重的顏料塗佈畫作表面，以強調繪畫的過程及其自發的效果；而魔幻寫實主義則表現光滑的、精細構成的，以及冷色的照相特質。至於超現實主義呈現的更多是腦海中的、心理的現實（the more cerebral and psychological reality）；而魔幻寫實主義卻主要集中在物質性的客體以及事物在世界的眞實的存在。威瑪時期藝術的魔幻寫實主義是其思潮發展的第一波，第二波則延續到一九四〇年代的中美洲，並於一九五五年起將第三波的發展擴及於拉丁美洲，一直持續到今天的全世界【28】。

關於新即物主義與超現實主義的關係，杜國清於〈《笠》詩社與新即物主義〉一文中也略有提及。杜氏認爲新即物主義反對表現主義極端主觀的激情與狂叫，標榜冷靜的秩序和新的客觀性，但這並不表示它就「無視於表現主義的激情，而是對表現主義所強調的近代的苦惱和絕望，加以較客觀的現實性的把握」，亦即「將對象從內側加以創造」，就其本質而言，這是與超現實主義立場頗爲不同的詩觀，蓋「超現實主義，至少在初期階段，是投入無意識或夢幻的世界」；而新即物主義基於對超現實主義這種極端的主觀性的反省，特別重視「事物」（object）並由此朝向新的客觀性、紀錄性的方向發展，而這樣的發展甚至導引出其對紀錄文學的理論探究【29】。

杜國清上述考察新即物主義出現在（威瑪時代）德國的情況（兼而論及該派主要的主張），主要著眼於藝術流派的介紹，有關文學上的新即物主義，只提到其大多爲「記錄文學」的作品，而這方面的代表作有雷恩（Ludwig Renn）的《戰爭》（一九二八）以及雷馬克（Erich Maria Remarque）的《西線無戰事》（一九二九）等作品，

【26】Maggie Ann Bowers, *Magic(al) Realism* (London and New York: Routledge, 2004), 9-10-11。

【27】包爾斯說梵谷是表現主義運動的代表性畫家，惟一般都將他視為後期印象主義（impressionism）的主要畫家，或視為表現主義的前驅。參見，劉其偉，《現代繪畫理論》，頁五十三，五十五。

【28】Maggie Ann Bowers, op. cit., 12.

【29】杜國清，頁二一四－二一五。

其所處理的題材皆爲戰爭的體驗。這或許由於文學上的新即物主義（於歐洲）本來就非一個重要的流派，以致難以找到相關的研究著作作爲他論述的參考來源（見本章「前言」）。事實上，杜氏應舉新即物代表詩人凱斯特納（Erich Kastner）而非雷恩與雷馬克（兩人均爲小說家）爲例予以進一步說明才是。凱斯特納當時是「新事實主義」（new factualism）[30]運動的代表者，他以自己的社會哲學將表現主義的文體與保守的韻文形式成功的結合，李魁賢說他「擅長以幽默筆調描寫社會」，並能「冷靜地觀察一切行爲和動態」，其手法「接近報導的形式」，代表作是詩集《腰上的心》（*Herz auf Taille*）[31]。可惜的是，不只是杜國清，其他笠詩人亦均未能對這位德國的新即物主義詩人予以完整的引介（只有陳千武等人透過日文零星的譯介）。

二、新即物主義導入日本的經驗與主張

如上所述，新即物主義的源頭來自威瑪共和時代的德國，但是杜國清也明確地指出，笠詩社所引入的新即物主義卻是來自日本，「與其發祥地德國沒有直接的關聯」，而「在德國興起的新即物主義如何引入日本，這對了解德國新即物主義的基本精神以及日本新即物主義的特殊性格，是很重要的一環」[32]，由是，杜氏對新即物主義如何導入日本的經緯做了如下簡短的說明：

【30】新事實主義也就是文學上的新即物主義，又被稱為「新功能主義」（new functionalism），要求文學／藝術擺脫迷狂狀態中的激情，忠實地描寫並反映現實，認為「要緊的是事物在生活中的效果，而不是它們的重要性」。代表人物之一的布萊希特（Bertolt Brecht）所提出的「史詩劇場」理論——主張文學應寓教於樂，使人們深刻理解日常的事物，激發他們進行思索、樹立改變現實的願望——則被認為是對表現主義理論的進一步發展。參見林驤華主編，「表現主義」條目，《西方文學批評術語辭典》（上海：上海社會科學院，一九八九），頁二十五。

【31】轉引自杜國清，頁二〇八。

【32】同上註，頁二一三。

一般而言，日本昭和初期的前衛詩運動，發軔於一九二八年九月創刊的季刊《詩與詩論》，開始對超現實主義的介紹。到了第八期（一九三〇年六月）在「今日的世界文學展望」中開始介紹德國文學，其中以笹澤美明的「新即物主義文學」為最強音[33]。

這裡，杜國清提到《詩與詩論》詩人笹澤美明與新即物主義的關係，關於這一點，事實上他在一九七三年十二月出刊的《笠》第五十八期的〈日本現代詩鑑賞（十二）笹澤美明〉一文即做過說明，說笹澤美明與另一位《詩與詩論》健將村野四郎共創《新即物性文學》，「介紹德國新即物主義（Neue Sachlichkeit），頗受里爾克的影響」，並著有《即物詩集紫陽花考》（一九六八）等詩集[34]。至於與笹澤美明共創《新即物性文學》的村野四郎，在稍早的一九七二年二月出刊的《笠》第四十七期的〈日本現代詩鑑賞（四）〉（村野四郎）一文即曾提及，他亦受德國新即物主義的影響，尤其他第二本詩集《體操詩集》（一九三九）更是「新即物主義作品的成果」，並對諸如凱斯特納，布萊希特（Bertolt Brecht）、沃爾夫（Friedrich Wolf）、林格納茲（Joachim Ringelnatz）等人「非感傷的即物主義詩」大大地感到共鳴，也因此「確立了自己的詩觀」；杜國清在此也特別提到，村野（如同笹澤）一樣觸及里爾克（Rainer Maria Rilke），其對新即物主義的追求，「在其源流卻浮現里爾克」[35]，而里爾克是表現主義的先驅，從這點也可以看出新即物主義源出於表現主義的這一層關係。杜國清並且引述村野四郎在另一本詩論集《鑑賞現代詩》中對新即物主義一詞的界說：

【33】同上註，頁二一五。

【34】杜國清，〈日本現代詩鑑賞（十二）笹澤美明〉，《笠》第五十八期（一九七三年十二月），頁七十一。

【35】杜國清，〈日本現代詩鑑賞（四）〉，《笠》第四十七期（一九七二年二月），頁七十三。杜氏於此也表示，村野雖然受了里爾克實存意識的啟示，「所學到的是對物體的『凝視』，以及由此把握住物體背後的意義與價值，與作為表現的『物體性』觸覺等等。可是村野最後並沒有走到里爾克那樣泛神論的路上去。」杜國清，〈《笠》詩社與新即物主義〉，頁二一一。

從新即物主義非感傷的精神風土中產生出來的作品……排除一切抒情性的想像，好像以冷靜的攝影機鏡頭那樣，捕捉物體本身。而在表現上，所有的語言，合目的地，由直線的意義所構成。在語言的意義與態度上，不允許有曲線的東西【36】。

村野的這一界說，當然也就是杜氏本人對新即物主義的定義；同時他也提及新即物主義德文Neue Sachlichkeit的「日本翻譯最早出現於一九二六年左右大野俊一對現代德國文學的翻譯和介紹文章中，或譯爲『新客觀性』、『新現實』、『新即物性』，而最後一般採用茅野蕭蕭教授的翻譯，稱爲『新即物性主義』或『新即物主義』。」【37】最後，杜氏乃引述笹澤美明於《即物主義文學》（應即上述的《新即物性文學》刊物）中，對新即物主義產生的背景及其與表現主義的關係，以及其於文學上表現的特殊性格所做的闡述，綜合其要點說明如下【38】：

(一)新即物主義是繼表現主義沒落之後風靡德國文壇的新思潮。人們對聽任狂熱和怒號的表現主義文學感到厭煩，對文學的趣味開始歸向冷性。在藝術表現上，新即物主義主張將表現主義的口（精神的告白）和印象主義的耳（外界的聽聞）合致，進而訴諸眼睛，尋求「新的客觀性」和「冷性的秩序」。

(二)新時代的文學事實上爲冷性、劃一、速度的旋渦構成的機械文明所支配。作家不得不處於盡力書寫人生的日常生活，走筆於寫實的位置。新即物主義的一大題材是戰爭；其次是關於俄國與美國的見聞和旅行紀

【36】杜國清，〈日本現代詩鑑賞（四）〉，頁七十三。

【37】杜國清於此提及，德國Neue Sachlichkeit一詞，是一九二四年曼海姆美術館主管哈特拉伯（一八八四—一九六三）所創，次年即在該館舉行新即物主義美術展，參見〈《笠》詩社與新即物主義〉，頁二一五。杜氏此說的年代（一九二四年）與劉其偉《現代繪畫基本理論》（頁一〇三）、《維基百科》的說法（同為一九二三年）不同（參見本章註二十一），而其說法係引自日本學者中野嘉一《前衛詩運動史的研究》（東京：新生社，一九七五年）一書（頁一七六），孰是孰非，尚有待查證。

【38】同上註，頁二一六—二一八。

錄，但是新即物主義的紀錄則具有嚴格的批判。

㈢新即物主義原起源於報導，進而展開對紀錄文學的理論探究。其所謂新，並非意味取代舊有，而是表示新興的藝術思潮。由於從事寫實，寫下記錄，並不能即套入簡單的公式，認爲新即物主義完全去除主觀性，採取客觀性，表現主義所重視的主觀，一時藏匿在客觀性的背後，亦即表現主義的精神並沒有被新即物主義所拋棄。

㈣新即物主義的藝術表現，基本上以語言爲工具，以現實爲材料。所謂現實，是指「人的關係、人的苦惱、人的喜悅、人的罪惡、人的道德的複合體」，而文學所處理的最崇高的對象就是人——現實中的、生活中的人，因爲「人無法脫離於現實」。

㈤相對於表現主義崇尙抒情詩，新即物主義主張抒事詩。新即物主義雖然抹殺表現主義文學的感情，但是作爲新的主知文學，它將眼睛置於現實，而在現實上仍然浮現出幻想的島，因而又有「魔術的現實主義」（即上文所說的魔幻寫實主義）之稱。追求神祕與神性是德國詩人宿命的性格，因此新即物主義是「神祕性的密度對自然和命運的寫實的交錯」。

㈥在表現上，新即物主義與人的情緒保持一定的距離，需要以藝術的手段處理，這只有借助機智（wit）和反諷（irony），才能超越現實的、濫情的、愛情的日常（生活）。其中金言警句（aphorism）常作爲新即物主義詩人「知性的抒情表現（lyricism）」的一種手段，也是詩本質的一種變形。

㈦新即物主義尋求「事實性的接觸」以「直接把握世界的器官」。此一見解的背後，「具有對存在與事物的根源的強烈關心」，這也即是哈特曼（Nicolai Hartmann）和海德格（Martin Heidegger）存在哲學的視野。

杜國清總結了上述笹澤美明對於新即物主義所歸納的七點主張之後，並未進一步對新即物主義在日本詩壇的發展情況加以考察，在《笠》詩刊第四十七與五十八期所發表的前二文亦未見說明，這或許與它在日本始終「未發展成爲一個主要流派」有關【39】；不僅如此，對於新即物主義如何由日本進入臺灣詩壇，在〈《笠》詩社與新即物主義〉一文中，杜氏幾乎未予說明，只約略提及：「《笠》詩社同仁如果對新即物主義有所了解和共鳴，我相信，除非是直接閱讀日文，否則必定來自一九六八年到一九七三年之間在《笠》上發表的資料。」【40】而對笠詩社與新即物主義的關係，亦即笠如何發展新即物主義，當然也未充分交代了，僅於文中說明他本人及陳千武幾篇相關的引介文章，以致另一笠詩社同仁陳鴻森在講評該文時，認爲杜氏不應忽略探討新即物主義「在臺灣得到進一步的發展與擴充」的「深刻的歷史成因」【41】。

第三節　特徵論

在介紹完新即物主義於德國藝術界與日本詩壇的崛起狀況之後，杜國清轉而針對新即物主義與臺灣現代詩的關係加以舖陳，但是關於這一部分，如上所述，他的目的不在陳述及交代新即物主義在臺灣詩壇的發展（及其歷史成因），反而旨在歸納臺灣新即物詩的主要特點（以及相關的主張）。事實上，稍早杜氏在〈宋詩與台灣現代詩〉一文中對此即有所闡述，認爲臺灣新即物主義的現代詩「描摹事物，探究本質的新即物主義精神」特徵，與「宋詩人對日常生活的觀察和周邊事物的描述，加以知性的反省和辨識，表現出與生活的密接與對事物的洞察」，兩者「具有相當的類似性」【42】。在該文中他指出：

【39】見陳鴻森對杜國清〈《笠》詩社與新即物主義〉一文的「特約討論」，收入於《戰後初期台灣文學與思潮論文集》，頁二二九。
【40】同上註，頁二一三。
【41】新即物主義於笠詩社的發展狀況，可參閱丁旭輝，頁一九七—二三九。陳鴻森這一段講評文字，同上註，頁二二九。
【42】杜國清，〈宋詩與台灣現代詩〉，收入氏著，《詩情與詩論》（廣州：花城，一九九三），頁二〇五。

> 在題材上，宋詩趨向日常性，表現家庭生活和身邊日常的經驗，尤其是對事物的描述，極為詳盡，對日常生活的觀察，極盡細節。……臺灣的現代詩，由於本土詩人深受日本詩壇昭和初期新即物主義的影響，也具有這一特色。……新即物主義企圖以冷靜、確實、客觀的描寫，捕捉事物的本質。這一派的詩觀，深受里爾克（R. M. Rilke, 1875-1926）對事物的強烈意識，以及海德格（M. Heidergger）以語言為「認識的唯一方法」的影響，即近事物，加以觀察，以表現出事物背後的意義與價值的存在本質，頗有宋人「格物」「入神」的探究精神[43]。

上述這一段話，杜國清已點出了新即物詩的特徵，即「以冷靜、確實、客觀的描寫，捕捉事物的本質」——這也是他所說的近於中國宋詩「體物入微」、「即物究理」、「由象見道」、「目擊道存」的特性[44]。其實，杜氏在此舉出的宋詩的主要特徵，不獨宋詩爲然，中國六朝以來大量的詠物詩（已自成一項傳統）或多或少即具有此種特色，而與里爾克的「事物詩」（Ding Gedichte）借物抒情的表現，亦有若合符節之處。所以，反倒是中國詠物詩與新即物主義二者的關係，有待杜國清進一步的探究。

惟宋詩久矣，遠不及臺灣現代詩與新即物主義關係的密切。杜國清遂根據他的觀察，歸納出底下臺灣新即物主義的六個特徵[45]：

(一)《笠》導入的新即物主義取得了與《創世紀》的超現實主義一個相抗衡的地位，前者的「客觀的合目的

[43] 同上註，頁二〇四－二〇五。
[44] 同上註。
[45] 杜國清，〈《笠》詩社與新即物主義〉，頁二一八－二二〇。

性」與後者的「主觀性的藝術上變形（deformation）」，完全顯示對蹠的關係【46】，是兩種相對照的不同詩觀。

㈡新即物主義又有「新現實主義」與「魔術現實主義」（即魔幻寫實主義）之稱【47】，顯示出它介乎現實與魔術之間的雙重性格。其雙重性格也表現在「主知」與「抒情」、「抒事」與「抒情」的矛盾統一之中，而形成知性抒情、藉事抒情的獨特風格。

㈢作爲主知文學的新即物主義，以機智和反諷爲主要的表現手法，作爲對現實的批判手段。詩人介入現實，探究事物的本質，在日常性的題材中發現新的認知和視野，對現實中不合理的現象加以揭露和嘲諷，因而是積極的、入世的、批判的寫實主義。

㈣新即物主義的創作以日常事物爲對象，在語言表現上注重意義性，是直接的、凝視的、洞察的、思考的、探究的，而使用的散文，是簡潔樸素、準確明晰、直接冷峻的，而不是美言麗句的古典詩意的重複，不是浪漫情緒的直接傾訴和狂熱告白，也不是扭曲、空洞、晦澀、矯飾的文字遊戲。

㈤新即物主義的即物性表現在對自然與現實中一切事物的關切與體驗。物者，是物體，也是客體，是事情，也是事件，因此在藝術表現上，呈現出對對象物的洞察，探究其本質，對於發生的事象加以客觀的記錄或描述，對人生的狀態或人類的命運加以形象化的藝術處理，以探究生命的意義及生死的本質。

㈥新即物主義追求物象在詩中的優位性，假借物象來抒發個人的感受，介入社會的變動以及對時代的批判。

關於杜氏這六點特徵的歸納，笠詩人林盛彬則做了如下的解讀：「由此可知，笠詩人的新即物主義乃主張以平實簡樸的語言，從日常生活的平淡中，見其不尋求的生命意義，或以反諷的方式進行社會批評，形成既敘事又抒情的主知抒情風格。」【48】這一歸納可謂是「特徵中的特徵」，然而林盛彬並未進一步對杜氏上述的說法予以檢視，譬

【46】這裡的說法，參酌了村野四郎著，陳千武譯，《現代詩的探求》（臺北：田園，一九六九），頁一〇四。

【47】被稱為「魔幻（術）寫實主義」的新即物主義，如何發展為一九六〇年代拉丁美洲的魔幻寫實主義，可參閱Maggie Ann Bowers, op. cit.

【48】林盛彬，頁一三三。

如笠詩人的新即物詩如何臻於「既敘事又抒情的主知抒情風格」？抒事與抒情又如何於矛盾中獲致統一？又或者這樣的矛盾的雙重性格於笠詩人中是否屬實？陳鴻森即曾指出，笠所發展的新即物主義，戰爭題材並不多（此爲德國新即物主義作品的特色），其記錄文學報導的成分極少，而所發展或展現的即物性，主要側重在物象的「隱喻」和象徵性這一部分[49]，機智與反諷顯非其新即物詩的特色，主要是笠的詩風與德、日的新即物主義詩風有很大的不同，而這一點確實是杜氏上述的論述所未及注意的。

第四節　詩作批評

上文的討論率皆集中在杜國清關於新即物主義理論的描繪上，事實上，杜氏在考察新即物主義的源流並綜述其理論主張與作品特徵時，曾引介新即物主義詩作，尤其是對他早期所列舉的村野四郎與笹澤美明的作品，有過細緻的評論，換言之，杜氏關於新即物主義的探究並不只是架空在抽象的理論層面上，他也從事實際的作品批評。關於這一部分，可分爲日本詩作的批評與臺灣詩作的例示兩項來加以說明。

一、日本詩作批評

杜國清於《笠》發表的一系列〈日本現代詩鑑賞〉文章中，如前所述，（四）及（十二）二篇曾引介了新即物主義詩人村野四郎與笹澤美明二氏，對他們兩位詩人的作品風格有概要的評述。杜氏關於日本新即物主義詩作的批評，即集中在他們二人身上。

【49】陳鴻森，頁一二八。

(一)村野四郎的詩作[50]

杜氏認爲，村野的詩「企圖表現的是被赤裸裸地剝光了的實在的姿態；而這種光景，經常使他喚起無限鄉愁的情緒」，並引伊藤信吉對村野的評論說：「在這種姿勢中沒有虛無主義的頹廢。有的只是將悲慘的人生的狀態，人類的黑色命運之歌，作爲詩加以形象化的作業」；而這種形象化的作業，在方法上，是將語言當作「認識的唯一方法」，並以海德格的存在作爲背後的根據，由是，「對生與死這個存在主題的剖視，構成了村野在創作上的特殊風格」。

杜國清在此舉了〈體操〉、〈跳水〉、〈淒慘的鮟鱇〉、〈青春之魚〉等詩作（分別選自《體操詩集》、《抽象之城》、《亡羊記》三部詩集）一一加以分析，而這幾首詩則都關係著「生與死這個存在主題」，並且是從即物性（事件，如前二首詩；物體，如後二首詩）出發予以「剖視」，就拿〈淒慘的鮟鱇〉這首詩[51]爲例來說明杜國清是如何以新即物主義的角度著手批評的：

顎　殘酷地被掛起來
被倒吊著
薄膜中的
精疲力盡的死
這到底是　哪樣東西的下場

【50】底下所述，參見杜國清，〈日本現代詩鑑賞（四）〉，頁七十三—七十八。

【51】杜氏指出，幾乎所有日本現代詩的鑑賞書中，都選有這首詩，作為村野的代表作之一，同上註，頁七十七。

看不慣的手挨近來
細剮　削取
逐漸稀薄下去的　這個實在
最後連薄膜也被切去
鮟鱇　已經哪兒也沒有了
慘劇結束

從什麼也沒剩的房簷那兒
還　搭拉地垂吊著的
只有大而彎曲的鐵鈎

杜國清說，首段詩人便以「即物性」凝視，而他「所凝視的，與其說是這種『吊切』的樣子，不如說是死的形象。第四行的『死』字，可說是承前面三行的一個歸結點；換句話說，是『被倒吊著的死』、『薄膜中的死』以及『精疲力盡的死』。所有的語言歸向『死』，或者說『死』吸收了所有的語言」，面對此一被黏膜包住而面目模糊的屍體，詩人「感到與人存在的類似性，卻反問『這到底是哪樣東西的下場』」。

再看第二段，杜國清進一步剖析說，這第三行「逐漸稀薄下去的」，是人類在現代的現實中逐漸被剝削的人性；而所謂「看不慣的手」，乃是隱藏在我們周圍的「惡」這種非合理的要素。而末段最終出現的「大而彎曲的鐵鈎」，則與那隻「看不慣的手」相呼應著，向著人類的存在逼近，而「在這一幕慘劇結束之後，仍然在那兒等待」。杜氏遂總結道：「這首詩只不過是藉著『鮟鱇』和『鐵鈎』這兩個物性，將內容加以形象化，表現出現實的批判，具有非常強烈的思想性。」

(二)笹澤美明的詩作【52】

杜氏首先即引述笹澤美明在《即物詩集紫陽花考》的〈後記〉中的一段話為他的詩作風格下註腳：「我向來喜歡靜物，不喜歡粗暴的東西。我所以喜歡植物、陶器、人偶、鋼筆或鉛筆等等，是因為這些和人一樣，在我近處營營，帶有終歸於無的命運而給我以安慰的緣故，是因為具有靜寂、謙虛、孤愁等等性格的緣故。」並指出：「基於這種態度，美明的詩不歌唱（當）前的社會現實，也不僅僅寫個人的感情，而是即近事物，以見出事物的本質。」杜國清認為，他是「根據存在論的認識，對事物（對象）加以本質性的把握」，而這也是笹澤美明詩作的主要手法。

杜國清乃從笹澤美明的《海市帖》、《蜜蜂之路》、《風琴調》、《冬之炎》四部詩集，選擇了〈窗〉、〈弧〉、〈風琴破調〉、〈窪處〉、〈厭世〉、〈冬之炎——給M夫人〉等詩分別加以評析。茲舉〈窗〉一首（選自《海市帖》），試看杜氏如何以新即物主義入手分析：

窗　吸入十年的光和風
沉重地吐出孤獨和病。
從那兒　手揮動
向那兒　聲音流入。
像白衣的人那樣
窗溫柔地收容了
前天的櫸葉和昨日衰頹的蜂。
在那窗下

【52】底下所述，參見杜國清，〈日本現代詩鑑賞（12）〉，頁七十一—七十七。

他將書物像鏡子那樣放著
照著自己的臉。
好像在檢驗
自己的臉有多蒼白。

杜國清說，這首詩題目雖然是「窗」，主旨卻寫出「窗下臥病十年的病人對生命的感覺。亦即，藉著病房的窗，寫出病人對存在的認識。」開頭三四兩行，寫親友的看問，「從那窗口，親友揮著手離去；向著那窗口，外界的聲音流入，更增加了病人無可奈可的孤寂。」下一行「白衣的人」指的是護士，表示「這世界，唯有溫柔的護士收容這位病人」，而窗，正像那護士，所收容的是時間，是過去，是逐漸衰老下去的生命。「前天欅樹落葉，是秋了。昨天飛入窗口的蜜蜂已無力再飛出，何其衰頹的生命！」；病人在那窗下看書，就像照著鏡子。「一張蒼白的臉，在窗口的秋風中，沉思著蒼白的生命。這就是生命存在的姿態。」最末，杜氏做出這樣的結論：「這首詩表面上寫『窗』，其實透過窗，窮視到時間的恆流，生命的本質。窗，在這首詩中，是永存的象徵。」

杜國清對村野四郎與笹澤美明詩作的批評，如上所述，固然出以新即物主義的角度，但是太過強調存在論（existentialism）的認知觀，尤其是里爾克的實存意識，認爲二氏受其影響甚深，以致其論析過度向表現主義靠攏，換言之，新即物主義雖然具有抒事與抒情的雙重性格，但是杜國清的批評則顯然較側重作品的主觀／意志（即抒「情」）層面，即物（客觀性）之一面反而沒那麼受到重視，這在他評析笹澤美明的〈弧〉、〈風琴破調〉、〈窪處〉、〈厭世〉、〈冬之炎——給M夫人〉諸詩，均可見之（此於底下他所例示的臺灣新即物主義詩作，同樣也可看到——他向表現主義傾斜的一面）。或緣此故，上述這些他所舉例評析的詩作，均乏新即物主義機智與嘲諷的表現手法，蓋機智與嘲諷乃出於理性（主知）有以致之，非抒情之感性所能爲。

二、臺灣詩作例示

對於新即物主義詩作的批評，杜國清僅集中在上述村野四郎與笹澤美明二氏身上，至於臺灣詩作的部分，他只提到幾位具有新即物主義特色的笠詩人，主要有：陳千武、白萩、鄭烱明、李魁賢，以及杜國清本人。在〈《笠》詩社與新即物主義〉一文中，杜氏列舉了底下共十首他認爲「具有新即物主義傾向的作品」：陳千武的〈給蚊子取個榮譽的名稱吧〉與〈高速公路〉、白萩的〈塵埃〉與〈廣場〉、鄭烱明的〈誤會〉與〈乞丐〉、李魁賢的〈紅蘿蔔〉與〈檳榔樹〉，以及杜國清自己的〈距離〉與〈塵〉[53]。

或許限於篇幅，對這些作品杜國清只有例示而沒有探討，因而吾人難以確切掌握他會如何以新即物主義來批評這些例示的作品。上述這些例示的作品中，以陳千武的〈給蚊子取個榮譽的名稱吧〉、白萩的〈廣場〉、鄭烱明的〈誤會〉與〈乞丐〉四首最具有「即物性」之特色，反倒是杜國清自己的兩首詩〈距離〉與〈塵〉離「即物性」較遠，抒情重於抒事，尤其是〈塵〉一詩顯已遠離新即物主義，而顯現出里爾克式的那種實存意識（與同樣書寫「塵埃」的白萩那首詩相比，其差異性便一目瞭然）。即使是具抒事效果的〈距離〉一詩，按林盛彬的說法，詩中女子（與詩中的「我」保持一段美的距離）「轉進」的那條巷子，事實上「成了眞正存有的場域」，由此被林盛彬將之接上海德洛所謂的「世界裡的存有」[54]，成了一首同樣的富有實存意識的詩作。從上述這些例示的詩作中，顯而易見，杜國清所持的乃是一種向表現主義／實存論傾斜的新即物主義論。

[53] 杜國清，〈《笠》詩社與新即物主義〉，頁二二〇—二二七。

[54] 林盛彬，頁一二七。

第五節 結語

新即物主義在歐美乃至於日本文學界，一來其地位均不甚重要，始終都不是一個重要的流派，或具影響力的思潮；二來即便作爲一個可以被辨認的流派，主要也顯現在藝術（尤其是美術）領域，而非我們所關心的文學領域；也因之，西洋文學史未有它的一席之地，是可以被充分理解的。然而，這樣一個於西洋／東洋均不甚起眼的一個文藝小流派，經輾轉被引進臺灣詩壇後，卻在臺灣得到進一步的發展與擴充，特別是成爲笠詩社的主流詩學，並一度與創世紀揭櫫的超現實主義取得一個對蹠的地位，已是臺灣新詩史上重要的一環。這或許可說是一個「美麗的錯誤」。

話雖如此，此一成爲笠詩社重要詩學象徵的新即物主義，笠詩人中前後儘管有不少人加以提及或引述[55]，卻始終未見有整全性的閎大論述，直至杜國清上述〈《笠》詩社與新即物主義〉諸文的出現，梳理了新即物主義的來龍去脈，始爲笠詩社建立臺灣新即物主義較爲完整的論述。杜國清在檢視新即物主義的來源與發展時，不僅替臺灣詩壇界定新即物主義的眞正意涵，更指出其與表現主義的血脈關係，尤其是其背後所承襲的德國詩人里爾克等人的實存意識。然而，也由於他過於強調這一層關係，使得其所謂的新即物主義如上所述顯得有向表現主義傾斜之嫌——而這是否也暗示笠詩社並非如外界所認爲的那樣排拒現代主義，亦即笠的新即物主義並非便與現代主義「楚河漢界」無法並存[56]？關於這一點，杜國清的新即物主義論由於尚未清楚交代新即物主義在臺灣的發展狀況，以致爲讀者留下了一個問號，有待來日他進一步的補述。

---

[55] 笠詩人關於新即物主義的發言（文字），可參閱丁旭輝〈笠詩社新即物主義詩學初探〉一文中為其整理繪製的一份「『新即物主義』相關用語出現表」（頁二〇二－二一二）。

[56] 譬如創世紀洛夫的魔幻寫實主義之作〈沙包刑場〉，便有笠新即物主義的味道。

第七章 鍾玲的女性主義詩學

第一節 前言

約莫在一九八〇年代中期，西方女性主義（feminism）文學理論與批評首見於臺灣學界與詩壇，張小虹翻譯的蕭華特（Elaine Showalter）〈荒野中的女性主義批評〉一文刊登於一九八六年三月《中外文學》（十四卷十期）所推出的「女性主義文學批評」專號，隨後同年九月《當代》第五期推出「女性主義專輯」，刊有廖炳惠的〈女性主義與文學批評〉長文，介紹西方女性主義文學理論與批評。之後，一九八九年三月第十七卷第十期的《中外文學》也再度製作「女性主義／女性意識」專號，其中刊載了李元貞的詩論評〈台灣現代女詩人的自我觀〉[1]。然而，鍾玲其實更早在一九八八年三月九日的《聯合報副刊》發表了〈中國的繆司——台灣女詩人的歷史地位〉的長文——這可說是臺灣詩壇最早從女性主義角度來專論女詩人詩作的文章。旋即一九八九年六月，她的《現代中國繆司——台灣女詩人作品析論》於焉出版，而這也是臺灣新詩史上最早專論女詩人作品的一本專著。《現代中國繆司》一書源自於一九八六年鍾玲在西德召開的一場國際學術會議所提交的一篇論文[2]；該書出版

【1】本文於一九八八年十一月先發表於淡江大學主辦的「當代中國文學——一九四九以後」研討會，後再刊登於一九八九年的《中外文學》。本文亦為李氏二〇〇〇年出版的《女性詩學》一書的嚆矢。

【2】該文長達七十頁，受到當時會議總評人夏志清的鼓舞，鍾玲嗣後乃將論文發展寫成專書。參見氏著，《現代中國繆司——台灣女詩人作品析論》（臺北：聯經，一九七九），頁四二三。

之後，她仍長期以女性主義視角來研究臺灣（以及英美）的女詩人，對女詩人作品持續加以關注。她的女性主義理論主要受惠於美國文論家蕭華特【3】，並以蕭氏所提出的女性批評（gynocriticism）模式作爲她女性主義詩學的理據，而從她對於女性主義作品如斯界定：「這些作品中的論述對作品中的女性角色，對女性的社會、經濟、政治地位及對女性敘述者，女性的文字、文體，都持一種反思、反省的態度，對於父權社會的制度和文字，或持挑戰，或持批判，或持顛覆，或持改革的方式；更甚者，提倡女性權力、姊妹情誼、女性聯盟，建構女性文化等等」【4】，或多或少掇拾自蕭氏之說，亦可見一斑。

依蕭華特在〈荒野中的女性主義批評〉一文所說，在一九七〇年代以前，女性主義批評著重在女性主義者作爲讀者的批評（the feminist as reader），主要考察文學文本中婦女的形象與刻板印象（stereotypes）、文學批評裡有關婦女的遺漏和誤解之處，以及在符號系統內婦女被編派的角色等——她將此一第一種模式稱之爲女性主義閱讀（feminist reading）或女性主義批判（feminist critique）【5】，這種批評模式曾在米蕾（Kate Millett）等人的批評上取得豐盛的成果【6】。然而蕭華特也指出，這種修正主義（revisionism）的批評模式著重在對男性中心的批評理論（androcentric models）加以匡正，固然有其價值，卻也會使女性主義批評依賴男性批評理論，因而有必要提倡一種眞正以女性爲中心且獨立的批評。依她的觀察，自一九七〇年代以來女性主義批評的重心已逐漸從修正式的閱讀

【3】除了蕭華特，她亦引述吉爾伯特（Sandra Gilbert）、古芭（Susan Gubar）等人的論述，惜皆點到為止，未予深論。

【4】鍾玲，〈女性主義與台灣女性作家小說〉，收入張寶琴、邵玉銘、瘂弦主編，《四十年來中國文學》（臺北：聯合文學，一九九五），頁一九三—一九四。

【5】Elaine Showalter, "Feminist Criticism in the Wilderness," in *New Feminist Criticism : Essays on Women, Literature, Theory*, ed. Elaine Showalter (New York: Pantheon Books, 1985), 245.

【6】米蕾在該書中指斥了勞倫斯（D. H. Lawrence）、米勒（Henry Miller）、梅勒（Norman Mailer）與惹內（Jean Genet）四位男性作家的小說所呈現的男性宰制的父權態度。See Kate Millett, *Sexual Politics* (New York: Ballantine Books, 1970).

轉移到對女性文學持續的研究——這即是她所說的第二種女性主義的批評模式，專門研究「女性作家，論題有婦女寫作的歷史、風格、主題、文類與結構；女性創作性的心理動力；女性個人或集體的生涯軌跡；以及女性文學傳統的演變與規律」——這一批評模式即是她所謂的女性批評[7]。

然而在上文發表之前的一九七七年，蕭華特已經出版《她們自己的文學——從勃朗黛到萊辛的英國女小說家》（*A Literature of Their Own: British Women Novelists from Bronte to Lessing*），這是一本英國女性小說的斷代史（十九世紀四〇年代以迄於二十世紀初期）研究專書，顯見她自七〇年代即著手於婦女寫作歷史的研究，而此一女性小說史的研究則屬於她後來所主張的女性批評的範疇[8]。女性批評乃是要將前此的女性主義批判從男性文本（androtexts）轉向女性文本（gynotexts）[9]，在這當中，重新建構女性文學經典（或文學傳統）就變得異常重要，而蕭華特的《她們自己的文學》一書即是對於女性小說史的重構。

無獨有偶，在臺灣的鍾玲則以《現代中國繆司》成就她對臺灣女性詩史的建構[10]，不同的是該書針對的是臺灣的新詩而非小說，雖然她也探究過臺灣的女性小說家及其作品[11]。從該書第二章探究臺灣女詩人如何紹繼中國古典文學傳統，以及第五、六、七、八章自一九五〇年代寫至書付梓的八〇年代來看，鍾玲不只是有寫「她史」

---

[7] Elaine Showalter, 247-248.

[8] 女性批評（gynocriticism）一詞首見於蕭華特一九七九年的〈邁向女性主義詩學〉（"Towards a Feminist Poetics"），其主要論點在兩年後的〈荒野中的女性主義批評〉一文有進一步的發揮。See Elaine Showalter, "Towards a Feminist Poetics," in *New Feminist Criticism: Essays on Women, Literature, Theory*, ed. Elaine Showalter (New York: Pantheon Books, 1985), 131.

[9] Peter Barry, *Beginning Theory: An Introduction to Literary and Cultural Theory* (Manchester and New York: Manchester UP, 2009), 118.

[10] 鍾玲成長於高雄，東海大學外文系畢業後赴美留學，並滯美任教。一九七〇年代末至一九八〇年代末曾定居香港教書。一九八九年至二〇〇三年回高雄，任教於中山大學外文系，並出任系主任與文學院院長。《現代中國繆司》一書出版該年，她正好回臺灣任教。

[11] 參見註四。

（herstory）的企圖，更且《現代中國繆司》簡直就是一部新出的戰後臺灣女性詩史。顯而易見，此種探究「女性文學傳統的演變與規律」的女性批評，作法和蕭華特如出一轍。

在〈荒野中的女性主義批評〉中，蕭華特將各種不同的女性批評詩學區分為四個差異模式（models of difference），亦即四種理論視角：生物學的（biological）、語言學的（linguistic）、精神分析的（psychoanalytical）、文化的（cultural）範疇【12】，此一女性批評的詩學主張則為鍾玲在分析與探究臺灣女詩人作品時所援用，乃至在她重探戰後女性詩史時成為她月旦詩人、品評詩作的利器。有鑑於此，本章底下即分從女性詩史與女性批評兩方面加以探討鍾玲的女性主義詩學，檢視她如何運用蕭氏的理論以及其中所遭遇的困難。

第二節　女性詩史

重探與重構女性文學史，是英美女性主義批評於一九七〇年代以後最為迫切也是成果最為豐盛之事；其中再造女性文學經典與發掘被湮沒的女作家，是建構女性文學史最重要的工作。這一波重構女性文學史的女性主義思潮中，除了蕭華特的《她們自己的文學》外，尚有莫爾絲（Ellen Moers）的《文學婦女》（一九七七）、吉爾伯特（Sandra Gilbert）與古芭（Susan Gubar）的《閣樓上的瘋女人》（一九七九），以及普拉特（Annis Pratt）的《女性小說中的原型》（一九八一）等書，探討女性文學傳統與女性創作力的課題【13】。鍾玲於一九七〇年代曾在美國大學任教，專長於詩學研究的她對於女性主義自不陌生，在八〇年代中期開始著力於臺灣女詩人及其詩作的探討，終而於八〇年代末完成她對臺灣女性詩史的建構，繳出《現代中國繆司》一書，時間上則接續了英美這一波女性主義

【12】Elaine Showalter, "Feminist Criticism in the Wilderness," 250-270.

【13】唐荷，《女性主義文學理論》（臺北：揚智，二〇〇三），頁七十。

批評的熱潮。然則受到蕭華特等人啟示的《現》書，究竟展現了何種臺灣女性詩史的光景？在此，可從底下三個面向進一步予以檢視。

一、女音傳統

建構詩史，不啻就是在尋找詩的傳統；書寫「她的詩史」即意謂在找出女詩人的女音（female voice）傳統。依鍾玲的考察，這持之以恆的女音傳統中有一清晰可見之主調，此即女詩人的婉約風格。鍾玲認爲，從一九五〇至八〇年代「這三十多年來女詩人作品中自成體系的文學傳統則以承繼古典文學的婉約風格爲主流」，不論是在五〇及六〇年代婉約風格全盛的時期，或是到了受現代工商文明衝擊的七〇、八〇年代，婉約風格一直是臺灣女詩人的主要女聲【14】，即便是具有後現代特徵的夏宇詩作，「有些詩仍保留傳統婉約派的基調」【15】。而如上所言，此一女詩人之婉約主調係紹繼自中國古典的文學傳統，且此一傳統的婉約風格不獨爲男女單一性別所包辦，男性詩人也和女詩人、女詞人一樣寫作婉約的詩詞作品（例如閨怨詩）【16】。

相似的女音傳統也可見諸十九世紀英美女詩人的浪漫主義詩傳統中。根據卡普蘭（Cora Kaplan）的研究，從史密絲（Charlotte Smith）以歷於瑞德克莉芙（Anne Radcliffe）、貝莉（Joanna Baillie）、赫曼絲（Felicia Hemans）、勃朗黛姊妹（the Bronte sisters）、葛林葳爾（Dora Greenwell），以及羅塞蒂（Christina Rossetti），她們都傳承了一種憂傷的主調（a dominant mood of melancholy），值此時期，這些女詩人的詩質疑了她們無法經驗的浪漫的樂觀主義（反映的是晚期浪漫式的覺醒而非早期浪漫式的狂躁）。這就如當時的女性主義詩人梅聶爾

【14】鍾玲，《現代中國繆司——台灣女詩人作品析論》，頁三九六。

【15】同上註，頁一〇五。鍾玲特別指出，其中尤以張秀亞、林泠、敻虹、翔翎、方娥真、馮青、葉翠蘋、王鎧珠等人最具婉約派風格，同上書，頁三十。

【16】同上註，頁二十九—三十。

（Alice Meynell）在回顧半世紀之前浪漫主義抒情詩傳統的婦女寫作時所抱怨的：「就像所有的女性詩作一樣，無論我怎麼寫，總是憂傷的以及神經過敏的（melancholy and self-conscious）。」[17]卡普蘭此一說法與鍾玲的探究如出一轍，可見尋繹女音傳統並非鍾玲獨門祕笈。

鍾玲則更進一步談到，臺灣女詩人所承襲的此一古典傳統往往出現所謂「才女的形象」，她說：「許多臺灣女詩人筆下的女性，或筆下第一人稱的『我』都有林黛玉的影子。」[18]也因此「她們會特別著重於塑造詩中的自我形象，由容貌氣質，到敘述者的語調，都做有意的美化或藝術性處理。」雖然到了一九八〇年代如夏宇、梁翠梅、羅任玲等人的作品出現了反叛傳統才女角色的第一人稱「我」——或揶揄或小丑化自我才女形象[19]，然而鍾玲上述的詮釋卻頗不符女性主義的論調。同樣觀察到女詩人作品裡的這個發言的「我」，胡錦媛的說法更耐人尋味：「一個女性的『我』不再只是語言文字內的隱喻，而具備指涉性。例如在席慕蓉的情詩〈生命的邀約〉中發言的女性固然溫婉誠信，但是卻具備著自主的主體意識。」[20]而且這個「我」則是傳統男性詩人的抒情婉約作品所欠缺的。不僅如此，一九七〇與八〇年代的女詩人還把古典詩中男性以女聲發言的傳統給收回，甚至僭越男聲（女詩人反過來以男性發聲）[21]。關於此點，則是鍾玲的「她史」所未見。

婉約風格雖爲臺灣女詩人作品的主調，然而鍾玲也試問：「有沒有人試圖突破『婉約』風格的界限呢？有沒有女詩人寫『豪放』風格的詩呢？有沒有女詩人超越個人情懷的範疇，觸及民族國家的層次、以及社會現實的層次

---

[17] Cora Kaplan, *Sea Changes: Essays on Culture and Feminism* (London and New York: Verso, 1986), 85-86.

[18] 鍾玲，《現代中國繆司——台灣女詩人作品析論》，頁五十二。

[19] 同上註，頁四〇〇。

[20] 胡錦媛，〈主體女性書寫與陰性書寫七八十年代女詩人的作品〉，封德屏主編，《台灣現代詩史論》（臺北：文訊，一九九六），頁二八八。

[21] 同上註，頁二八九。

呢？」她的回答是：「當然是有不少的例子，但只占女詩人作品的少數。」【22】依她所信，在這三十多年的「她史」之中，出現了三種對於婉約風格不同的反動——可視爲「變調」或亞流：一是豪放雄偉的文體（如張香華、敻虹、淡瑩）；二是激情告解式文體（如朵思、曾淑美、斯人）；三是陰冷或戲謔的文體（前者如朱陵、沈花末，後者有夏宇）【23】。

弔詭的是，相較於婉約風格，鍾玲對於詩作的討論與分析，反而更著重於這種「變調」或亞流的作品，而這是否透露鍾玲私心以爲女性的婉約風格之不足恃，所以才花更大的力氣來處理上述那些變調的女音？在她看來，「臺灣女詩人作品中，能呼應西方女性主義思想者，爲數不多」，或許正因爲如此，她才要刻意突顯這些女詩變音，甚至認爲「這三種流變也是臺灣女詩人試圖突破傳統的成功之舉」【24】；而且也「因爲傳統的婉約風格，及『才女』形象等影響，臺灣女詩人中少數那幾篇表現女性主義的作品中，呈現比較溫和的態度，比較含蓄的風格。」【25】以至於她必須傾全力去尋繹那些「反動」的作品，並給予更多的關注。即以夏宇爲例，上所說她「有些詩仍保留傳統婉約派的基調」，但這位爲鍾玲所特別垂青的女詩人（爲她寫了一篇專論〈夏宇的時代精神〉），從不被強調她那婉約抒情的一面，鍾玲在意的是她反叛婉約風格的風貌，認爲「她不但揚棄臺灣大部分女詩人採用的抒情傳統，並對臺灣詩壇的抒情傳統迎面加以嘲諷。」【26】因爲在鍾玲看來，夏宇是最接近女性主義女性中心（gynocentric）論的臺灣女詩人【27】。

【22】鍾玲，《現代中國繆司——台灣女詩人作品析論》，頁四十二。
【23】同上註，頁三九六，四〇〇。
【24】同上註，頁四〇五。
【25】同上註，頁九十八。
【26】鍾玲，〈夏宇的時代精神〉，收入李瑞騰主編，《中華現代文學大系•評論卷貳》（臺北：九歌，一九八九），頁一二五八。
【27】此處的女性中心論即是蕭華特所謂的「女性中心批評」（gynocritics）。See Elaine Showalter, "Towards a Feminist Poetics",131.

二、姊妹之間

英美女性主義理論強調姊妹情誼（sisterhood），而所謂的姊妹情誼通常被理解為女性在父權的壓迫下所建立起來的一種相互關懷與扶持的關係。誠如蕭華特在《她們自己的文學》裡所說，從一開始（維多利亞時代），女小說家對相互存在的意識以及她們對女性讀者的意識，就表現出一種潛在性的團結[28]；而且她們為得到（創作上的）鼓勵，也為獲得意氣相投的友誼，需要和其他女性結成親密關係[29]。不過，在《現代中國繆司》中，鍾玲則未從文本外的女詩人之間的關係去考察或推斷她們的姊妹情誼，因此，在此所謂的「姊妹之間」，並非指女詩人的「姊妹情誼」，而是指女詩人詩文本內的相互關係，這樣的探究使她對於她史的建構更能鞭辟入裡挺進文本之內，而不是像社會學式的分析，只斤斤計較於女詩人傳記性資料的耙梳。

事實上，蕭華特的《她們自己的文學》也極為強調女作家之間彼此在創作上的關係。比如該書第四章即談到，在十九世紀中葉出現有兩類型女作家在找尋的女主人翁：要麼是她們想要勵志的職業榜樣，要麼則是能與她們分享激情與痛苦的姊妹。她們分別在現實中找到兩個模範：一是溫婉的奧斯汀（Jane Austen），一是叛逆的喬治桑（Georges Sand）。根據蕭氏的考察，後來選擇如火山般易爆文學的夏綠蒂．勃朗黛（Charlotte Bronte）被歸為喬治桑的支系，而考慮精心，有智識與教養的喬治．艾略特（George Eliot）則被視為奧斯汀的傳人。當時「勃朗黛與艾略特本人一成不變地被拿來和喬治桑與奧斯汀做比較，只是其作品之間稍有變化罷了」；於是出了書的女性可以料想，自己不是被拿來同這一方比較，便是同那一方比較[30]。

【28】Elaine Showalter, *A Literature of Their Own: British Women Novelists from Bronte to Lessing*(Princeton, New Jersey: Princeton UP, 1977), 15-16.
【29】Ibid., 101.
【30】Ibid., 103-104.

這種比較也就是在找尋女作家「姊妹之間」的關係【31】，而這正是鍾玲寫她史擅用的筆法之一。鍾玲在分析個別女詩人時，往往會將之置入「姊妹之間」同其他風格相近的詩人——尤其是前輩詩人加以比較，例如在談到一九七○與八○年代屬「城市陰冷」風格的沈花末的抒情詩時【32】，說她「表現古典傳統的溫婉哀怨情緒，但另一方面像朱陵一樣，有些詩流露都市女性感受的陰冷與暴力」【33】，「她有不少詩透露暴力、傷害、陰冷的訊息，如朱陵一般尖銳」，並舉〈離棄十行〉、〈守候〉兩詩比較：

> 沈花末與朱陵表現方式之不同，在於後者呈現非個人化的共相，而沈詩中受傷的呼痛卻是個人的、情緒化的，詩是她撕開自己展露的傷口。她們與前輩詩人如林泠、敻虹、翔翎等相比，可說是擺脫了溫柔敦厚的傳統之束縛。她們兩人詩中用的意象仍是以大自然為主，如「月光」、「土」、「雲」等，但基本上她們是以自然意象來反映在都市文明成長的女性心態【34】。

其他如談到「女詩人的感性世界」（有馮青、曾淑美、筱曉、利玉芳、謝馨等），在分析馮青的作品時，也指

【31】姊妹之間的女作家與其前輩作家的關係，不像男作家那樣會產生所謂的「影響的焦慮」（anxiety of influence）。吉爾伯特和古芭即指出，女性前輩作家是她們積極尋求（actively seeking）的對象，因為在她們身上可以證明反抗父權權威是可能的。See Sandra M. Gilbert and Susan Guba, "Infection in the Sentence: The Woman Writer and the Anxiety of Authorship," in *Feminisms: An Anthology of Literary Theory and Criticism*, eds. Robyn R. Warhol and Diane Price Herndl (New Jersey: Rutgers UP,1991), 289-300.另參，鍾玲，〈女性主義與台灣女性作家小說〉，頁一九七—一九八。

【32】被歸為「城市陰冷」風格的詩人除了沈花末外，還有朱陵（袁瓊瓊）與蘇白宇。

【33】鍾玲，《現代中國繆司——台灣女詩人作品析論》，頁二九三—二九四。

【34】同上註，頁二九五—二九六。

出她和敻虹、席慕蓉、方娥眞的不同【35】；而提到曾淑美的情詩時，則認爲她詩中表現的激情（passion）也和前輩女詩人不同，「帶有一種宿命的悲劇感」，並以〈雨夜書〉與〈在最寒冷的惡夜醒來〉二詩比較她和前輩詩人的不同在於「浪漫不能美化一切，不能淹沒自己」，指出「詩中女主角深切感受到情人內心世界的多面性，以及宇宙中的壓力和黑暗。在這些層面上她與馮青相同」【36】。類此例子不勝枚舉。鍾玲喜以比較方式來交代女詩人「姊妹之間」的關係，想必以如此方式才能彰顯她史流變的軌跡；雖然在女詩人的「姊妹之間」未必有明顯的傳承關係，但是從比較女詩人之間的異同，固然不必標榜流派或血脈的存在，卻可以呈顯出詩史水平面的寬闊與垂直面的縱深。

三、文本內外

如上所述，鍾玲並未在《現代中國繆司》一書中特別標榜所謂的姊妹情誼，但她在另一文〈台灣女詩人作品中的女性主義思想：一九八六—一九九二〉則提及，臺灣女詩人的作品中突顯了一個她所說的「姊妹團結的覺悟」的主題（如朵思、馮青、張芳慈等人）【37】。與多從文本外在處理姊妹情誼的英美女性主義批評家（譬如蕭華特）不同的是，鍾玲係自詩文本內在著手梳理作品的共同主題——這也就是文本內外之差異。

雖然蕭華特採取了與所謂「眞誠的寫實主義」（authentic realism）的女性主義批評家不同的寫作策略【38】，但在《她們自己的文學》中，她主要是從文本的外緣去耙梳女作家「姊妹之間」的關係，利用了不少外部資料，包括：

【35】同上註，頁二一四。

【36】同上註，頁二一五—二一七。

【37】鍾玲，〈台灣女詩人作品中的女性主義思想：一九八六—一九九二〉，收入鄭明娳主編，《當代台灣女性文學論》（臺北：時報，一九九三），頁二〇三—二〇四。

【38】Sara Mills, et al. *Feminist Readings/Feminists Reading*(New York: Harvester Wheatsheaf, 1989), 89.

書信、訪談、回憶錄、報導、序文等等，較未能深入文本的探究【39】。反之，鍾玲除了從文本外部考察女詩人的文學傳統外，在品評個別詩人時更能進一步做文本的分析（乃至比較），在文本的細讀上則讓後出的李元貞的《女性詩學》（二〇〇〇）仍無法企及。換言之，鍾玲所建構的臺灣女詩人詩史，不像她所宗奉的蕭華特主要從「文本之外」入手，在兼顧「文本之外」的分析外，她亦自「文本之內」著手於詩人作品的探究。

就「文本之外」來看，鍾玲於耙梳時代背景時，通常會從社會和文化的狀況予以交代——其實此一研究途徑也應係受惠於蕭華特，蕭氏所提出的四個女性批評的視角之一即是文化模式，而這得將之放在同生成它們（包括女性的身體、語言與心理）的社會脈絡或環境（the social contexts）的關係中去做出詮釋【40】；正因此，鍾玲於探究個別女詩人之前會先大筆一揮說明當時的社會與文化背景。譬如在論及一九七〇與八〇年代的女詩人前，她便解釋此時湧現的大批的女詩人係由於「她們絕大部分出生於一九五〇年以後，是在臺灣中文教學上軌道，中小學師資水準提高之後入學的，因此中文的運用能力比較純熟了。而且她們大部分是大學畢業生，高水準的學歷充實她們的知識領域，也加強了她們的文字訓練」；不僅如此，她們又都是在工商經濟期間成長的，且大部分在商業企業社會的都市中長大，因而都市經驗對她們的創作會有一定的影響【41】。

即便是針對詩人個別的分析，鍾玲有時也會從時代的文化或社會背景加以觀察。例如談到五〇年代李政乃「女性產子」的詩作，鍾玲認爲，若從當時的歷史背景來看，便能更爲突顯其特殊性，因爲這樣的詩作從古典文學時代迄今可說是空前未有的，像〈初產〉一詩的末行「結婚就是忍耐的代名詞」，便是在「對社會派給女性的角色，間

【39】蕭華特該書係針對女小說家的研究，若是對於女詩人的研究，像卡普蘭便能深入文本討論。See Cora Kaplan, 95-115. 即便是對小說的研究，如史鮑兒（Sue Spaull）引用蕭華特女性批評的方法於李絲（Jean Rhy）的《夢迴藻海》（*Wide Sargasso Sea*）與愛特伍（Margaret Atwood）的《浮現》（*Surfacing*）兩部小說，亦能深入文本分析。Ibid., 94-116.

【40】Elaine Showalter, "Feminist Criticism in the Wilderness," 259.

【41】鍾玲，《現代中國繆司——台灣女詩人作品析論》，頁二八七。

接地提出抗議。可說是女性主義的先聲」【42】。再如談到七〇與八〇年代朱陵和沈花末的陰冷女性文體，她的解釋是因為「現代都市文明長大的女性，除了要承受與生俱來的傷害與恐懼感，還要承受都市環境的暴力和壓力。這雙重壓力自然會在女詩人筆下流露出來。」【43】然而與蕭蕭華特不同的是，鍾玲所論述的文化外緣並不特別強調其間的男女差異，因為蕭氏的分析主要係自女性文化（women's culture）的角度入手的；而若不自男女有別如此的文化模式入手，則又能如何突顯女性自己的文體？

再從「文本之內」來看，鍾玲往往能深入詩文本之中，細究其意象的表現、文字的運用，乃至相關的種種手法，而不僅止於做內容的譯解。譬如在分析方娥真的詩作時，指出她多用排比，故能長篇鋪陳；她也善於長句，層層推出，因句生句，形成她比較有力的句型【44】。談到席慕蓉時則說，她情詩中的佳作「大抵文字流利，節奏明快，寓意明白，常用大自然意象，時而用詩詞典故，加上纏綿的語調，故很吸引人」【45】。可貴的是，鍾玲亦不吝指出她們詩作的缺失，如方娥真的長詩，「由於她筆下常隨興之所至，不加剪裁，故有重複冗長之弊，佳句不少，鬆散的句子也多，影響到整體的品質」【46】；至於席慕蓉則是「大部分詩作都有誇張泛情之弊，見諸於文字則是大量使用『一切』、『夜』、『千萬』這類字眼」【47】。

綜上所述，在鍾玲所建構的臺灣女性詩史裡，對於她提出的「婉約傳統」的命題，恐值得女性主義者進一步深思。李元貞在她的《女性詩學》中一開頭就對此提出質疑。她說若按蕭華特於〈荒野中的女性主義批評〉所引述的

【42】同上註，頁一八九—一九〇。
【43】同上註，頁二九七。
【44】同上註，頁三三三。
【45】同上註，頁三四二。
【46】同上註，頁三三〇。
【47】同上註，頁三四四。

費特蕾（Judith Fetterley）「抗拒的讀者」（the resisting reader）的主張，即女性主義批評的特徵是在對抗典律化（codification）（由男性所建構）[48]，尤其是針對男性對於女作家的評論持反抗的態度，那麼便不應將女詩人輕易地歸類為婉約派或閨秀派等成規類型，以免忽略了女詩人作品的深度[49]。李元貞背後沒說完全的理由是，向來男性批評家都視（多半的）女詩人為閨秀派，具有婉約的風格（因為閨秀就是女性；而婉約則屬陰性性格），因此鍾玲毋須附和陽具批評（phallic criticism）的論調。換言之，鍾玲的「婉約說」會否中了陽具批評的陷阱或落入這種老掉牙男性說法的窠臼？如果從對抗陽具批評的立場出發，那麼鍾玲有否可能重構另一種臺灣女詩人的女音傳統？

第三節　女性批評

是否可能從另一途徑重構女詩人的女音傳統？鍾玲的回答應該是否定的。誠如蕭華特所說的，費特蕾「抗拒的讀者」的女性主義批評，如上所述，是屬於較早的第一種女性批評模式即女性主義批判，而女性主義批判係將女性主義者視為讀者（the feminist as a reader），通常在重讀男性文本，提供在文本裡所發現的婦女形象以不同的詮釋，或者質疑其他批評形式中有關婦女的誤解[50]。鍾玲對臺灣女詩人她史的建構，則援蕭華特所主張的第二種批評模式即女性批評入手，這一批評模式聚焦在作為作者的女性（the women as a writer），旨在檢視女性寫作的差異（the difference of women's writing），其對象是臺灣女詩人的文本；她並依照蕭氏所提出的四個差異模式來加以考察她所謂的「女性文體」（écriture féminine）。女性文體（或稱陰性書寫）是鍾玲根據法國女性主義理論家的

[48] Elaine Showalter, "Feminist Criticism in the Wilderness," 244.

[49] 李元貞，《女性詩學——台灣現代女詩人集體研究（一九五一—二〇〇〇）》（臺北：女書，二〇〇〇），頁七。

[50] Sara Mills , et al., 89.

說法所拈出的一個批評術語，在《現代中國繆司》一書的導言即率先提出臺灣女詩人「女性文體」此一主張；後來在〈詩的荒野地帶〉一文更援用蕭華特的女性批評，將之發展成女詩人的「荒野地帶」（wild zone）。下文便從女性批評的角度來進一步考察她所主張的「女性文體」與詩的「荒野地帶」。

一、女性文體

女性文體和女詩人所使用的語言有關，蕭華特在〈荒野中的女性主義批評〉中分析女性寫作的語言時，舉了不少當今女性主義批評家相關的主張，譬如勃克（Carolyn Burke）便認爲，女性的語言是法國女性主義理論的核心，它們主要在發現並使用一種適當的女性語言，可是現在宰制性的言說形式，顯示的乃是支配性的男性意識形態的標籤，「因此，當一位女性在書寫或講述她自己的存在時，她不得不像是用外國語那樣說出來，而這樣的語言對她個人而言，可能是不舒服的。」於是許多法國女性主義者提倡一種革命性的語言理論，要和父權言說（patriarchal speech）的獨裁體制決裂，像蕾克樂克（Annie Leclerc）在她的《女人話》（*Parole de femme*）裡便要求「婦女須發明一種不受壓迫的語言，一種不是讓妳無語而是要放鬆妳舌頭的語言。」【51】蕭氏最後還呼籲：

> 我相信，女性主義適當的任務是集中在女性獲得語言上，集中在那些語字可被選擇的有效的詞彙範圍，以及意識形態的與文化的表達的決定因素（**determinants of expression**）上。問題不在表達婦女意識的語言是無效的，而是在婦女已經被拒絕了充足的語料（**the full resources of language**）而且還得被迫沉默、以委婉語或迂迴方式陳述【52】。

【51】Elaine Showalter, "Feminist Criticism in the Wilderness," 253.

【52】Ibid., 255.

有鑑於此，鍾玲在《現代中國繆司》開頭的〈導言〉即率先提出女性文體的說法。但什麼是女性文體呢？她並沒有正面表列何謂女性文體，在該書第七章雖曾引用法國女性主義理論家依喜加黑（Luce Irigaray）[53]「女性的身體是女性文體的直接泉源」之說，卻未進一步闡明臺灣女詩人的女性文體究竟爲何。鍾玲只說：「就解構佛洛伊德學說中男性陽具爲中心的理論，她（依喜加黑）認爲女子的性器官遍佈整個身體，因此女性文體傾向『朝所有方向進行發展』，因此男性無法『辨識出任何有條有理的思想。』」[54]其實，她並未將伊氏的女性文體之說引述完全。伊氏的女性文體即其所謂的「女人話」（the female parole），而她在《此性非一》（*This Sex which is Not One*）裡是這樣描述「女人話」的：「就在女人所說的話中，至少在她勇於發言之時，女人仍不停地撫觸自身，只消以一串喃喃自語、一聲驚呼、一段低聲吶喊、一句未說完的話……她就可以輕鬆脫離自身。待她回來之後，又可以從另一處再度出發。」不僅如此，我們還必須以另一隻耳朵來聆聽：

> 彷彿聽到了總是不停在編織自身的「另一層意義」，總是時時跟詞語交纏在一起，但是為了避免被固著在詞語之內，勢必也要時時擺脫詞語的束縛。因為無論「她」說了些什麼，既已說出就不是——也早已不再等同於——她想表達的意義。甚至連她所說的話都跟任何人事物毫不相干……一旦她說的話離題太遠，她便當下中斷話題，再重新自「原點」開始說起[55]。

然而，如此的「女人話」卻非鍾玲筆下臺灣女詩人的女性文體，儘管她沒對女性文體正面加以界義。鍾玲之所以未援引上引文，想必她也不認同這樣的女人話就是臺灣女詩人的女性文體。依鍾玲所信，她主要係自蕭華特的

[53] 依喜加黑（Luce Irigaray），後來在臺灣學界一般譯為伊麗格瑞、伊莉格蕊，或伊瑞葛萊。
[54] 鍾玲，《現代中國繆司——台灣女詩人作品析論》，頁二九六—二九七。
[55] Luce Irigaray著，李金梅譯，《此性非一》（臺北：桂冠二〇〇五），頁三十四。

女性批評來分析女詩人的文體，以她接續《現代中國繆司》的〈台灣女詩人作品中的女性主義思想：一九八六—一九九二〉一文來看，她即是從底下蕭氏所提出的四個分析模式（或範疇）來檢證臺灣女詩人的詩文本[56]：

(一) 女性身體——女性作家對女性的身體因素，對女性的生理因素表現了什麼反思？

(二) 女性語言——女性作家對父權社會壓迫者的語言（the oppressor's language）有什麼反應？她們又試圖建議什麼女性語言？

(三) 女性心理——女性作家對傳統的心理分析理論有什麼反應，又提出了什麼新的心理分析的角度？

(四) 女性文化——她們對女性文化提出什麼想法？如對「姊妹團結的覺悟」（awareness of sisterhood）或「由女性爲中心的觀點所進行之活動與所訂之目標」（activities and goals from woman-centered point of view）或男性文化所探測不到「女性空間」（female space）及「荒野區域」（wild zone）。

雖然該文表面上如同篇名是在談「女性主義的思想」，其實就是在檢證女詩人書寫的特徵，譬如首先在女性身體範疇，她談到謝佳樺〈牽引〉詩中出現的鬱黑的髮絲，指出這是和身體連結的一個純屬女性的典型意象；再以朵思〈皺紋〉裡的皺紋意象爲例，說明她肯定女人臉上的皺紋，並以之爲美，展現了反抗父權社會的思想[57]。其次在女性語言範疇，她以朵思的〈殘酒〉和劉克襄的〈刺蝟〉相較，顯示女詩人的意象較男詩人「細緻、純美、浪漫而清雅」，遣辭也「比較典雅和迂曲」[58]。復次在女性心理範疇，鍾玲提到臺灣女詩人不會出現英美詩人像普拉絲（Sylvia Plath）與莎克斯敦（Anne Sexton）那樣的戀父情結（Electra complex）[59]，但像朱陵、沈花末與張芳慈的

---

[56] 鍾玲，〈台灣女詩人作品中的女性主義思想：一九八六—一九九二〉，頁一八五；Elaine Showalter, "Feminist Criticism in the Wilderness," 250-266.

[57] 同上註，頁一八七，一八九。鍾玲在此還誤舉了一位男詩人謝昭華的詩例加以討論。她以為謝昭華是女詩人。

[58] 同上註，頁一九三—一九五。

[59] 鍾玲另有論文探討美國女詩人普拉絲、莎克斯敦等人的女性主義作品，參見氏著，〈女巫和先知：美國女詩人的自我定位〉，收入紀元文主編，《第五屆美國文學與思想研討會論文選集：文學篇》（臺北：中央研究院歐美研究所，一九九七），頁一六五—一八九。

詩中，則會出現一種暴力受害者的心理與神經質式的恐懼感[60]。最後關於女性文化範疇，有些女詩人的詩作會對社會派定的女性在個性上的刻板印象予以反思與批判，如白雨的〈下班後〉；有些則對男女性的性徵重加區分，如夏宇的〈頹廢末帝國II給秋瑾〉中的女性也可以是雌雄同體[61]。

然而在此之前的《現代中國繆司》中，鍾玲對女性文體的研究進路卻稍有不同，她提出三個角度來探討：一是文化環境的影響；二是女性生理的因素；三是歷代評論家的反應[62]，其中前兩項可以對應上述蕭華特女性批評的第四及第一項。在該書中，其實她對歷代評論家的反應著墨並不多，主要著眼於文化環境與女性生理因素的探討。譬如，她說我們的文化傳統都認為女性有著敏感、仔細、親切、富同情心、慈善等特質，表現在文學作品中「則為敏銳細緻的感覺，及和諧寬容的傾向等特徵」（從李清照到敻虹、劉延湘）[63]；又如，她認為男女性的生理先天即有差異，像懷孕、生產、流產、打胎、哺乳、月經等經驗，是男性不易深切體會的，「即使男性詩人用足了想像力，也難徹底描繪這類感受」，以翔翎的〈流失〉一詩而言，詩裡抒寫打胎的純女性經驗，男人自然難以心有戚戚焉[64]。

其中關於女性身體（生理）和寫作的關係，鍾玲有更進一步的闡釋。一般而言，臺灣女詩人不像歐美女詩人如凱莎（Corolyn Kizer）的〈肢解再生的女神〉（"Semele Recycled"）與羅佛杜芙（Denise Levetov）的〈虛偽的女人們〉（"Hypocrite Women"）那樣大膽地書寫情慾，乃至毫不避諱地描寫性器官，像鍾玲、利玉芳、曾淑美她們處理的手法含蓄很多，並不偏重身體器官的描寫，也鮮有描寫性愛的場面，而夏宇用詞雖大膽，卻點到為止[65]。這

【60】同上註，頁一九九—二〇〇。
【61】同上註，頁二〇〇—二〇三。
【62】鍾玲，《現代中國繆司——台灣女詩人作品析論》，頁七。
【63】同上註，頁十一—十三。
【64】同上註，頁十九—二十二。
【65】同上註，頁三十四，九十七—九十八。

可能是鍾玲未從上述依喜加黑的生理論以續予發揮女性文體之說的背後理由。事實上，早期歐美女作家，如十九世紀的喬治·艾略特、艾蜜莉·勃朗黛（Emily Bronte）、荻瑾蓀（Emily Dickinson）等人雖也表現情慾，對身體器官的描繪同樣比較間接與含蓄；甚至到二十世紀初，仍有意避免觸及這樣的題材[66]。然而，臺灣世紀末尤其自二十一世紀以來，紛紛出現女詩人書寫情慾的詩作，如顏艾琳、阿芒、子慮、騷夏……用筆且極爲大膽，其中像江文瑜更不忸怩於性器官的用字，此種別開生面的身體書寫，則已非當初鍾玲所見。

二、荒野地帶

依鍾玲所見，上述的女性文體終究要落在她所謂的「詩的荒野地帶」。「荒野地帶」如上所述是她援引自蕭華特的說法。蕭氏在〈荒野中的女性主義批評〉一文裡，曾引用艾德溫·阿登納（Edwin Ardener）的主張，提出她的荒野地帶說。阿登納認爲從歷史的文化境遇來看，女性本身構成了一個噤聲的集團（a muted group），其文化和現實（生活圈）同宰制（男性）集團的疆界重疊，卻又不被後者所完全包容[67]。這兩個集團的關係可以下圖7-1示之[68]：

這兩個集團是兩個相交的圓：X代表主宰的圓（實線），而Y則表示噤聲的圓（虛線）。在潛意識層次上，噤聲集團和宰制集團形塑各自的信仰或賦予社會現實以秩序觀念，但是宰制集團卻掌控了能使意識得到表述的形式或架構。於是噤聲集團必須透過主

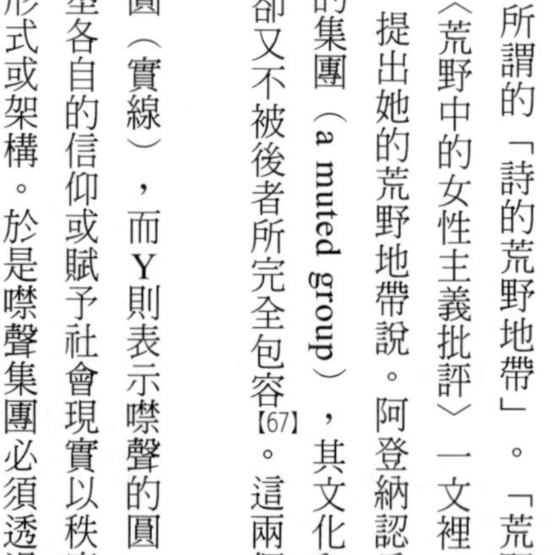

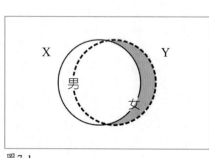

圖7-1

[66] Ruth Sherry, *Studying Women's Writing: An Introduction* (London: Edward Arnold, 1988), 9.
[67] Elaine Showalter, "Feminist Criticism in the Wilderness," 261.
[68] Ibid., 262.

宰性架構可允許的形式才能調節她們的信仰，亦即女性若要說話，則得藉由宰制階級的語言才能說出。因此，上圖的Y圓大部分落在主宰的X圓內。然而，其中還有一個未被包容在X圓的月牙形領域——這就是所謂的「荒野地帶」【69】。

蕭華特說，這一專屬女性的荒野：從空間上看（spatially），它是一塊男人禁足之地（a place forbidden to men）；自經驗上言（experiencially），它是指在男子生活方式之外與之相異的某些女性生活方式（female life-style），鍾玲認爲這包括女性特有的月經、懷孕、生產等經驗，以及古典時期的女工刺繡等細活——以上這兩種範疇，男性都有相應於女性的區域；然而若從形而上或意識面觀之（metaphysically），則此一地帶沒有男性相應的空間，蓋因所有的男性意識都落在這個主宰的結構圈之內（因而從男性觀點看，荒野總歸是想像的，它僅僅是其潛意識的投射）【70】。鍾玲看重的是上述第三種觀看女性文化之荒野地帶的方式，而女詩人的作品落在這一形而上的荒野地域，到底呈現出何種光景？或者換個方式這樣問：從女性批評言，此一女性之荒野究竟可以找出何等女性文體？

鍾玲指出，此一女詩人的荒野地帶主要顯現出兩種光景：一是「空靈的荒野」；二是「神祕的荒野」。就前者而言，女詩人作品裡透顯的空靈美往往又具顛覆性，例如林泠以及美國女詩人普拉絲與H. D.（Hilda Doolittle）等的相關詩作，同時都具有顛覆性與空靈美。就後者而言，女詩人的詩作題材呈現了夢幻及神祕的經驗，其中更「涉及潛意識活動或神話儀式基型的內容」【71】，例如美國女詩人利奇（Adrienne Rich）以及羅英、夐虹與斯人等人的相關詩作，都有此神祕色彩。然而令人訝異的是，不管這荒野是空靈還是神祕，此一地域內竟有男人踏足。

【69】Ibid.

【70】Ibid.

【71】鍾玲，〈詩的荒野地帶〉，《中外文學》，第二十三卷第三期（一九九四年八月），頁五十二。鍾玲在此對於蕭華特的說法有誤解之處。荒野在男性看來只不過是一種想像，可能僅僅是男性潛意識的投射；但蕭氏並沒提到這對女性而言是否也是一種潛意識的投射，因此實無必要去比較男女兩性誰比較客觀，誰又比較潛意識。

在空靈地帶，出現有中國唐代的男詩人李商隱（如〈錦瑟〉）的吟哦之聲；而在神祕區域，更出現貝里曼（John Berryman）、狄奇（James Dickey）兩位男詩人的身影。鍾玲的結論是：

> 蕭沃（華）特所說的「荒野地帶」及「女性領域」好像是真正存在，至少在詩歌中留下了一些見證，而且這些地帶、這個領域的經驗不一定專屬女性所有，也有一些男性詩人進入這個領域，具體在詩中呈現這種經驗，比有些女詩人所呈現的個例多很多，而且表現的也比較淋漓盡致【72】。

鍾玲上述這樣的發現，的確「解構」了女性主義的本質論（essentialism），打破了習以爲常的兩性二分法；然而，她卻忽略，如此一來也等於把蕭華特的女性批評同時給解構掉，因爲蕭氏的女性批評所根據的以及其出發點就是差異（differences）論，她所關注的便是在檢視女性寫作的差異（the difference of women's writing）——亦即男女兩性之異，由此才得以和傳統的寫實主義劃清界限【73】，如今這一領域已非男性禁足之地，則其差別便不復存在，當然此荒野就非蕭氏之荒野。但是，也許此荒野有可能是法國女性主義的理論地域，如西蘇（Hélène Cixous）和克里斯多娃（Julia Kristeva）便都認爲男性作家也能從事陰性書寫（女性文體），鍾玲或許同時接受了她們的主張，但也該思考如此互爲扞格的理論共冶一爐是否妥當。

【72】同上註，頁五十八。

【73】Sara Mills, et al., 89.

第四節 結語

鍾玲的女性主義詩學，如上所述，雖也參酌其他女性主義的主張，但主要仍源自美國文論家蕭華特的理論，以她所提出的女性中心批評（gynocritics）或女性批評爲理據，建構臺灣的女性詩史，重塑女詩人的新詩傳統，從中尋繹出她們的婉約風格，並在分析批評其詩作中找出她所謂的「女性文體」，而此一女性文體則由社會與文化給派定的女性特質、或是女詩人特有的生理經驗與感受、抑或是文學評論家揭舉的某種文體傳統所形塑。

然則何謂「女性文體」？鍾玲卻沒有一語道破，而是採取「分進合擊」的研究進路，在品評個別詩人時才分別加以論說。只是站在女性主義的立場不禁會令人納悶：鍾玲爲何會附和男性批評家的陽具批評，拿出古代朱熹、紀昀，以及當代高信疆、張建等男評論家的說法（如「如此等語，豈女子所能？」）[74]，來替女子文體說話？芮基斯特（Cheri Register）即指出，陽具批評（phallic criticism）以女性作家是否遵循傳統關於女性（femininity）的觀念作爲品評作品高下的依據，例如柏吉斯（Anthony Burgess）便批評喬治艾略特「喬裝男性」（male impersonation）太過成功，而崔寧（Lionel Trilling）則直言她不喜歡巴妮絲（Djuna Barnes）的散文，因爲她的散文一點都不夠男性化[75]。儘管我們的男性評論家對女詩人語多肯定與鼓勵，但是其背後卻不無存有父權意識形態之「偏見」[76]，而讓人訝異的是，鍾玲對此並未加以反駁。

---

[74] 鍾玲，《現代中國繆司——台灣女詩人作品析論》，頁二十三—二十四。

[75] Cheri Register, "American Feminist Literary Criticism: A Bibliographical Introduction," in *Feminist Literary Criticism: Explorations in Theory*, ed. Josephine Donovan (Lexington, Kentucky: The UP of Kentucky, 1989), 9.

[76] 鍾玲雖言：「這些古代與現代的評論家認為，比起男性詩人，女詩人有其不逮之處，她們的眼光比較短淺，她們的詩作缺乏歷史的層面，並缺乏社會性與時代感；此外，她們的詩太纖柔，不能表現渾厚的魄力及澎湃的氣魄。」但並未對此加以反擊。鍾玲，《現代中國繆司——台灣女詩人作品析論》，頁二十四—二十五。

不僅如此，鍾玲還認爲，一九六〇年代的臺灣詩壇盛行一種陽剛體的詩，而這種陽剛體詩乃源自當時離鄉背井的詩人的痛苦與憤慨，加上來自西方現代主義的孤寂英雄心態結合而成，男詩人如余光中的《天狼星》與〈史前魚〉、瘂弦的〈深淵〉、洛夫的〈石室之死亡〉、葉維廉的〈賦格〉等，都成爲此一陽剛體的正典，而女詩人只能模擬男性的這種陽剛體。陽剛體是宏壯的（或崇高的）文體（sublime style），以此陽剛體創作予人有獲取力量（enpowerment）的感覺，此時期的臺灣「女詩人要在文字上有獲取力量的感覺，就只有模擬當時的正典陽剛體的詩了。」[77]是耶非耶？

此一模擬說法，鍾玲或許本於蕭華特對於英美女性小說史（十九世紀以來）的分期（第一代出生於一八〇〇至一八二〇年之間，她們的作品往往模仿男性）[78]；但如此說法不得不讓人質疑：女詩人的創作本身就欠缺陽剛風格而只能模仿男詩人？或許鍾玲本身認爲女性文體其實就是一種婉約風格的詩作，所以類如此種陽剛體或豪放雄偉文體不過是女性詩體的變體——這可能就是她給出的回答吧，因爲在《現代中國繆司》她就主張此種宏壯文體是以婉約風格爲主流的女性文體的流變。

然而令人再次感到疑惑的是，當吾人如其所言將眼光轉至詩的荒野地帶，以爲這會是一塊女詩人獨屬的「處女地」時，竟然發現原來此非完全是男人禁地，雖然她亦曾指出即便是男人故作婉約狀，其姿態仍與女詩人有別。她引用蕭華特本於差異論之女性批評，到頭來卻反過來解構了差異論，這是她被論者主要詬病之處[79]。

不論臺灣女詩人的寫作是否呈現出鍾玲所說的女性文體，以謝莉（Ruth Sherry）看來，「女性寫作至少可以潛

【77】鍾玲，〈追隨太陽步伐——六十年代台灣女詩人作品風貌〉，收入封德屏主編，《台灣現代詩史論》（臺北：文訊，一九九六），頁二二八—二二九。

【78】Elaine Showalter, *A Literature of Their Own: British Women Novelists from Bronte to Lessing*, 19.

【79】張國慶，〈女性主義詩學和女性意識：兼論鍾玲《詩的荒野地帶》〉，《中外文學》，第二十三卷第三期（一九九四年八月），頁七十一。

在性地提供女性生活與經驗的洞見，而這可以和女性主義的分析相關聯。最壞的情況是，由女性寫作的以及爲女性而寫的作品，仍有助於吾人了解佔優勢的刻板印象的力量」【80】，這也就是說，根據鍾玲的研究，即便台灣女詩人的作品呈現的是婉約的傳統，這仍有助於我們了解她們的寫作，畢竟她們的詩作是由她們自己來寫的；而關於她們的詩史與詩評也是由她們自己執筆的。

【80】 Ruth Sherry, 17.

第八章 張漢良的新批評

第一節 前言

張漢良在臺灣詩壇來說是個異數，以詩論家（及詩評家）而不以詩人之姿獨步詩壇，幾乎可說是臺灣新詩史的一個特例[1]。以詩人集結的創世紀詩社而言，在所有的同仁中只有張氏一人不是詩人——即便是詩社中亦以詩論評見長的葉維廉（早期）與簡政珍（中期）二氏，仍兼具詩人身分。在張漢良之後，雖然自一九九〇年代起，《創世紀》同仁中加入了大陸的詩評家（如任洪淵、李元洛、劉登翰、謝冕等人），但在二〇〇一年後，後者即不再列名（形同退出），使得張氏迄今仍是詩社碩果僅存的唯一不具詩人身分的同仁[2]。

張漢良於一九七〇年代中以詩論家身分現身詩壇，精準且犀利的詩論與詩評，擲地有聲；出身於外文系學院背景的他，以其紮實的西洋文學批評理論爲出發點，運用比較文學方法，切入臺灣現代詩論評，立刻受到詩壇矚目，一直到一九八〇年代上半葉，張漢良都是臺灣重要且具代表性的詩評家[3]。綜觀張漢良早期的現代詩論評，主

---

[1] 以詩論評為主的另一位臺大外文系教授顏元叔，同張漢良一樣，基本上也不創作新詩；但是顏氏除早期引進英美新批評之外（包括理論的引介與所從事的實用批評），後來與臺灣詩壇的關係較為疏遠，雖然他曾為文分析過余光中、洛夫、梅新、羅門、葉維廉等詩人的作品。顏氏有關新批評之作，可參閱《文學的玄思》（臺北：驚聲文物供應公司，一九七二年）與《談民族文學》（臺北：學生書局，一九八四年）。

[2] 在二〇〇一年三月發刊的《創世紀》第一二六期，刊末載有詩社同仁名錄，並附記：自本期起，詩社的大陸及海外同仁一律不再列名（頁一四三）。

[3] 張漢良於一九八〇年代末之後即少見他關於現代詩評論的文章，雖然他一直列名《創世紀》同仁名錄中，但該刊在整個九〇年代乃至新世紀

要包括三個方面：一是詩結構的探討，如綜論詩的意象與象徵、詩與夢的關係；二是文類研究，如對詩劇（poetic drama）、史詩（epic）、具體詩（concrete poetry）、都市詩、田園詩（pastoral）的探討；三是實用批評，如對於洛夫、管管等詩人詩作的批評[4]。依布瑞斯勒（Charles E. Bressler）之說，張氏前兩類研究係一種理論批評（theoretical criticism），旨在形塑有關文學（藝術）本質與價值的理論、原則；藉由引用這些文學的美學原理，理論批評提供了實用批評必要的架構。後一類則是布瑞斯勒所說的實際批評或實用批評（practical criticism），即運用理論批評的理論及原理於特定的作品上[5]。

如果我們進一步就張漢良早期所從事的實用批評或實際批評來看，可以發現他自承在實用批評上所使用的「比較文學方法」，主要是來自英美的新批評（new criticism）[6]。新批評崛起於一九三〇年代的早期，並盛行在四〇與五〇年代，一直持續至六〇年代才沒落[7]。在西方新批評已不「新」的六〇年代末，臺大外文系顏元叔教授卻大

開始，很少有他的文章出現，直到二〇一〇年才在《創世紀》（一六五期）再見到他的「身影」，並於二〇一一年的秋季號（一六八期）起推出「張漢良詩學專欄」。

[4] 參見張漢良《現代詩論衡》（臺北：幼獅，一九八一年）一書提要及序文的說明（頁一）。晚近於《創世紀》開設的詩學專欄，探討的包括亞理斯多德的《詩學》（*Poetics*）、雅可布遜（又譯為雅克慎）（Roman Jakobson）的俄國形式主義（formalism）理論等。此類研究則屬於理論批評（theoretical criticism）的範疇。

[5] Charles E. Bressler, *Literary Criticism: A Introduction to Theory and Practic* (Englewood Cliffs, New Jersey: Prentice Hall, 2011), 7.

[6] 依佩克（John Peck）與柯爾（Martin Coyle）二氏《文學術語與批評》一書之說，英美新批評的表現略有不同。相較於美國批評家的細讀，英國批評家對於文本的技巧性分析，並不常做得那麼細緻；而且後者，比如以李維斯（F. R. Leavis）來說，他便傾向關注作品中明顯的道德與社會信念（the moral and social convictions），並沒完全排除作品的外緣研究。See John Peck and Martin Coyle, *Literary Terms and Criticism* (London: Macmillan, 1993), 181.

[7] Charles E. Bressler, 31.

力引介新批評，在教學與研究上廣為新批評推展【8】，身為顏元叔弟子的張漢良難免也受到他的影響，對於臺灣現代詩的論評與探究，繼踵其師之新批評手法，似亦為順理成章之事。

張漢良早期的詩論評除了見之於最早結集成冊的《現代詩論衡》一書外，他與蕭蕭共同編著的《現代詩導讀》（共五冊，《導讀篇》有三冊），可說是他關於現代詩實用批評的集大成【9】。依論者所信，張漢良於三大冊《現代詩導讀（導讀篇）》所從事的實際批評，援用的主要是新批評的手法【10】，如游喚所言：「在此之前，張漢良的批評文字多半以形式，以純粹美學為主，講客觀的結構存在，因此，導讀一書的詮釋主要在詩的形式、技巧與語言方面，像句構、意象、反諷、敘述觀點、張力、象徵、隱喻、文義格式等等術語一再重複出現，基本上，它也是新批評的手法。」【11】前述游喚所說張漢良「在此之前」的批評文字，如上所言，可見之於一九七九年出版的《現代詩論衡》；爰是，本章考察張氏新批評的實際批評表現，即以其前兩部著作（共四冊）為主要的研究對象。

誠然如張漢良自承，在《現代詩導讀》中所運用的批評手法或如托鐸洛夫（Tzvetan Todorov）所謂的閱讀（lire, reading）方法【12】，並不限於某一種方法，其中包括「有作品本身語言的描述或分析；有心理學與傳記式的投

【8】顏元叔之前，夏濟安曾於其主編的《文學雜誌》上發表過有關新批評的介紹文章；李英豪於一九六六年出版的《批評的視覺》也收錄有援用新批評手法分析文本的論文。但顏氏以位居學院要津之便，採用新批評健將布魯克斯（Cleanth Brooks）與華倫（Robert Penn Warren）二氏合編之《理解詩歌》（*Understanding Poetry*）等書為教科書，大力推介，在學界影響深遠。參見楊宗翰，〈顏元叔與台灣新詩評論轉型〉，《當代詩學》，第三期（二〇〇七年十二月），頁二十八－三十五。

【9】一九八〇年代之後，張漢良主要從事（學術化的）比較文學理論的研究，關於現代詩的實用批評愈做愈少了。一九八六年他出版《比較文學理論與實踐》，算是他此一階段的研究成績。

【10】參見游喚，〈《現代詩導讀》導讀些什麼〉，《台灣文學觀察雜誌》，第三期（一九九一年一月），頁八十八；楊宗翰，頁四十五。

【11】游喚，同上註書，頁八十八。

【12】在該書由張氏執筆的序文中，曾援引法國文論家托鐸洛夫的名作〈如何閱讀〉（"Comment Lire?"）一文，將閱讀方法（其實是批評家的批

射；有散文的意述評論；有朝向文類理論建立的『詩學』式閱讀方法」【13】，但是若捨蕭蕭的評論方法不談而專就張氏的批評方法來看【14】，我們仍不得不說，該書所宗之批評方法主要乃新批評。同樣的情況亦見之於《現代詩論衡》（指實際或實用批評）。在上四書中，類如以傳記式批評（biographical criticism）解讀葉維廉〈永樂町變奏〉這樣的非新批評例子可謂極為罕見【15】，也因此吾人可視新批評乃張氏早期主要的實用批評詩學。底下即以英美新批評的角度予以進一步檢視張漢良的實用批評。

第二節　語義學分析

從張漢良早期所從事的詩學分析來看，他服膺的無非是廣義的形式主義（formalism）的信念，無論是他對於詩結構或文類的探究，乃至如前所述對於現代詩所做的實際批評；即以三冊《現代詩導讀（導讀篇）》（以下簡稱《導讀篇》）而言，從他與另一編著者蕭蕭所分配的導讀詩作即可看出，凡是形式表現不夠突出或者語言過於素

評方法）分為投射、評論與詩學三種，並強調他與蕭蕭兩人在分析詩作時廣泛地運用了托氏所說的上述各種閱讀方法。張漢良、蕭蕭編著，《現代詩導讀（導讀篇一）》（臺北：故鄉，一九七九年），頁四—六。

【13】同上註，頁六。

【14】蕭蕭的閱讀（批評）方法，除了援用傳統修辭學與傳記式批評外，如游喚所說，主要「作詩的散文化翻譯」。參見游喚，頁九十六。此種「詩的散文化翻譯」即是布魯克斯所指摘的「意述謬誤」（heresy of paraphrase）。

【15】在《現代詩導讀（導讀篇一）》中，張漢良在解讀葉維廉的〈永樂町變奏〉時，如此釋題：「永樂町為葉維廉夫人慈美女士故居，亦為詩人經常歇腳之地，對詩人自然有特殊的意義。」（頁二八二）另外，在《現代詩導讀（導讀篇二）》中解讀陳秀喜的〈我的筆〉時，他甚至認為：「讀這首詩，對詩人生平的了解及其心路歷程的透視是必要的。吾人了解陳秀喜曾受過日本教育，同時也用日文創作過，那麼這首詩讀來就特別的有意義了。」（頁四十三）話雖如此，張氏對該二詩的解讀主要仍以新批評的張力、明暗喻、意象、雙關語之說加以分析。

樸——套用俄國形式主義文論家希柯洛夫斯基（Viktor Shklovsky）的話說，即不夠陌生化（defamiliarization）的詩作[16]，都不受他的青睞，悉數交給蕭蕭導讀，多數具寫實及本土意味的詩作（尤其是《導論篇三》）都不在他的解讀之列。雖然如上所述，在《導讀篇》的序文中，張氏表示，因應不同作品的特性，他們將運用（托鐸洛夫所說的）各種閱讀方法；然而，在三冊《導讀篇》中（乃至於《現代詩論衡》一書），張漢良絕大多數的解讀方式都出以新批評手法，則可謂有目共睹。

新批評一向被視爲一種批評的形式主義（a type of critical formalism），之所以會被如此認定，係基於其批評原則主要著重在作品的言辭（verbal）上，而所有作品的形式表現則顯現於言辭（或者語言）使用的特徵，依艾布拉姆斯（M. H. Abrams）與哈方（Geoffrey Galt Harpham）二氏之說，此係出於新批評（如同其他形式主義）將文學視之爲一種特殊的語言，其特性則有悖於科學語言以及實用性的與邏輯性的用語，所以（批評家）解讀的程序便在分析語字的意義及其互動作用，以及比喻性的言辭（figures of speech）與象徵等[17]。簡言之，新批評就是一種文本語言的批評方式，既然著重文本語言的表現，所以那些表現乏味的平庸性（banality）語言（尤其是詩作）便爲新批評所忽視——這也可以解釋爲何張漢良會放棄解讀龍族（詩社）之後大多數寫實傾向濃厚的詩作——關於這點，趙毅衡在《新批評——一種獨特的形式文論》中認爲，新批評這種著重語言的批評方式，其實就是一種語義學（semantics）的分析方法，試看底下他進一步的闡述：

【16】所謂「陌生化」（making strange）又稱為「反熟悉化」，張氏解釋這種作詩的手法「也就是把日常熟悉的事物以不熟悉的觀點加以處理之後，使讀者得到一種新的看法，新的感受」。見張漢良、蕭蕭編著，《現代詩導讀（導讀篇二）》（臺北：故鄉，一九七九年），頁二二五。依希柯洛夫斯基自己在〈作為技巧的藝術〉（“Art as Technique”）一文中的說法乃：「藝術的技巧即在使對象『反熟悉』（unfamiliar），使形式困難，去增加知覺的困難度和長度，因為知覺的過程本身就是美學的目的，因而必須被延長。」quoted in Raman Selden and Peter Widdowson, *A Reader's Guide to Contemporary Literary Theory* (New York: Harvester Wheatsheaf, 1993), 31.

【17】M. H. Abrams and Geoffrey Galt Harpham, *A Glossary of Literary Terms*(Boston, MA: Wadsworth Cengage Learning, 2009), 217.

新批評派在方法論上之重視語言，超過任何形式主義。而且我們可以看到，新批評派不僅借用語義學的分析方法來分析詩歌語言，同時也以詩歌語言的語義學的分析方法為模式來分析整首詩的結構：在新批評派看來，比喻、複義、反諷，不僅是在語義層次上的範疇，而且也是詩歌整體結構的特徵。新批評派與其他形式主義不同的是，他們借用的是語言學的一個分支，即語義學[18]。

雖然新批評也從語義學的角度來分析詩作的結構問題，卻由於其對於語言細節（the language details）所發揮的細讀（close reading）或剖析，比較不從宏觀的角度深究詩作的整體結構或（如趙毅衡所言）「宏觀形象」[19]，而較專注在各個語言層面的微觀分析（microanalysis）上。張漢良早期所從事的實際批評，基本上所做的也是新批評這種語義學式的微觀分析。套句上述艾、哈二氏所言，張漢良此一「語義學式的微觀分析」，即是對詩作「內在的語言互動的解說性分析」（the explicative analyses of internal verval interactions）[20]。底下我們進一步檢視他的「語義學式的微觀分析」。

一、意象、比喻與象徵

同新批評學派一樣，張漢良對於臺灣現代詩的實際批評所從事的語義學分析，往往細究其間呈現的意象（image）或詩人所使用的比喻（明喻、暗喻、曲喻）與象徵（symbol）等手法。譬如在《導讀篇二》中分析方旗

[18] 趙毅衡且認為，此一新批評所宗之語義學並非索緒爾（Ferdinand de Saussure）的符號學（語義學），而是傳統的語義學，更確切地說，是李察茲（趙譯之為瑞恰慈）（I. A. Richards）的文學修辭學。參見趙毅衡，《新批評——一種獨特的形式文論》（北京：中國社會科學，一九八六），頁一二三—一二四。

[19] 同上註，頁一三三。

[20] M. H. Abrams and Geaffrey Galt Harpham, 217.

的〈雪人〉一詩，除了說明該詩因不用跨句（run-on line）而成功地展現自然獨特的韻律效果外，更進一步討論到詩人所運用的鋪張式的明喻（simile），以及詩中明顯的時間意象（第二節）與蠟燭意象（第三節），乃至於雪人本身的象徵意義（人對逝去的昔日的回憶）[21]。又如在《導讀篇一》談到詹冰的〈五月〉，強調的是詩人的擬人化手法所勾勒的意象，由於此一擬人化意象，詩人「描述出五月是一個美麗而又充滿了生命力的季節」[22]。關於意象本身的討論，張漢良另有一論文〈論詩的意象〉從心理學與比較文學的角度加以立論[23]，雖然此文乃是布瑞斯勒所說的理論性批評，但是在文中其對於所舉詩例的分析，亦多能與新批評的實際分析合拍。

「意象」一詞是新批評學派論詩的根本[24]（也是所有形式主義難以避免的一個術語），因爲接下來新批評在分析文本時所談到的比喻和象徵都與意象有關：比喻的比喻物以及象徵的象徵物通常都以具體的形象出現，而這具體的形象物其實也就是這裡所說的意象。先說比喻部分。比喻主要分爲明喻與暗喻（又稱隱喻）（metaphor），但新批評強調的是暗喻，而認爲明喻乃是浪漫主義（romanticism）因循，欠缺創造力的技倆，誠如布魯克斯（Cleanth Brooks）在《精緻的甕——詩的結構研究》（*The Well Wrought Urn: Studies in the Structure of Poetry*）一書中所說：「所有比較精細的情緒狀態，都必須用隱喻來表現。」甚至認爲隱喻往往是詩的主要內容[25]，可見新批評對隱

---

[21] 張漢良、蕭蕭編著，《現代詩導讀（導讀篇二）》（臺北：故鄉，一九七九年），頁五十二—五十三。

[22] 張漢良、蕭蕭編著，《現代詩導讀（導讀篇一）》，頁四十六。

[23] 張漢良，《現代詩論衡》，頁一—二十五。

[24] 如李察茲喜以感官或感覺（sensation）和意象連用，如視覺意象（visual image）。See I. A. Richards, *Principles of Literary Criticsim.* (New York and London: A Harvest / HBJ Book, 1925), 102, 106, 108, 144, 150, 152, 162. 而衛姆塞特（William K. Wimsatt）在《語象——詩意義研究》一書，則另闢蹊徑以「語象」（verbal icon）一詞代替「意象」。See William K. Wimsatt Jr., *The Verbal Icon: Studies in the Meaning of Poetry*（Lexington, Kentucky: The University of Kentucky Press, 1954）.

[25] Cleanth Brooks, *The Well Wrought Urn: Studies in the Structure of Poetry* (London: Methuen, 1968), 6.; Cleanth Brooks and Robert Penn Warren, *Understanding Poetry*(Taipei: Caves Books, 1985), 5.

喻高度的重視[26]。

張漢良在分析現代詩作時同樣重視暗喻甚於明喻，在分析楊喚〈垂滅的星〉一詩時，他也引用了李察茲（I. A. Richards）對於暗喻一詞的說明：暗喻分爲喻依（vehicle）與喻旨（tenor）兩部分；後者是作者欲表達的旨意或事物，前者是藉以表達的工具。而暗喻的種類很多，有的喻旨隱藏不見（如張默的〈鴕鳥〉），也有些暗喻的喻依不明顯，甚至喻依、喻旨兩者不明顯的例子也有。譬如〈垂〉詩第二段的「垂滅的星」顯然是個喻依，但讀者卻難以判斷它做什麼東西的喻依，也許這個意象的「旨」是將死（自戕）的敘述者。尤有進者，首段第三行「割斷那像藍色的河流的靜脈」中的靜脈是一個喻旨，它的喻依是「藍色的河流」；但字面上的靜脈可能另有所指，則它又變成一個喻依，讀者卻不易找出靜脈的喻旨[27]。

碰到上述喻依或喻旨不明顯的情形，張漢良認爲這對讀者將造成非常的困擾。事實上，如上情況，所謂不明顯的喻依或喻旨指的就是它們的不在場（absence）；但是若喻旨不在字面上出現，則這種暗喻便和象徵無異，以此來看，上述楊喚該詩那顆「垂滅的星」，與其視爲暗喻不如視爲象徵，蓋因暗喻的喻旨並未出現於字面[28]。由於比喻的種類與功能較爲複雜，且往往與象徵難以劃分，造成讀解與分析的困難，分析鞭辟入裡如張漢良氏於此有時也難免看走眼。

再說象徵部分。前面說比（暗）喻複雜，象徵也不單純，雖然部分新批評派人士認爲前者較後者複雜且高

[26] 新批評還讚賞玄學派擅用的曲喻（conceit）。所謂曲喻，張漢良的解釋是「誇張的、扭曲的、怪誕的暗喻（或明喻）」，並以翺翺的〈茶的情詩〉為例說明。張漢良、蕭蕭編著，《現代詩導讀（導讀篇二）》，頁一四三。

[27] 張漢良、蕭蕭編著，《現代詩導讀（導讀篇一）》，頁一三六—一三七；I. A. Richards, *The Philosophy of Rhetoric* (New York: Oxford UP, 1936), 62. 其實「割斷那像藍色的河流的靜脈」用的是明喻，不是暗喻。

[28] 比喻的另一種轉喻（或稱換喻）（metonymy）的喻旨則不出現於字面。參見趙毅衡，頁一三八。

明【29】，但是新批評在分析詩作文本時，象徵仍具有相當重要的地位，比如布魯克斯在《精緻的甕》一書對彌爾頓（John Milton）的兩首詩〈快樂的人〉（"L'Allegro"）與〈幽思的人〉（"IL Penseroso"）中有關「光」的象徵意義的探討即爲顯例，布氏認爲彌爾頓在這兩首詩中採用的正是看似好奇的象徵，而這象徵過於細微，難以確定其義，因而不能用粗糙的模式如寓言（allegory）來加以對待【30】。這裡的寓言非指寓言故事（fable），而是指寓言式或諷喻式象徵（allegorical symbol）；不過新批評比較喜歡談原型象徵（archetypal symbol）與私設象徵（private symbol）。

由於臺灣現代詩中較少出現寓言式象徵，因而張漢良在三冊《導讀篇》及《現代詩論衡》中，也不提寓言式象徵，反倒較多關注原型象徵和私設象徵。就前者來說，在分析覃子豪的〈過黑髮橋〉、陳芳明的〈都是泥土的孩子〉與渡也的〈電話〉時，張漢良認爲三首詩的共同特徵是它們都用了原型象徵（死亡—再生、大地之母），而這種原型象徵則是人類普遍的、共有的經驗。以渡也的〈電話〉爲例，詩中出現的「母親」爲原型人物，而與其相關的意象有「夜」、「大地」、「海洋」等，這些都屬原型象徵【31】。

【29】新批評學派持此說法，有大半出於抬高玄學派詩（metaphysical poetry）身價的用意。玄學派出現在十七世紀的英國詩壇，由於耍弄技巧，導致內容晦澀，意象難以索解，雖然其使用比喻性語言，好用玄思奇想。此一詩派後來在新古典主義時期（the Neoclassic Period）趨於沒落，但到二十世紀初卻重新受到重視，尤其第一次世界大戰後，其代表性詩人鄧恩（John Donne）特別受到英美新批評諸子的推崇，頗有鹹魚翻身的味道。See M. H. Abrams, and Geoffrey Galt Harpham, 192-193.

【30】Cleanth Brooks, 41.

【31】張漢良、蕭蕭編著，《現代詩導讀（導讀篇一）》，頁十一—十二；《現代詩導讀（導讀篇二）》，頁二二五—二二六；《現代詩導讀（導讀篇三）》（臺北：故鄉，一九七九），頁一六七。在後書中張漢良引心理學家榮格（C. G. Jung）的話解釋「原型」（archetype）：「在人類的集合潛意識或種族記憶（racial memory）中，有一些情節、意象或人物，它們不斷在潛意識的夢、幻象、初民神話與藝術創作中出現，反映人類共有之基本慾望與經驗。」（頁一六七）

至於所謂的私設象徵（張氏稱爲「個人象徵」）則是相對於傳統象徵而來；傳統象徵也就是公用象徵（public symbol），它是由歷史的傳承積累而成，韋勒克（Rene Wellek）與華倫（Austin Warren）二氏說，它即是前代詩人廣泛採用的、容易爲人理解的象徵[32]。然而什麼是個人或私設象徵（詩）呢？張漢良在分析沈花末的〈櫻樹〉一詩時指出，這首詩是「典型的個人象徵詩」，他的理由是：「說它『個人』，是因爲櫻樹本非約定俗成的象徵，爲詩人經營所得，再加上，表面看來，它的意義晦澀，殊難傳達給讀者。」[33]此外，在〈永恆的長廊象徵〉一文中，他也提到洛夫〈石室之死亡〉第五首中「雪季已至，向日葵扭轉脖子尋太陽的回聲／我再度看到，長廊的陰暗從門縫閃進／去追殺那盆爐火」這三行的「光、暗意象足夠賦予『長廊』象徵意義」，除了呈現普遍的原型象徵外，也被詩人「有機地經營爲個人象徵」[34]。

象徵、暗喻與意象的關係密切已如前述，亦即前兩者都要以後者的面目出現，如果套用李察茲的話來說，它們都出自語義的取代原則，換言之，它們都是「代替某事物或某思想而存在」，一言以蔽之，它們「就是那個意義」[35]。韋勒克和華倫在《文學理論》（*Theory of Literature*）一書中則進一步指出它們的區別：「一個『意象』可以被轉換成一次暗喻，但如果它作爲呈現與再現而不斷重複，那麼就變成了一個象徵，甚至是一個象徵（或者神話）系統的一部分。」[36]依此看來，意象轉換一次就是暗喻，若是複現多次則成象徵；然則爲何暗喻的意象只能出現一次？而象徵的意象不能只使用一次嗎？這些主張與爭論雖然並非張漢良實際批評關注的焦點，但在他的長文

【32】Rene Wellek and Austin Warren, *Theory of Literature* (San Diego: Harcourt Brace & Company, 1984), 189.

【33】張漢良、蕭蕭編著，《現代詩導讀（導讀篇二）》，頁一九九。

【34】張漢良，《現代詩論衡》，頁二三七—二三八。

【35】I. A. Richards, *The Philosophy of Rhetoric*, 94. 李察茲說：「一個獨立的意象在文本中的意義是由它所取代的事物決定的，也就是說，它代替某事物或思想而存在，它即是那個意義。」

【36】Rene Wellek and Austin Warren, 189.

〈論詩的意象〉中顯然支持韋、華二氏的看法（但也做了某些修正）。張漢良認爲從（心理的）意象發展爲象徵的意象有一必然條件，即意象必須以意象群（image-cluster）出現：「各單獨意象之間應有密切的關係把它們組成起來，朝定向（如朝某預設的抽象意義）發展。我們之所以稱某意象具有象徵意義，必須從各意象之間字質與結構的關係著手。」他舉阿諾德（Matthew Arnold）的名作〈多佛海濱〉（"Dover Beach"）爲例說明，我們不能自該詩第一句出現的海意象便說它是某某象徵[37]。顯然張氏接受的是韋、華二氏「單一意象無法判斷其是否形成象徵」的言外之意。

二、反諷、吊詭與歧義

文學（或者詩）的本質到底是什麼？佩克（John Peck）與柯爾（Martin Coyle）二氏在合著的《文學術語與批評》（*Literary Terms and Criticism*）提到，新批評派所稱頌的文學本質包括反諷（irony）、吊詭（或稱悖論）（paradox）、矛盾（ambivalence）與張力（tension），而他們的批評也包括這樣的想法：「詩是這些對立性經驗的調和」；在某一意義來說，新批評派會這樣認爲，一首好詩在面對生活的複雜性的同時，也要設法調和這些不一致的要素[38]。有鑑於此，新批評特別關注文本中出現的反諷、歧義（ambiguity）、吊詭以及張力——這些都可視之爲「不一致（或不和諧）要素」（the discordant elements）。其中「張力說」較爲複雜，且可爲前三者的集大成，容下節詳述。

先談反諷。李察茲在《文學批評的原理》（*Principles of Literary Criticism*）中即明言，反諷本身往往是詩具

---

[37] 張漢良，《現代詩論衡》，頁七。此外，張氏在解讀汪啟疆〈水之詩〉時則提及：詩人若經常使用同類意象，久而久之它們便成為作者個人的象徵。張漢良、蕭蕭編著，《現代詩導讀（導讀篇二）》，頁十七。

[38] John Peck and Martin Coyle, 181.

有的特質，而且它存在於其所產生的相反相成的各種衝動（the opposite, the complementary impulses）裡[39]。張漢良在分析商禽的〈長頸鹿〉、方旗的〈雪人〉、沙穗的〈失業〉、牧尹的〈水土不服〉以及管管的〈住在大兵隔壁的菊花〉等詩，便強調這些詩所造成的反諷效果。這些詩有戲劇性反諷（如〈水土不服〉），有文字反諷（verbal irony）（如〈長頸鹿〉的「瞻望歲月」）；以管管該詩爲例，張漢良認爲，其中大兵「報告班長。是。是的！」這句部隊裡的口語，成爲全詩反諷語氣的基礎，勾勒出班長與半個「死老百姓」的大兵之間的尖銳對比。張氏甚至認爲，其反諷效果不下於亨利．李德（Henry Reed）的名詩〈野戰教程：判斷距離〉（"Lessons of War: Judging Distances"）[40]。至於什麼是張漢良所認爲的反諷？在分析向陽的〈鄉里記事：顯貴篇之一．村長伯要造橋〉時，他引述批評家賴伊（Northrop Frye）[41]對反諷模式所下的界說：「如果主角的能力與智力比讀者低下，讀者對束縛、挫折、荒謬的場景，產生睥睨的感覺，這位主角便屬於反諷模式。」（向陽該詩中村長伯的角色便屬反諷人物）至於詩文本是否有達到反諷的效果，張漢良認爲要委由讀者的認知來決定[42]。

次言吊詭。被公認爲新批評學派實際批評典範之作的布魯克斯的《精緻的甕》開宗明義即表示：吊詭適合於詩作，而且是它無法規避的語言；布氏甚至認爲：「科學家的眞理需要一種清除任何吊詭痕跡的語言；顯而易見，詩人表明眞理則只能依靠吊詭達成。」[43]話雖如此，依趙毅衡的研究，新批評往往將吊詭與反諷兩個術語混用，難以

【39】I. A. Richards, *Principles of Literary Criticism*, 250.
【40】張漢良，《現代詩論衡》，頁二二五。
【41】Northop Frye，後來兩岸學術界通譯為傅萊或弗萊。
【42】張漢良、蕭蕭編著，《現代詩導讀（導讀篇二）》，頁二七七—二七八。
【43】Cleanth Brooks, 1.

釐清[44]——這或可解釋爲何張漢良分析詩作時很少談到吊詭；然而不論其間差異如何，吊詭與反諷相同之處就是：它們都表現了一種矛盾的語義狀態，也同時都是一種旁敲側擊的表現法[45]。

張漢良在《導讀篇二》解釋羅青的〈吃西瓜的六種方法：第五種西瓜的血統〉時提及吊詭的作用[46]。依他所見，該詩乍看之下像是一首無聊詩（nonsensical verse），但由於詩人的創作態度是嚴謹的，所以該詩所傳達的微言大義（message）就不能等閒視之（爲無聊詩），試看羅青該詩：

沒有人會誤認西瓜為隕石
西瓜星星，是完全不相干的
然我們都不能否認地球是，星的一種
故也就難以否認，西瓜具有
星星的血統

因為，西瓜和地球不止是有
父母子女的關係，而且還有

【44】趙毅衡則以古典修辭學試加分辨：吊詭（悖論）在文字上係「表現出一種矛盾的形式，矛盾的兩個方面是同時出現，而在一個真理上統一起來」；反諷則是「沒有說出來的實際意義與字面意義兩個層次互相對立」。簡言之，吊詭是「似非而是」，反諷是「口非心是」。趙毅衡，《新批評——一種獨特的形式文論》，頁一八四—一八五。

【45】同上註，頁一八五。

【46】他並且補充說明，美國女詩人狄瑾遜（Emily Dickinson）是玩弄吊詭手法的高手。張漢良、蕭蕭編著，《現代詩導讀（導讀篇二）》，頁二八一。

兄弟姐妹的感情——那感情
就好像月亮跟太陽太陽跟我們我們跟月亮的
一，樣[47]

事實上，若單從語言層面來看，這首詩並沒有發揮吊詭的效果，不像周夢蝶的〈菩提樹下〉所言「誰能於雪中取火，且鑄火爲雪」那種語言因矛盾衝突所產生的吊詭；它的「微言大義」係自語言所釀造出的情境中得來——如此解讀實則與布魯克斯分析華滋華斯（Willian Wordsworth）〈西敏橋上作〉（"Composed upon Westminster Bridge"）一詩無異，布氏告訴我們：「華滋華斯有意要呈現給讀者的是：平常之事其實並不平凡，無詩意的事物其實就蘊涵著詩意。」如此形成的反差，是從詩本身「產生的吊詭情境中汲取了力量」。華滋華斯的語言向來直截了當、質樸無華，其詩作似乎不太可能予吊詭的語言提供什麼範例，所以布氏認爲他的詩作是以「吊詭的情境」爲基礎的[48]。羅青素樸的語言和華氏可以類比，以上詩而言，其具張力般的語義係由整首詩的情境（situation）所烘托；但不論是布氏分析華氏的〈西〉詩或張漢良對羅青上詩的解讀，其詩作所傳達的「微言大義」，與其說是來自語言的吊詭，不如說是出於情境的反諷（irony of situation）。而這也是爲什麼布氏的〈吊詭的語言〉（分析華氏上詩的論文）一文往往將吊詭和反諷連用的道理。張漢良分析羅青上詩，關於吊詭和反諷未予釐清的情形則如出一轍。

末言歧義。歧義又稱爲含混、朦朧，新批評諸子中以李察茲的高徒恩普森（William Empson）的《歧義七型》

【47】同上註，頁二七九。另參見羅青，《吃西瓜的方法》（臺北：幼獅，一九七二），頁一六一—一六二。
【48】Cleanth Brooks, 4, 1-2.

（*Seven Types of Ambiguity*）一書最能發揮此說。然而恩氏對於歧義的分類太過瑣碎[49]，且原字ambiguity有「晦澀」之意，不如以plurisignation（多義）代之[50]。捨恩氏複雜的分類不談，在該書第一章開宗明義即言，凡是足以導致對同一文字的不同解釋，不管其如何細微（字義），都屬歧義的課題[51]。張漢良對於新批評強調的文本歧義似有相當的偏愛，在他從事的臺灣現代詩批評中，歧義出現頻率之高可說是僅次於意象、比喻的一個術語。

比如他分析洛夫的〈金龍禪寺〉，其中由於「羊齒植物」的「齒」字產生歧義（因擬人化而起），所以才能在下兩行「沿路嚼了下去」[52]；分析鄭愁予的〈邊界酒店〉，說第一行由於文句歧義，使之有朝向數種意象結構發展的可能性[53]；分析彭邦楨的〈茶經〉，提到末段用了兩個時事典故「龍井」與「鐵觀音」，因而形成文字的歧義[54]；分析沙穗的〈失業〉，說到由於第七段在兩句熟稔的有關生生皮鞋的廣告詞中插入另一種描寫自身處境的文字，亦造成文字的歧義[55]。其實文本產生的歧義，在新批評看來，常常與吊詭（矛盾）、反諷等衝突性語義手法脫離不了關係，張漢良運用的新批評讀法也不例外，譬如他在〈論洛夫近期風格的演變〉一文中對於洛夫〈石室之死

---

[49] 衛姆塞特（William K. Wimsatt, Jr.）與布魯克斯合著的《西洋文學批評簡史》（*Literary Criticism: A Short History*）便指出，恩氏這七個類型，有些是重疊的，其分類只為了自己討論方便；有些類型的定義則很武斷。See William K. Wimsatt, Jr. and Cleanth Brooks, *Literary Criticism: A Short History* (New York: Vintage Books, 1957), 638.

[50] 衛、布二氏在上書引惠爾萊特（Philip Wheelwright）的建議：以plurisignation代ambiguity。該書中譯本譯者顏元叔也贊同，蓋因ambiguity不是個精確的名詞，其兼有晦澀之意，易引起讀者誤解。See William K. Wimsatt, Jr. and Cleanth Brooks, 639-640. 另參見顏元叔譯，《西洋文學批評史》（臺北：志文，一九七二），頁五八七。

[51] William Epson, *Seven Types of Ambiguity* (London: Chatto and Windus, 1977), 1.

[52] 張漢民，《現代詩論衡》，頁一九四。

[53] 張漢良、蕭蕭編著，《現代詩導讀（導讀篇一）》，頁一四〇—一四一。

[54] 同上註，頁二十五。

[55] 張漢良、蕭蕭編著，《現代詩導讀（導讀篇二）》，頁四十四。

亡〉第二十九首這兩行詩句「誰在田畝中遍植看不見的光輝/妳們該相信，幕尼黑的太陽是黑的」的分析：

> 這兩行詩在諷刺貪欲愚昧的女人。「田畝」是一個傳統的女性原始類型意象，根據她們的邏輯，「幕尼黑的太陽是黑的」。這荒謬幽默的意象建立在「幕尼黑」引申而出的歧義上，無知的女人（在本詩中可能係指妓女）竟想像力十足地由地理名詞聯想出黑色的太陽。而太陽本身又是一種光明、黑暗（生死）認同的矛盾語法。從歧義（ambiguity）發展出本身自足的矛盾語（paradox），產生了反諷的效果。新批評所謂現代詩兩種要素都包括在這個意象中了[56]。

張漢良根據上述「幕尼黑的太陽是黑的」此一荒謬幽默的「意象」，解釋它因此而產生的語意的「歧義」（雖然具有什麼歧義他沒進一步再說明），並認爲由於歧義的出現，使它產生「矛盾」（吊詭）與「反諷」的效果。由此可見，歧義的發生往往指向反諷與吊詭；反過來說，由於反諷與吊詭手法的運用，歧義隨之產生。新批評這種語義學式的文本分析手法，不妨可將之視爲一種「不相稱詩學」（poetics of incongruity），亦即把不相容的語言要素同時放在一個文義格局或語境（context）中彼此發生相反相成的作用以形成所謂的張力；也唯有如此，詩的字質（texture）才能夠豐富、稠密。而新批評的這種「不相稱詩學」則也可說是一種「張力詩學」。

第三節　張力詩學

如果要用一個詞彙來形容張漢良所運用的新批評手法，「張力詩學」（poetics of tension）一詞庶幾近之。

[56] 張漢良，《現代詩論衡》，頁一八六—一八七。

張力說似乎成了張漢良在實際批評臺灣現代詩時最重要的依據；而對於新批評的「不相稱詩學」來說，張力似乎也是最有力的說明。張漢良認爲，包括吊詭、反諷，以及誇飾（hyperbole）等文本中不和諧（不相稱）的（incongrous）成分，可以構成一種張力的運用【57】。然則何謂「張力」？退特（Allen Tate）的張力論無疑是新批評學派中最具代表性的說法，而張漢良對於「張力」一詞的解釋，基本上也是出自他的看法。

張漢良如此解釋：「所謂張力（tension），是指詩的完整意義，由外緣意（extension，外張力）與內涵意（intension，內張力）構成。前者即詩的指涉意（referential meaning）；後者即感知意（emotive meaning）。這兩層意義本不協調；但在詩中矛盾統一，成爲張力。」【58】tension一詞其實是退特將extension（外緣意或外延意）與intension（內涵意）兩字消去前綴詞（ex-& in-）而得來的【59】。在新批評看來，外緣意指的是文詞的「詞典意義」或「指稱意義」，而內涵意則被理解爲「暗示意義」或「附屬於文詞上的感情色彩」【60】；張漢良上述的解釋正是新批評的這種說法。

上述那樣對張力的界定係出自退特的說法；然而張漢良對詩作從事實際批評時，並未僅僅囿於上述之說：張力是來自外緣意與內涵意兩者不協調（矛盾）所達致的統一。底下我們列舉他關於張力的幾種用法，即可一目瞭然：

．分析馮青的〈晚潮〉，認爲張力的形成是來自這兩組對立的意象相互衝擊而致：「淡」、「惘慵」、「微酸的甜蜜」、「冷漠地」、「無聲」、「滲進」對比於「風暴」、「驚蟄」、「湧來」、「掩耳亮起」【61】。

【57】張漢良、蕭蕭編著，《現代詩導讀（導讀篇二）》，頁二八一。
【58】張漢良、蕭蕭編著，《現代詩導讀（導讀篇一）》，頁二一五。
【59】趙毅衡，《新批評——一種獨特的形式文論》，頁五十八。
【60】同上註，頁五十七。
【61】張漢良、蕭蕭編著，《現代詩導讀（導讀篇三）》，頁九十六。

．分析許茂昌的〈哭泣的湄公河〉，認爲詩中對於烽火越南的描寫，有時抽象與具象並列，以造成張力[62]。

．分析沙穗的〈失業〉，認爲詩人將不相容（不相稱）的廣告用語（生生皮鞋）與詩語言經由扭曲之後一起放入詩格局（語境）中，反諷與張力的效果因而產生[63]。

．分析向陽的〈鄉里記事：顯貴篇之一．村長伯要造橋〉，認爲該詩張力出現在「主角村長伯仔、敘述者與讀者三者之間認知的衝突」；但其實是先由於認知的衝突（讀者與敘述者）而後產生反諷的效果（「實在了不起」的村長伯仔原形畢露），而後張力於焉誕生[64]。

．分析商禽的〈長頸鹿〉，認爲詩中不識世故的青年獄卒與典獄長兩個人的意識形成戲劇性的衝突，戲劇張力因而產生；而後者對前者「窗子太高」的報告以「他們瞻望歲月」回答，則成爲文字反諷或意在言外（understatement），文字張力在此亦隨著戲劇張力而來[65]。

．分析管管的〈住在大兵隔壁的菊花〉，認爲該詩由說話者（大兵）與排長兩種不同的語言與心態形成的矛盾結構（conflict-structures），構成張力的最重要成分[66]。

．分析瘂弦的〈一般之歌〉時則提及，詩人創作應講究無我性（impersonality）與客觀性（objectivity）[67]，避免主觀的介入，除了宜採用戲劇手法（如瘂弦），亦應以「對比、並列、邏輯跳躍（包括語法切斷與時空切斷）等手法造成詩的張力」[68]。

[62] 同上註，頁一二四。
[63] 同上註，頁四十四。
[64] 同上註，頁二七七。
[65] 張漢良、蕭蕭編著，《現代詩導讀（導讀篇一）》，頁一六九。
[66] 同上註，頁二一五—二一六。
[67] 同上註，頁一九三。
[68] 同上註。

從上述列舉的說明，舉凡不協調的意象、語意、結構等等所形成的矛盾、衝突，都可以構成張漢良所謂的「張力」，這成了「廣義的張力論」。事實上，退特的主張也被其他新批評人士予以廣泛引申，誠如奧康納（William Van Oconner）所指出的，張力本身存在於「詩歌節奏與散文節奏之間；節奏的形式性與非形式性之間；個別與一般之間；具體與抽象之間；比喻，那怕是最簡單的比喻的兩造之間；反諷的兩個組成部分之間；散文風格與詩歌風格之間」[69]，所以張漢良分析管管另一首〈星期六的白星期天的黑〉時指出的：「某人在大街上走著。突然『有間房子裡砸過來一架鋼琴/有間房子裡嬰兒的啼聲差一點砸扁那個人的腦袋』。這兩句詩的散文指涉意與詩的誇飾表現手法衝突，張力便產生了……」[70]，也就是奧康納這裡所說的散文風與詩風互爲衝突所造成的張力。

上述這樣的張力論，可以說已使「張力」成爲詩作內部各矛盾因素對立統一現象的總稱[71]。退特之說當然不能完全代表新批評學派的主張，所以艾布拉姆斯和哈方才有下述如是說法：

> 其他批評家（指退特之外的其他新批評人士）使用「張力」是要來說明具有以下這些特徵的詩：能表現各種不同的與反諷性的（要素的）均衡；或者是呈現「一種堅決性的壓力的模式」（a pattern of resolved stresses）；或者是表現一種對立性傾向的和諧；或者是呈現任何其他對立性穩定（stability-in-opposition）的作法——而這些則是為新批評偏愛的他們所認為的一首好詩組織的方式[72]。

---

[69] 轉引自趙毅衡編選，《「新批評」文集》（北京：中國社會科學，一九八八），頁一〇九。
[70] 張漢良、蕭蕭編著，《現代詩導讀（導讀篇一）》，頁二一五。
[71] 趙毅衡編選，《「新批評」文集》，頁一〇九。
[72] M. H. Abrams and Geoffrey Galt Harpham, 363.

布、哈二氏這樣的說法其實和奧康納沒有太大的差異，張漢良對於張力的見解與運用也不出其範圍。然而，新批評的張力論當中有一個很重要的主張，在此則不能視而不見。前述的討論（包括張漢良的實際批評），似只著重在構成張力的那些「不相稱」（或對立、衝突、矛盾）的要素面，反倒忽略了退特所說的「統一」（unity）或其他批評家所強調的「均衡」（equilibrium）或「和諧」（harmony）那一面。事實上，若詩作的表現未臻於統合而只看到對立、衝突，則其張力仍難以形成。

關於新批評強調統合的論點，巴瑞（Peter Barry）在《從頭開始的理論——文學與文化理論導論》（*Beginning Theory: An Introduction to Literary and Cultural Theory*）中拿它和解構論（deconstruction）的文本干擾式或對立式閱讀（**textual harassment or oppositional reading**）做了有力的比較，令人一目瞭然：解構式的批評旨在揭開文本裡的內在矛盾或不一致之處，其目的乃在看似明顯統合的地方找出它的不統合（disunity）；反之，新批評的批評方式則是在明顯的不統合找到它的統合[73]。新批評這種強調統合的主張，其實也就是其張力詩學的底蘊。

事實上，張漢良所運用的張力詩學並非只強調文本內各種矛盾、衝突、或對立的構成要素（或手法），如反諷、吊詭、歧義等，譬如他在分析瘂弦的〈一般之歌〉，如前所述，雖然詩人以生命與死亡對立意象的並列製造戲劇張力，但他也注意到在第三段出現的吃桃子的男孩其實是和首段一開始的國民小學有相互呼應的關係，這就是在衝突之處隱藏有統合的線索[74]。在分析管管的〈繾綣經〉時則特別強調該詩在結構上的統一：第一、二段是「觀」的階段，意象語是純寫景的；第三、四段是「感」的階段，出現與人有關的景象；末段則爲「結」的階段，引用白居易〈長恨歌〉詩句作結，不僅指出該詩主題，更在結構上統一了前面四段，而其對立的意象也在此得到統合[75]。

【73】Peter Barry, *Beginning Theory: An Introduction to Literary and Cultural Theory* (Manchester and New York: Manchester UP, 2009), 69.

【74】張漢良、蕭蕭編著，《現代詩導讀（導讀篇一）》，頁一九四。

【75】張漢良，《現代詩論衡》，頁二一八—二一九。

顯而易見，在張漢良的張力詩學中，他也了解「統合」的重要，所以在分析、批評臺灣現代詩時不忘強調文本的統合性，最明顯的例子莫過於他對大荒〈冬日南海園獨坐〉一詩的分析。他認爲該詩不乏因語言的衝突而產生的張力（如第三與第四、五行），但是第二段末兩行（第十三、十四行）的明喻相當笨拙，建議這兩行說理性文字最好刪除，「一則可以加大意在言外的暗示性，二則可保持全詩意象的統一」[76]。爲何他會如此建議？因爲那兩行詩句「難怪天空傴僂而衰老／如失掉魔法的巫婆」不僅無法構成甚且只有減損詩作本身的張力，一來它們使該段的衝突性降低，二來更有損於意象的統合。如果張氏不是像巴瑞所言要在衝突的語言中尋找統合（全詩）的意象，如何會出以如上的建議？

事實上，主張張力論的新批評，向來即極爲強調統合說，較早的艾略特（T. S. Eliot）便曾以鄧恩的詩爲例，說明在他的詩中彼此看似極端對立或是隸屬於不同領域經驗的要素，他都能夠將之統整在一個意義的結構裡，艾氏自己即言：「當詩人的心靈能完美地爲作品備其所需時，他可以持續地混合不同的經驗，而一般人的經驗則是混沌、不規則與不完整的……。在詩人的內心裡，這些經驗總是被形塑成新的整體。」[77]依紐頓（K. M. Newton）的理解，新批評學派即是將異質性與對立性的衝動投射回詩作本身，而詩作本身的結構則是把這些異質性與對立性的要素予以統合起來[78]。

大荒上詩若回到退特〈論詩的張力〉一文的主張來加以審視，同樣會得到和張漢良相似的答案。退特認爲好詩

【76】張漢良、蕭蕭編著，《現代詩導讀（導讀篇一）》，頁二三一－二三二。

【77】T. S. Eliot, "The Metaphysical Poets," in *The Norton Anthology of Theory and Criticism* 2nd., eds. Vincent B. Leitch et al. (New York and London: W. W. Norton & Company, 2010), 966.

【78】K. M. Newton, *Interpreting the Text: A Critical Introduction to the Theory and Practice of Literary Interpretation* (New York: Harvester Wheatsheap, 1990), 18.

不應把外緣意推得太極端（如柏拉圖主義者那樣），雖然外緣意的展現不可為詩人所拋棄[79]，但是好詩應是內涵意與外緣意的統一[80]。大荒上兩行詩句加在該詩段末尾，顯然讓外緣意著了形相，反過來使該段的內涵意因而減弱，造成內涵弱而外緣強，兩者則難以統一，所以這種說明（理）性的文字去之可也。

然而，在此我們不得不要進一步追問：內涵意與外緣意如何統一？亦即其統一意義如何認識？這需要讀者具有相當的識別能力，沒有識別能力恐無法（像張漢良那樣）找出其統一意義，所以退特說：「我們得以認識這種統一意義係由於經驗、文化，以及我們的人道主義（如果你具備的話）賦予的才能。」並且認為：「這種識別能力有賴於對人類整體能力的培養，以及把這種人類能力應用於獨一無二的經驗媒介，也就是詩的獨特能力。」[81]

退特如上說法，無異於說：詩文本本身是否具有張力，以及其對立性要素是否能求得統合，關鍵在讀者所具備的辨識能力；而這樣的看法則為張漢良所吸收。張氏先是在分析管管〈住在大兵隔壁的菊花〉一詩時主張：「一首詩的完整意義——張力——的呈現，必須由讀者的接受來判斷，因此筆者認為張力應界說為：讀者對整首詩衝突結構所產生的意義的接受。」[82]繼而在解讀羅青上詩〈吃西瓜的六種方法〉則又再次強調：讀者必須根據（吊詭、反

【79】退特認為歷史上不少詩人只顧內涵意的表現，而把外緣意的語言讓給其他科學家，他們自己則保持越來越弱的邊界性內涵（peripheral connotations）——這是一種謬見，退特在此安給它一個名稱：只有外緣的謬誤（fallacy of mere denotation）。Allen Tate著，姚奔譯，〈論詩的張力〉，收入趙毅衡編選，《「新批評」文集》，頁一一六。

【80】退特在此以鄧恩的〈告別詞——節哀〉中一節詩句：「因此我們兩個靈魂總是一體，/雖然我必須離去，然而不能忍受/破裂，只能延展/就像黃金被錘打成薄片」為例說明：這詩的外緣意是黃金的有限形象（延展成薄片），而內涵意則是靈魂的無限性；但這節詩的全部意義乃是從內包上包括了「在明顯的黃金外展中」，它的詩意完全包蘊在黃金的形象裡，亦即內涵與外延二者在此合而為一，且相得益彰。同上註，頁一一七—一一八。

【81】同上註，頁一一六。

【82】張漢良、蕭蕭編著，《現代詩導讀（導讀篇一）》，頁二一七。

諷、誇飾等）成分之間的衝突關係來決定張力的存在與否[83]，而這可謂是對退特「識別能力」的強調做了進一步的補充。

新批評的張力詩學往往只針對單一文本做細讀式批評，即只論孤立的文本而不顧及文學作品的群體，也就是不做文類批評（generic criticism），因此被批評爲「原子式批評」（atomised criticism）[84]。張漢良《導讀篇》的新批評大體上遵循的也就是這種原子式批評，類如以互文性（intertextuality）關係來探討余光中〈雙人床〉的批評方式[85]，可謂絕無僅有；只有在探討洛夫、管管等詩作的長篇論文裡，他才著力去分析詩作的群體關係。

然而，吊詭的是，新批評這種原子式的張力批評，背後卻出於對所謂「非個性化」或無我性（impersonality）的信仰。此一信仰來自艾略特〈傳統與個人才具〉（"Tradition and the Individual Talent"）一文的主張。艾略特認爲詩並不表現詩人的個性，也就是它並非從個人的情感與經驗傾洩而來，它反而是個人的一種超越（a transcending of the individual），在某種意義來說，用艾氏的話說：「詩不是放縱感情，而是逃避感情；不是表現個性，而是逃避個性。」[86]詩人逃避個人的感情與個性，才能將之擴大爲普遍的經驗；也正出於這樣的認識，新批評的實際批評始能宣稱自己的客觀性（objectivity）。

張漢良的新批評中也到處可以找到這種非個性化的說法。如他分析陳慧樺的詩集《雲想與山茶》（第二輯）便

---

[83] 張漢良、蕭蕭編著，《現代詩導讀（導讀篇二）》，頁二八一。

[84] 新批評學派的死對頭是一九四〇年代末的芝加哥學派（The Chicago School），雙方的主要爭論在文類問題：後者主張文類的重要——所以又被稱為文類批評派，而前者偏偏對文類不感興趣。趙毅衡，《新批評——一種獨特的形式文論》，頁一〇七—一〇八。

[85] 張漢良將intertextuality譯為「章句訓詁」，並以余光中的另兩首詩〈單人床〉與〈如果遠方有戰爭〉來和〈雙人床〉做比較。張漢良、蕭蕭編著，《現代詩導讀（導讀篇一）》，頁九十四—九十五。

[86] T. S. Eliot, "Tradition and the Individual Talent" in Vincent B. Leitch, et. al. eds., 961.

稱讚說：「詩人逐漸消失了個性，泯滅了抒情自我，把個人經驗擴大爲普遍經驗。」【87】這樣的評價看得出純粹是出自艾略特上述之說。又如在解讀張默的〈蒼茫的影像——旅韓詩鈔之一〉、洛夫的〈西貢詩鈔〉、陳黎的〈在學童當中〉、朱陵的〈痛苦〉……都強調它們寫出人類共有的情緒，將個別的經驗擴展爲人類普遍的經驗——可以喚起讀者相同或類似的感覺。詩如果只是呈現個人感情或經驗，其他人可能難以感受與體會，所以要寫出大家都普遍具有的感情或經驗；然而，也別忘記，普遍的感情或經驗則也是自個人的感情或經驗而來，因此艾略特在講完上句話後接著更不忘強調：「自然，只有有個性和感情的人才會知道要逃避這種東西是什麼意義。」【88】如是說法，或也可看成是新批評的另一種「張力詩學」吧！

第四節　結語

整體來看，包括他晚近發表的詩學論述，如前所述，張漢良的實際批評主要著重詩文本的形式（form）美學，所以游喚在檢討他與蕭蕭編著的《導讀篇》即曾指出「張漢良的導讀，多半把詩放在『純粹的美學形式主義』的考慮上」【89】。事實上，《導讀篇》的實際批評，除了運用新批評的分析手法外，張氏本人也使用不少敘事學（narratology）的批評方法，如分析詩文本的敘事觀點、敘述者等【90】；此外，他也研究結構主義（structuralism），

【87】張漢良，《現代詩論衡》，頁二三〇。
【88】T. S. Eliot, "Tradition and the Individual Talent", 961.
【89】游喚，〈《現代詩導讀》導讀些什麼〉，頁九十二。
【90】張漢良的敘事學分析可探討之處不少，但此非本論文論述範圍，故在此略而不談。

並以結構主義的分析手法去解讀現代詩作【91】。凡此種種，除了說明他偏好形式主義（廣義的）的批評方式之外，同時也告訴我們，他的實際批評方法並不以新批評為已足，雖然新批評在他早期詩學中佔有相當重要的地位。

並不以新批評手法為已足的張漢良，其實也曾思考，質疑過新批評本身的問題，在《導讀篇三》分析林興華〈在關仔嶺上〉一詩就有如下的省思：「四、五十年代流行的新批評家為人所詬病處，便是忽略了作者的意圖，等而下者竟望文生義。因此近年來西洋批評界產生反動，詮釋批評（hermeneutics）興趣，主張之一便是『再發現』作者意圖，使得讀者與作者意識溝通，兩者互為主體（intersubjectivity）。」【92】正因為這樣的反省，以致他在解讀林興華該詩，以及本文前言（參閱本章註十五）中提及的葉維廉的〈永樂町變奏〉、陳秀喜的〈我的筆〉等，都是從傳記式批評入手；在分析碧果的〈昨日午後〉，甚至直指讀者：「應當設法了解作者的意旨（intentionality），設法『重視』（recovery）他的心境……。對作者心境的旨意的了解，會使這首詩的模糊兩解（童騃式的安於現狀或無奈）明朗化。這似乎是讀碧果作品時，應當考慮到的。」【93】

張漢良當然不會不知道，當他作如是主張並從「作者意旨」的角度去解讀詩作時，便犯下新批評所說的「意圖謬誤」（intentional fallacy）；蓋若自這樣的角度解詩，在新批評學派來看，無異於將詩與其產生過程相混淆。儘管如此，新批評畢竟有它的侷限，在實際批評時也有它無法解決的問題存在；於此，詮釋學批評就有它可以發揮的空間，或者用批評張氏的游喚的話說，現象學（phenomenology）的讀解方式更可以發揮它的功效【94】。

游喚認為張漢良解詩要讀者去體驗詩人的心境與經驗，就會使讀者喪失主體性，成了「依附作者的假性主

【91】如〈分析羅門一首都市詩〉一文以結構主義方法分析羅門的〈咖啡廳〉一詩，參見周英雄、鄭樹森合編，《結構主義的理論與實踐》（臺北：黎明，一九八〇年），頁一七七—一八六。

【92】張漢良、蕭蕭編著，《現代詩導讀（導讀篇三）》，頁一七四。

【93】張漢良、蕭蕭編著，《現代詩導讀（導讀篇二）》，頁二十三。

【94】游喚，頁九十四。

體」；然而眞正的批評是要讀者「用心靈去感詩，用智慧去感詩，用讀者與正文的對話態度去跟詩交通」，因而「在閱讀中，讀者眞正起作用的，倒不是作者寫這首詩的心境與經驗如何？而是讀者究竟能因此詩而喚起多少自己的心境與經驗」【95】。事實上，張漢良主張「再發現」作者意圖只是閱讀或解詩的起點，這並非批評的全部，日內瓦學派（The Geneva School）的布萊（Georges Poulet）即認爲讀者在閱讀作品時便是那位作者在他身上思考自己與閱讀自己，「實際上，任何文學作品都浸透了作者的精神。在讓我們閱讀的時候，他就在我們身上喚醒一種與之所想或所感相類似的東西」【96】，但是布萊說這不是閱讀的終端，批評家還要借助語言，也就是要「再次體現已由作者的語言加以體現的那個感性世界」【97】，一言以蔽之，「作家以形成他自己的我思爲開端，批評家則在另一個人的我思中找到他的出發點」【98】。而張漢良說「再發現」作者意圖之後，接著強調讀者要與作者做意識的溝通，與布萊的閱讀現象學說法並沒違背，他只是略去意識溝通的過程要透過文本這一端，也和游喚主張「所謂互爲主體性的閱讀係作者、讀者與文本三者的交融」【99】的說法沒有太大的差異。

縱然如此，張漢良早期的實際批評仍以英美新批評爲他最重要也最具代表性的批評手法，只有當他嘗試理論性批評時始走出新批評的領地（如文類研究）；而且即使避開新批評的批評手法，他仍習慣對文本在形式上做內緣性的分析（internal analysis），而極少從事文本的外部研究（external study），類如上述那種主觀性的批評可謂少之又少。爰是，將張漢良定位爲「客觀批評家」（objective critic）諒亦不爲過。

【95】游喚，〈《現代詩導讀》導讀些什麼〉，頁九十三。
【96】Georges Poulet著，郭宏安譯，《批評意識》（南昌：百花洲文藝，一九九三年），頁二六〇。
【97】同上註，頁二六四。
【98】同上註，頁二八〇。
【99】游喚，〈《現代詩導讀》導讀些什麼〉，頁九十三。

第九章 簡政珍的現象學詩學

第一節 前言

是詩人更是詩論家的簡政珍，除了一再出版詩集外，也勤於筆耕詩論與詩評，迄今關於詩學論述的專書就有《語言與文學空間》（一九八九）、《詩的瞬間狂喜》（一九九一）、《詩心與詩學》（一九九九）、《放逐詩學》（二〇〇三）、《台灣現代詩美學》（二〇〇四）等，其中《詩心與詩學》是《詩的瞬間狂喜》的擴充性再版[1]，而《放逐詩學》一書則只有五分之二篇幅探討詩作[2]；此外，他另有一本英文專著《語言與閱讀經驗》（*Language and the Reading Experience*）（一九八八）[3]，但該書其實是《語言與文學空間》一書的前身，加上後來他爲「經典解碼：文學作品讀法系列」（文建會出版）所寫的導讀性文論《讀者反應閱讀法》一書，所以嚴格說來，簡政珍共有五本關於現代詩的詩學論著[4]。

[1] 前書較後書增加了〈詩的生命感〉、〈詩的哲學內涵〉、〈《創世紀詩刊》八、九〇年代詩風的轉變〉、〈八〇年代詩美學——詩和現實的辯證〉、〈詩的當代性省思〉五文，但將一篇簡政珍和林亨泰、林燿德的三方會談紀錄刪掉。

[2] 本書除了緒論之外，共討論了余光中、葉維廉、白先勇、張系國與陳若曦五位作家的放逐文學，後三位針對的是渠等小說作品的探討。本書係自作者奧斯汀德州大學的博士論文改寫而來。

[3] 除《語言與閱讀經驗》外，他還有一本研究小說的英文論著《空白中的讀者——吳爾芙〈燈塔行〉研究》（*The Reader in the Blanks: A Study of Virginia Woolf's "To the Lighthouse"*）（一九八五）。

[4] 此外，簡政珍尚有其他論著，包括《電影閱讀美學》（一九九三）、《音樂的美學風景》（二〇〇四）等書。

在《讀者反應閱讀法》一書中，簡政珍簡介了現象學的基本觀念，其中包括胡塞爾（Edmund Husserl）、海德格（Martin Heidegger）、梅盧龐帝（Maurice Merleau-Ponty）、迦德瑪（Hans-George Gadamer）等人的說法（雖然都只一筆帶過），並主要集中介紹兩位現象學家布萊（Georges Poulet）與以哲（Wolfgang Iser），以及費希（Stanley Fish）這位讀者反應批評家[5]，這些理論家的思想主張可說是簡政珍詩學的主要來源——尤其是布萊與以哲，後出的這一本書具體而微地顯現了簡氏文論的一貫主張，不啻是簡政珍詩學的一項宣示，也可視之爲他所擺出的一種「現象學姿態」。

然而，爲何是「現象學詩學」呢？其實，就西方文論界而言，現象學（phenomenology）一詞往往和接受理論（reception theory）、讀者反應理論（reader-response criticism）混用，雖然英美學者傾向用讀者反應理論，而歐陸學界比較喜歡用接受理論（或接受美學）與現象學。以英美學界的角度來看，他們使用的讀者反應理論指涉範圍較爲廣泛，比如在他們出版的文論導讀專書或教科書中，讀者反應理論一章常將現象學和接受理論納入討論[6]，其中現象學的代表有胡塞爾、海德格和布萊——特別是被視爲意識批評家（critics of consciousness）代言人的後者，接受美學則有堯斯（Hans Robert Jauss）等人，而費希是讀者反應理論的美國文論家，至於以哲有時被視爲現象學文論家，有時卻是接受美學家。就簡政珍詩學的源頭來看，以哲可謂爲他最主要的「理論導師」，而布萊對他的影響也不小，加上偶爾援用的海德格語言說，在此將之定位於「現象學詩學」，乃是可被「接受」的說法；雖然在上書《讀者反應閱讀法》中提及的費希，被簡政珍視爲具解構傾向的讀者反應批評家，惟其著名的感應文體學

[5] 簡政珍，《讀者反應閱讀法》（臺北：行政院文化建設委員會，二〇一〇），頁二十七—四十六。本文這些外國理論家的中文譯名採用簡政珍的譯法。

[6] 可參閱Raman Selden, Peter Widdowson, and Peter Brooker, *A Reader Guide to Contemporary Literary Theory*(London and New York: Routledge, 2005).

（affective stylistics）[7]並未眞正被他運用，因此本文未按照前書將其詩學稱爲「讀者反應詩學」。

簡政珍的現象學詩學可以分別從其詩論與詩評觀之。就其詩論而言，他大部分的論述包括他早期的《語言與文學空間》與《詩的瞬間狂喜》（或較晚重版的《詩心與詩學》）以及近期的《台灣現代詩美學》，都是有關新詩的理論主張，其中前兩書的文字帶有隨筆的韻味，而後書的論述則較具系統性，是典型的學術論文，引述的諸家理論洋洋灑灑，已不限於現象學與接受美學了。就其詩評來看，他極少針對單一詩人的作品加以評論，除了在他與林燿德主編的《台灣新世代詩人大系》（一九九〇）一書曾對蘇紹連等八位詩人分別做過短評外，收入他專書中被評論的詩人也只得朱湘、洛夫、余光中與葉維廉等人；然而，這並不表示簡政珍只鍾情於詩論，事實上，他的詩評都融合於詩論中，在演繹其詩學觀點並提出他極具個人風格的主張時，往往都能從分析詩人的作品中加以立論，尤其在他《台灣現代詩美學》一書中品評月旦之臺灣現代詩人及其作品多至不可勝數[8]，而在《讀者反應閱讀法》裡也對葉慈（William Butler Yeats）、汪啟疆等五位中外詩人作品做了現象學的閱讀[9]。

有鑑於此，本章底下擬從簡政珍上述諸書中，考察他的詩論與詩評，進一步探討他的現象學觀點，以及如何將此詩觀落實在詩作的實際批評（practical criticism）上，同時也檢視其詩學理論內在所遭遇的難題。

---

[7] Stanley Fish, “Literature in the Reader: Affective Stylistics,” in *Reader-Response Criticism*, ed. Jane P. Tompkins (Baltimore and London: The John Hopkins University, 1980), 70-100.

[8] 簡政珍自云，該書的立論主要「回歸詩作本身」，為了尋找詩例，他大約閱讀了一千本詩集。參見氏著，《台灣現代詩美學》（臺北：揚智，二〇〇四），頁VI。

[9] 這五位詩人作品如下：葉慈〈不是第一個特洛伊城〉、萊特（James Wright）〈躺在吊床上〉、梅瑞迪斯（George Meredith）〈在我們過去船難的日子裡〉、羅斯克（Theodore Rotheke）〈爸爸的華爾滋〉、汪啟疆〈在台北等一句話〉。

第二節　理論的懸置

現象學係從胡塞爾的學說發展而來，然則什麼是現象學呢？雖然後繼者之一的梅盧龐帝說，此一問題的確沒有充分的答案【10】，但回到胡塞爾自己的說法，現象學是從分析人的意識（consciousness）開始，現象學要求我們對現象直接地「看」，即不抱任何偏見的看，而這種看就是現象學的一種直觀（intuition）【11】，這種直觀「獨立於一切事實認識的本質認識」【12】，它可說是前邏輯的，「在直觀中原初地給予我們的東西，只應按如其被給予的那樣，而且也只在它在此被給予的限度內被理解」【13】。有鑑於此，胡塞爾提出現象學的「還原」（reduction）以把握這種直觀。現象學的還原即是懸置（epoche），而懸置乃是將「整個自然世界都置入括號中」（parenthesizing），置入括號（或加括號）（bracketing）其實就是排除活動（exclude），這是一種「判斷的中止」——並不是在對對象做精確與充分的分析，而此一中止的判斷胡氏則稱之爲「被加括號的判斷」【14】，即存而不論。被加括號的判斷排除了理論，排除了所有的經驗科學與精神科學，以及「關於文化構成物本身的這一類科學」與「相應於這些對象的本質科學」【15】；而經過這一現象學還原之後，餘留下來的便是具先驗性質的純粹意識，也就是純粹自我【16】。

【10】Maurice Merleau-Ponty, "What Is Phenomenology?" in *The Essential Writings of Merleau-Ponty*, ed. Alden Fisher(New York: Harcourt, 1969), 27.

【11】胡塞爾認為，直觀可以是經驗的直觀與非經驗的，也就是想像的直觀。參見Edmund Husserl著，李幼蒸譯，《純粹現象學通論》（北京：商務印書館，一九九二），頁十三。

【12】同上註，頁五十三。

【13】同上註，頁八十四。

【14】同上註，頁九十六—九十七。

【15】同上註，頁一五六—一五七。

【16】同上註，頁一五一。

簡政珍在《讀者反應閱讀法》裡也提到現象學的直觀（他稱爲直覺）與懸置。依他所言，我們透過直觀，「意識可以進入對世界原始的觀照，而不經由日常邏輯以及慣常經驗的中介」，惟直觀的洞察力「並非來自天生，而是需要透過『懸置』，並且將積習蒙塵的經驗去除『還原』（reduction）才能達成」【17】。基於現象學懸置（還原）的立場，簡政珍念茲在茲的始終秉持著一個信念，亦即（文學）理論本身不足恃。他在《詩的瞬間狂喜》一書開宗明義即引述宋太格（Susan Songtag）的「反對詮釋」（against interpretation）之說，認爲宋太格反對在詮釋作品時套入諸如佛洛伊德和馬克思的理論，而「忘了文學裡感覺的世界」【18】，宋氏在《反對詮釋》（*Against Interpretation and Other Essays*）提倡閱讀文本的感受力，如其所言：「要確立批評家的任務，必須根據我們自身的感覺、我們自身的感知力（而不是另一個時代的感覺和感知力）的狀況」【19】，這種說法其實就是現象學的立場。

依照胡塞爾上述的主張，現象學在閱讀文本時，應將理論懸置，所以簡政珍便認爲詮釋文本不是在套用理論，在《語言與文學空間》中即言，讀者（或批評家）若要將外在的理論觀點或知識援引入他的內在意識，那麼理論只能被他思維，或者拿來對話，「一旦理論被視爲既定參考的框架，它將殺死讀者和自己。如此的理論是獨裁者（dictator），而批評家也只是聽從理論的授命。」還說：「假如閱讀不是運用理論而是展現見解，閱讀或詮釋就不能強把作品擠進理論的框架。理論播散而衍生見解……閱讀時，理論不再存在，而以見解作爲殘存的痕跡……閱讀時在讀者意識中運作的是見解，而非理論。」事實上，讀者或批評家在閱讀時，「見解和理論的爭戰並不存在，所有肅清且沉澱於意識的，早已是見解的戰利品。理論獻出其疆土給見解而隱退。」【20】

【17】簡政珍，《讀者反應閱讀法》，頁三十二—三十三。
【18】簡政珍，《詩的瞬間狂喜》（臺北：時報，一九九一），頁十一。
【19】Susan Songtag著，程巍譯，《反對詮釋》（上海：上海譯文，二〇〇三），頁十六。
【20】簡政珍，《語言與文學空間》（臺北：漢光，一九八九），頁一六八—一六九。

然則這見解如何而得？上述說簡政珍反對套用理論，因爲他認爲「套用理論的人以機械性的反應取代對語言文字的感覺」【21】，而答案就在此：我們讀詩（即詮釋文本）不在用理論讀而是要去「感受」，蓋因「詮釋要基於有感的閱讀才有意義」【22】；而且所謂的感受一首詩，就是透過感覺去和文本裡的生命接觸，如此才會生發出見解。若只是會運用理論去讀文本，這充其量只是二流的能力。偏偏臺灣的批評家多的是這種二流人才，他們在運用理論詮釋文本時往往套用文學術語。在〈詩是感覺的智慧〉一文，簡政珍如此批評道：

> 詮釋也不是套用術語。術語暗示一種意識形態或一種成規，把作品歸諸於意識形態或成規，也是把成品套入框架，術語也很容易變成「批評家」為作品所貼的標籤。當新批評的思想家關注一些文學的現象，如反諷、弔詭、字質、語調等，這些現象變成二流批評家口中的術語。詮釋一首詩，無法逼視詩所散發的生命感，但輕描淡寫地將其歸諸於反諷或隱喻。詮釋變成各種名詞的展示，而不細細品嚐在顯現這些反諷現象時詩所撞及的人生。如此的批評家很少為一首詩而動容，而只是機械性地將其歸類成為一種技巧【23】。

誠如阿布拉姆斯（M. H. Abrams）和哈放（Geoffrey Galt Harpham）二氏所指出的，現象學或更廣一點的讀者反應批評，通常都從拒絕美國新批評（new criticism）的訴求開始，因爲新批評視文學作品爲一自足的客體（a self-sufficient object），而分析其意義則無需參照外部讀者的反應，若是從讀者的感應來解讀作品，便犯了新批評

【21】簡政珍，《詩的瞬間狂喜》，頁十。
【22】同上註，頁十四。
【23】同上註，頁十一－十二。

所說的感應謬誤（affective fallacy）【24】，想當然耳，現象學家或讀者反應批評家對新批評必然深惡痛絕。簡政珍亦無例外，在《讀者反應閱讀法》介紹讀者反應批評之前，即先予指斥新批評於立論上的不足之處【25】。由於諸如新批評這些文學理論或批評學派各自創造很多專門的術語（如簡氏上所舉的新批評術語：反諷、弔詭、字質……），而簡政珍又排斥使用術語，以致他對詩作的解讀或「分析」，儘量不用或少用理論術語，如同他所說的：「詩是人心靈體驗的結晶，感受一首詩即感受詩中人的經驗，詮釋是基於有感的閱讀，而非詞彙或術語的延用。」所以「詮釋詩是說出詩如何藉由文字或意象撞及人的心坎，讓讀者在文字中看到視覺意象，看到這個意象所暗指的人生。」【26】

在此，不妨看看他如何不以理論術語來解讀詩作。在〈洛夫作品的意象世界〉一文中，他舉洛夫這些詩句：「光在中央，蝙蝠將路燈吃了一層又一層」（〈石室之死亡·五〉）、「城市中我看到春天穿得很單薄」（〈石室之死亡·十八〉）、「把這條河岸踏成月色時」（《魔歌》〈白色之釀〉）、「風摺疊著湖水／時間摺疊著臉」（《時間之傷》〈童話〉）……認爲：「這些意象基本上是使物賦予人的思維或活動，使現有既定熟悉的世界調整爲不熟悉而顯現新鮮感的經驗。進一步觀察，如此倒錯的世界反而更逼近心眼中的事實。」【27】顯而易見，在此他排除不用修辭學理論與俄國形式主義（formalism）的術語，若是使用後兩者的術語，只消「擬人化」（personification）與「陌生化」（defamiliarization）二詞就可一語道破。再如他分析羅斯克（Theodore Rotheke）的〈爸爸的華爾滋〉，該詩第四節第一行有beat time一詞，他認爲該詞英文原文是「打拍子」，「但讀者似乎看出這個詞語最原始的義涵：『打敗時光』」【28】，刻意不用雙關語（pun）此一術語予以解讀。諸如此類例子委實不

【24】M. H. Abrams, and Geoffrey Galt Harpham, *A Glossary of Literary Terms* (Boston: Wadsworth Cengage Learning, 2009), 300.

【25】簡政珍，《讀者反應閱讀法》，頁二十五－二十六。

【26】簡政珍，《詩的瞬間狂喜》，頁七十。

【27】簡政珍，《詩心與詩學》（臺北：書林，一九九九），頁二九〇－二九一。

【28】簡政珍，《讀者反應閱讀法》，頁二五九。

少，乃至到《台灣現代詩美學》一書所援引的理論大幅增加之際，對他所舉分析的詩作仍小心翼翼，儘量不碰理論術語[29]。

然而於茲可以討論的是，理論果眞能夠完全剔除盡淨，一如簡政珍所一再強調的？就拿海德格解讀賀德齡（Friedrich Hoelderlin）、特拉克爾（Georg Trakl）、里爾克（Rainer Maria Rilke）等人的詩作來看，海氏的確在評論文中不用他人的理論術語，偏偏他的「論」文裡拈出的術語多至不可勝數，「存有」（Sein）一詞就不消說了，光是在〈詩人何爲？〉一文中就出現不少諸如：深淵（Aabgrund）、不在場（Abwesen）、天穹（Ather）、冒險（Wagen）、敞開者（das offene）、允許進入（Einlassen）[30]……海氏雖然沒有挪用他人的術語，使用的卻都是自己「發明」的術語。可簡政珍畢竟不是海德格。

儘管簡政珍極力懸置理論，不用術語，他的純粹意識裡仍難以廓清「理論的毒素」。比如，海德格解詩不談意象（image）[31]，但簡政珍從早期隨筆似的詩論開始，「意象」似和他一直形影不離。此外，他還時不時援引海德格的說法[32]，而海德格現象學存有論本身便是一種理論；尤其是在批評文本時，使用的更多的是以哲的「空隙」（blank）說。在分析文本時，他也談多義性（ambiguity）、隱喻（metaphor）和換喻（metonymy），雖然不用新批評的象徵（symbol）、悖論（paradox）、張力（tension）和語境（context）等術語（其實是換一種說法）。到了晚近的《台灣現代詩美學》援引的諸家理論更爲豐富——光是書末所附的理論書目，就讓人嘆爲觀止，雖然在他

[29] 有些時候，譬如他提到諸如「明喻」（如、像、似乎、好像、儼若）與「暗喻」此種修辭學與新批評術語，也都將之改頭換面解讀成現象學式的東西，認為它們都是一種「意識投射，捕捉周遭的世界」。見簡政珍，《語言與文學空間》，頁六十九。

[30] Martin Heidegger, *Poetry, Language, Thought*. Trans. Albert Hofstadter(New York: Harper & Row, 1975), 91-142.

[31] 海德格解詩，所舉的詩作，主要是為了要符合他自己的現象學存有論，正因如此，有些詩未必是佳作，例如在〈詩人何為？〉一文中所舉賀德齡〈麵包和酒〉（"Brod und Wein"）一詩，就稱不上是一首好詩。Ibid., 95.

[32] 比如在〈閱讀和詮釋〉一文即引述海氏「語言是存在的屋宇」名言。參見簡政珍，《詩的瞬間狂喜》，頁一四九。

下筆解讀詩作時仍謹慎地盡量不使用術語。

最明顯的引用現象學理論的例子，莫過於在〈余光中：放逐的現象世界〉一文中援引梅盧龐帝《知覺現象學》的「凝視說」。簡政珍認爲凝視是意識投射的反映，在余光中詩中出現的諸如鷓鴣的叫聲（〈圓通寺〉）等外在現象，進入他凝視的目光裡，喚起他思鄉的情緒；而梅氏則「將凝視的舉止視爲對被渴望對象的激發行爲」，誠如梅氏所言：「當眼睛朝向物體移動注目時，眼睛正朝向現實逼近。」【33】但簡政珍以爲，對余光中（也包括屈原或其他任何放逐者）來說，凝視只是詩人意圖的單方向投射，並「不能促成主客交感」【34】。或許正因爲簡政珍對於現象學理論的鍾愛，使他在獨沽一味之餘，將其他理論視而未見，換言之，被其所懸置的理論是不包括現象學的。

事實上，主張理論的懸置，讀者或批評家以自我之純粹意識解讀文本，此一解讀文本的進路本身的出發點就是一種理論，只是其理論係以後設（meta-）的立場發出——即便在其實際批評時不用任何理論觀點或術語；對於文學批評來說，相對於其他理論，現象學或接受美學以及讀者反應理論，乃是一種後設理論或元理論（meta-theory）。何況任何人都不可能只是一張白紙，在閱讀文本之前，如同迦德瑪所言，或多或少都會有其前見（fore-sight），專業的批評家較諸一般讀者更具理論素養或文學專業知識，要將這些前見完全掏空勢有所不能——這也可以說明爲何簡政珍無法徹底「放空」他的理論前見。就迦德瑪來看，這些前見亦即偏見（prejudice），而我們對於文本的理解，過往偏見所形成的視域（horizon）無法被排除，我們的閱讀與理解並非以現在單向的偏見去接近和破譯文本，如迦德瑪所言：「如果沒有過去，現在視域就根本不能形成。」【35】所以理解是一種與歷史（傳統）

【33】簡政珍，《放逐詩學——台灣放逐文學初探》（臺北：聯合文學，二〇〇三），頁五十六—五十七。在該文中直接引述的梅氏文字更長。梅氏原文參見Maurice Merleau-Ponty, *Phenomenology of Perception*. trans. Peter D. Hertz(San Francisco: Harper& Row, 1971), 279.

【34】簡政珍，《放逐詩學——台灣放逐文學初探》，頁五十七。

【35】Hans-George Gadamer著，洪漢鼎譯，《真理與方法——哲學詮釋學的基本特徵》（臺北：時報，一九九三），頁四〇〇。

視域融合的過程[36]，是一種現在與過去、個人現在的眼光與傳統的交流過程[37]。簡政珍在《讀者反應閱讀法》一書裡雖然也簡短介紹了迦德瑪的「詮釋循環」（hermeneutical circle）說，可惜對他的「視域融合」（the fusing of horizons）論卻未置一詞，顯然並未接受迦德瑪此一說法。

第三節　意識批評

胡塞爾的現象學批評，如上所述，是從分析人的意識開始，而此意識本身是一種意向的（intentional）行爲，而所謂的意向是指意識總是朝向某一客體（object），永遠向客體投射的意識本身乃是川流不息的活動，用胡塞爾的話說，即是一種體驗流，他指出：「我們把意向性理解做一個體驗的特性，即『作爲對某物的意識』。」[38]然而，這意向性的活動不是單方面的，也就是意識是主體和客體雙方的交流，主體將其意識投向客體，客體同時也呈顯其意識。將此一現象學觀點運用到文學作品分析的首先是殷加敦（Roman Ingarden），繼而則是以布萊爲首的意識批評家（critics of consciousness）（或稱日內瓦學派）。簡政珍的詩論及詩評，顯而易見，脫胎自意識批評者甚多。

但是意識批評則與傳統的傳記式批評有所不同。布萊從意識的觀點對「文學文本的傳記性闡釋」提出質疑，傳記式批評認爲一本書不僅是一本書，它是作者透過它保存其思想、感受、夢幻與生活方式的手段，所以讀者在讀波特萊爾（Charles Pierre Baudelaire）或拉辛（Jean Racine）的書時，就是在讀眞正的波特萊爾或拉辛本人，以及他

[36] Robert C. Holub, *Reception Theory: A Critical Introduction*(London and New York: Methuen, 1984), 42.

[37] 其實海德格並未排斥前見。他認為此在（Dasein）的理解活動亦為它的前理解所制約和決定。參見朱立元，《接受美學》（上海：上海人民，一九八九），頁三六七。

[38] Edmund Husserl著，李幼蒸譯，頁二一〇。

們的思想或感受。布萊則認爲，這種批評與解讀在某種程度上是虛假和令人誤解的：儘管「作者的作品和他生活的經歷之間有一種類似，但不是他的生活的全部翻譯」；布萊強調：「大量的傳記、書目提要、文本的和一般批評的訊息對我們理解作品是有益的，然而，這種知識同作品的內在知識並不一致。不論我獲得有關波特萊爾或拉辛的訊息量有多少，不論我對他們的天賦熟悉到什麼程度……對我來說都不足以闡明現在我津津有味地讀著波特萊爾或拉辛的具體作品。」又說：「作品在讀者之中創造了一個詞語之網，詞語的疆界就是讀者的疆界，讀者之我只能存在於這個作品之中。」[39]

簡政珍承襲布萊此種反傳記式批評觀點，不僅反對來自文本外部搜尋作者生平資料的讀解方式，而且甚至認爲，若「只在作品裡追究作者的創作意圖仍然有問題」[40]，在《語言與文學空間》中即指出：「作者的意圖不是作品的意義。誤把意圖當作意義是基於一種錯誤的假設：動機相當於成品，語言只是傳達訊息的工具，訊息在傳達中永遠一成不變。研究作品時，有關作者生平背景和創作動機的探討大都基於這種假設。」[41]簡政珍爲何要特別強調作者的意圖/動機不等於作品的意義？蓋因現象學並非將作品視爲純粹無意識的客體，作品會向讀者或批評家散發意識——這意識也是來自後者的意識意向性；此時若強調作者的意圖（intention），便很容易和作品意識相混淆，畢竟「任何文學作品都浸透了作者的精神」[42]。布萊即說：「存在於作品中的、閱讀顯露給我的那個主體不是作者，從他的內部和外部經驗的模糊性總體上說不是，甚至從他的全部作品的更具一致性的總和來說也不是。」[43]所

[39] 轉引自蔣濟永，《現象學美學閱讀理論》（桂林：廣西師範大學，二〇〇一），頁一五一。
[40] 簡政珍，《詩的瞬間狂喜》，頁一二一—一二二。
[41] 簡政珍，《語言與文學空間》，頁三十六。
[42] Georges Poulet著，郭宏安譯，《批評意識》（南昌：百花洲文藝，一九九三），頁二六〇。另外，簡政珍也強調，現象學針對作品中的意識，不一定指作者的意圖。作品裡的意識有隱藏作者的意識、敘述者的意識、角色的意識等。參見簡政珍，《詩的瞬間狂喜》，頁一二四。
[43] Georges Poulet著，郭宏安譯，《批評意識》（南昌：百花洲文藝，一九九三），頁二六一。

以作者意圖並非作品的意義。

胡塞爾在《純粹現象學通論》中指出，每一種意向的體驗具有其「意向性客體」，亦即其對象的意義；換言之，有意義或「在意義中有」某種東西，是一切意識的基本特性，「因此意識不只是一般體驗，而不如說是有意義的『體驗』，『意向作用的』體驗」【44】，又說：「意向的體驗具有這樣的特性，即在一適當的目光朝向中，可從中引出意義來」，並且此一爲吾人規定意義的這一情境不可能始終隱而不顯【45】。顯而易見，作品的意義係來自讀者（或批評家）具有意向作用的體驗，與作者個人的意圖及其生活經歷無關；而布萊乃據此認爲，最重要的是讀者自身的體驗。然則讀者如何在作品裡體驗呢？

布萊認爲，當我在閱讀作品時，落在眼前的不是像花瓶、雕像、桌子之類的那外在物體，而是那「精神之物」，此則有賴於我的意識；「它不僅使我周圍的有形物消失殆盡，其中包括我正在閱讀的書，而且還用大量與我的意識密切相關的精神的物取代了這種外在的客觀性」。在這種狀態下，我在思考著我所陌生的一種思想的另一個我，此時「我的意識像一個非我的意識那樣行事」，亦即「當我在閱讀的時候我在心裡默念著我，然而我默念著這個我卻不是我本人」【46】，這另一個我甚至取代了本來的我，而只要閱讀在繼續，它就要一直取代我，所以「閱讀恰恰是讓出位置的方式」【47】，而作品乃在我身上體驗自己、思考自己、申明自己。雖然如此，這個閱讀的我並非全部拱手稱臣，布萊說：

【44】Edmund Husserl著，李幼蒸譯，頁二二七。

【45】同上註，頁二二八。

【46】Georges Poulet著，郭宏安譯，頁二五七—二五八。

【47】同上註，頁二五九。

作品在我的身上思考著自己，這是什麼意思？是在我全部喪失意識的過程中，另一個思想著的主體佔據了我，利用這種消失來思考自己，而我反倒不能思考它嗎？顯然不是。我的意識被他人（作品形成的他人）佔據並不意味著我的意識的某種全部喪失。相反，一切都彷佛是從我被閱讀「控制」那個時刻起，我就和我努力加以界定的那個人共用我的意識，那個人是隱藏在作品深處的有意識的主體。它和我，我們開始有一個相比毗鄰的意識[48]。

此所以布萊在《批評意識》一書開宗明義即言：「閱讀行爲（這是一切眞正的批評思維的歸宿）意味著兩個意識的重合，即讀者的意識和作者的意識的重合。」[49]而此一意識批評的說法，則爲簡政珍徹底吸收。在〈閱讀和寫作〉一文中簡政珍這樣主張：「經驗一部作品，即從個人的習慣和先入爲主的觀念中解脫，求得瞬間的自我騰空，以容納文字中的意識。閱讀使讀者周圍的場景改變，書和書架消失，周遭的聲音和喧囂歸之於沉寂。讀者走入另一個時空，隨著作品中的意識的感受浮沉。」[50]讀者的自我在此時和作者的自我因作品（創作）而結合在一起，讀者便經歷類似作者的經驗，但「這並不是說閱讀需要尋跡作者的創作意圖，它只是共享一種創作意識」[51]。

對於布萊之說照單全收的簡政珍還認爲，在閱讀過程中的我的定位「由讀者轉移到作品中的意識，進而以作品中的意識爲意識而達到意識交流。讀者這時在默默中享受意識交流或意識融通的樂趣」，其體驗則如他所說：

【48】同上註，頁二六二。
【49】同上註，頁三。
【50】簡政珍，《語言與文學空間》，頁一六二。
【51】同上註，頁一七二。

當作品透過文字來展現其意識中的世界時，讀者若受感而幾近一種「出位之思」的狀況時，讀者的「我」會暫時去除本身既有的先入為主的意識狀況。文字中的意識向自己瀰漫過來，語言款款而流，讀者暫時忘掉閱讀空間的景象，書桌、書架隱退，周遭的聲響喑啞，讀者被導入文字中意識活動的時間，隨著其中的意識喜悅悲傷【52】。

顯然，簡政珍上述之說和布萊可謂如出一轍，他認爲這種閱讀（或詮釋、批評）便是一種「有感的閱讀」【53】，而這和布萊分析法國當代意識批評家時提到的，要利用批評意識唯一的媒介也就是感覺來接近其對象的說法亦不謀而合【54】。然而，這「有感的」意識批評到底如何閱讀？茲舉簡政珍的二個意識批評的例子予以檢視。

一是在《放逐詩學》中談到葉維廉《愁渡》中的〈夏之顯現〉一詩，詩人在詩裡顯現的是和思鄉對峙的「漫無希望的漂泊」，詩中的放逐者陷於「無路可走的夏日中」，簡政珍如此詮釋：

「太陽如鐵如悲劇重重壓著我」，夏天的烈陽更能烘托放逐的悲劇，陽光炙熱如鐵，生活布滿放逐的烙記。這時詩中人想到「歸家的鑰匙在匙孔裡搖響」，但想像的歸鄉使現實漂泊的處境更難於應對。接著，「火車竄過隧道／說我浪漫，說我患了無可救藥的懷鄉病」。思鄉是一種無可救藥的浪漫，因為放逐者根本不可能「歸」。火車的聲音變成一種漫不經心的揶揄。火車發出如此的「議論」又是主客易位，來自於主體對客體的意識投射【55】。

【52】簡政珍，《詩的瞬間狂喜》，頁一五〇—一五一。
【53】同上註，頁十四，一四九。
【54】Georges Poulet著，郭宏安譯，頁二六二。
【55】簡政珍，《放逐詩學——台灣放逐文學初探》，頁九十五。

再看《詩的瞬間狂喜》中提及洛夫《時間之傷》的〈三張犁靶場〉一詩，詩的第一節寫道：「正想寫一首戰爭的詩／三張犁靶場的回聲／一一落在我的稿紙上／沒有下酒菜的時候／子彈噼哩拍拉給我炒了／一碟子青豆」，簡政珍認爲此節的回聲和稿紙在意識的觀照裡，由並置產生富於巧思的語意，聲音沒入稿紙，事實上是詩中人的意識對人生的迴響，因爲他正在寫一首戰爭的詩，「由聲音轉成形象是意識的統籌，在瞬間的詩興取代常理的思考」[56]。

從上述簡政珍的意識批評可以發現，以意識（讀者／批評家）讀意識（作品／作者），若將理論術語抽掉，其詮釋很可能形成新批評所指摘的一種散文的譯寫，也就是犯了意述誤說（heresy of paraphrase）——亦即詩的內容由散文來加以轉述。而且按簡政珍自己的主張，讀者在閱讀時不會特別注意詩中的技巧，雖然在詮釋時技巧的討論難以避免，但「若是詮釋是基於有感的閱讀，基本上所詮釋的對象技巧上就是有相當的完整性。」[57]於是上述他在詮釋洛夫的〈三張犁靶場〉時，就可以兵不血刃地說洛夫是用了並置手法以產生巧妙的語意，蓋因此時提到技巧難以避免。在此，我們似乎無法批評他走私「並置」一詞，因爲此前他還說：「這時所討論的技巧也是有感而發，而不是純爲談論技巧而分析」[58]；儘管如此，我們仍然不得不問：爲何只要有感地詮釋作品，作品本身就自動具有相當完整的技巧？難道所謂有感的詮釋事先只會挑選有好技巧的作品？抑或是不論作品如何，只要有感地閱讀自然會出現完整的技巧？

其實，簡政珍所謂有感的意識批評，在詮釋過程裡或多或少都會塞進若干「意識」用語，上兩例便都用到「意識」兩字（其他例子也不少），似乎在意識批評中不用「意識」概念，會讓他人難以覺察他是在做有感閱讀／詮

---

[56] 簡政珍，《詩的瞬間狂喜》，頁六十一－六十二。
[57] 同上註，頁一五四。
[58] 同上註。

釋；更甚者，「意識」本身也是標準的理論（現象學）術語，難道簡政珍本人未曾察覺他刻意在使用這種現象學術語（以及理論）以解讀文本？

第四節　空隙美學

除了上述的意識批評，簡政珍往往以其「空隙美學」（the blank aesthetics）從事文本的實際批評。在英文書《空白中的讀者——吳爾芙〈燈塔行〉研究》（*The Reader in the Blanks: A Study of Virginia Woolf's To the Lighthouse*）開頭的〈致謝辭〉，簡政珍即表示其研究受惠於以哲甚多，尤其得益於他的「空白」或「空隙」（the blanks）說[59]，並在第一章一開始即引介以哲的理論——主要是以哲的《閱讀行爲——審美反應理論》（*The Act of Reading: A Theory of Aesthetic Response*）一書的主張。以哲對於文本的現象學式閱讀，可以說係奠定在他的空隙理論。

在引介以哲的空白說之前，簡政珍先介紹了以哲的隱藏讀者（the implied reader）說法，因爲它和「空白」兩者在以哲的理論中是成對出現的概念[60]。誰是隱藏讀者？簡政珍引述以哲的話說：「如果我們要了解文學作品所引發的效應，就必須允許讀者的在場（presence），而不能以任何方式預先規定他的個性或他的歷史情境」[61]，這就是說，隱藏讀者不同於任何眞實的讀者（a real reader），他不存在於經驗的外在現實中，而是立足於文本本身

【59】該書主要研究的是吳爾芙著名的意識流小說《燈塔行》，簡氏以以哲之說探討小說文本裡的空白。See Cheng-chen Chien, *The Reader in the Blanks: A Study of Virginia Woolf's To the Lighthouse*(Taipei: Bookman Books, 1985) , 9.

【60】Ibid., 17.

【61】Wolfgang Iser, *The Act of Reading: A Theory of Aesthetic Response*(Baltimore and London: The Johns Hopkins UP, 1978), 34.

裡，在此，簡政珍直接引述以哲該書的說法：

> 隱藏讀者的概念因而是一種文本的結構，它預期接受者的出現，而不必要對他加以限定：這一概念預先構造（prestructure）了每一位接受者所要承當的角色，甚至當文本有意顯示出忽視其可能的接受者或主動排斥他的時候，這一點一樣有效。因此，隱藏讀者這一概念表明了一種反應邀請結構的網絡（a network of response-inviting structures），此一網絡迫使讀者去領會文本[62]。

依此看來，讀者有裨益於文本的建構，他和文本產生互動以使他將意義挪爲己用，而此一意義則是不同於文本中已被穩定的意義，他有更多的空間參與其中以生發文本的意義。簡政珍說：「由於文本被視爲是開放的並預期讀者的參與，本身被差異化的閱讀行爲，就會進一步增加並複雜化文本的意義。」亦即，讀者參與文本意義的創造，將文本予以具體化（the reader concretizes a text）。然而文本也指引著讀者，讀者與文本是辯證式地互爲關係的，雖然文本的意義是由讀者給具體化，但與此同時，讀者也受到文本的引導與形塑[63]。於此，文本在讀者閱讀過程中亦發揮相當的作用，其中最重要的是文本裡的空白或空隙。

以哲認爲，作爲一種交流結構（a structure of communication）的文學文本，它總有一定程度的不確定性（indeterminacy），雖然這種不確定性較少與文本本身相關，而更多的與在閱讀過程中所建立的文本和讀者間的關係有所關連，但它卻擁有一種推動者（propellant）的功能，制約著讀者對於文本的系統表述（formulation）。以哲說：「我們所稱的空白，便是從文本的不確定性中產生出來的……空白用來表示整個文本系統的空位

【62】Cheng-chen Chien, 14-15. 簡政珍原書並未引用這段引文的最後一句。See Wolfgang Iser, 34.

【63】Cheng-chen Chien, 15-16.

（vacancy），對它的填補就會引起文本模式（textual patterns）的相互作用。」讀者閱讀時面對這種空白需要將之連結（combination），而正是空白使這種連結性運作得以進行，這些空白表明，文本各個不同的部分應當被讀者連結起來，即使文本自身並沒這樣說明[64]。空白是文本看不見的結合點（the unseen joints of the text）[65]，因爲它們把文本的圖式（schemata）和文本的視野（textual perspectives）給劃分開來；然而，當讀者把文本圖式和文本視野連結起來時，那麼空白便「消失」了[66]。

以哲的「空白」，簡政珍則往往代之以「空隙」、「留白」、「沉默」或「斷裂」，用詞雖不盡相同，其義則一也。在《詩的瞬間狂喜》中，他說：「詩的本質在其弦外之音，而不是口號……詩的興味在於其中的留白，而不是散文的言盡意盡。」[67]而留白正是由詩的「語碼所延展出來的朦朧性和未定性」[68]。到了《台灣現代詩美學》甚至明白揭櫫他的空隙美學：

> 詩學中，真正可貴的空隙，是在預料之外，邏輯之中。詩的邏輯不是日常習以為常的邏輯，但是完全悖離常理邏輯，又讓詩脫離現實與人生。詩在現實的虛實中穿梭，詩也在日常的邏輯裡拉扯。……空隙的可貴在於，跳出常理邏輯產生新鮮感的同時，又和常理邏輯隱約相扣，產生說服力[69]。

---

[64] Wolfgang Iser, 181-183.
[65] Ibid., 183. 簡政珍在《空白中的讀者——吳爾芙〈燈塔行〉研究》一書中也引述此語。See Cheng-chen Chien, 18.
[66] Wolfgang Iser, 183.
[67] 簡政珍，《詩的瞬間狂喜》，頁三十一。
[68] 同上註，頁九十五。另參見簡政珍，《讀者反應閱讀法》，頁二五九。
[69] 簡政珍，《台灣現代詩美學》，頁十九。

簡政珍認爲，空隙的美學在於讀者在有形的文字之外，要看到空白處的弦外之音；空隙有別於散文，而進入空隙則需沉靜的思維【70】。簡言之，「詩以空隙確認自身的存有。沒有空隙，也沒有詩」【71】。有鑑於此，他在品評詩作時便立基於此一觀點，例如在《讀者反應閱讀法》一書解讀：葉慈〈不是第二個特洛伊城〉、萊特（James Wright）〈躺在吊床上〉、梅瑞迪斯（George Meredith）〈在我們過去船難的日子裡〉、羅斯克（Theodore Rotheke）〈爸爸的華爾滋〉、汪啟疆〈在台北等一句話〉等五首詩時，一一發揮了他的空隙美學，從「塡補空隙」（filling the blanks）的角度分別詮釋，並予以肯定【72】；但在《台灣現代詩美學》評論隱地的詩作（如《法式裸睡》中的〈流雲〉、〈影子的糾纏〉、〈百鄉餐廳〉），便認爲他個人偏好的議論式語調把原本詩裡留存的空隙給塡滿（上三詩的結尾都加了議論性的說明），言下之意，頗有美中不足之處【73】。

基於上述的主張，簡政珍對於寫實主義或批判的寫實主義作品向來便不加青睞，蓋因這些詩作已變相淪爲傳達訊息的工具，文字的經營如同散文，缺乏留白的弦外之音【74】，他感嘆著：「這一代社會現實批判的詩浮濫，但大部分的作品乏善可陳。」有很多批判現實的詩都充斥著散文化的句子，如此一來，「詩作已淪爲一篇社會報導和控訴」【75】。詩人雖然不能讓現實將之吞滅，須「從現實抽身，而在文字的世界中審視現實」【76】，但是另一方面，沉潛在文字世界的意識卻也不能完全脫離意識狀態，變成潛意識的囈語，「也許詩作浮現詩人潛意識裡的吉光片羽，但

【70】在揭櫫空隙美學之餘，簡政珍在該書中更進一步提出不相稱的（incongruous）美學。不相稱美學可說是空隙美學的孿生說法，它們「都是在檢驗或是擴展語言意義的可能性，驅使創作者和讀者逼視既有常理和邏輯中的裂縫，而在裂縫裡發現另有乾坤。」同上註，頁二十一。

【71】同上註，頁二十一。

【72】簡政珍，《讀者反應閱讀法》，頁二三五—二六四。

【73】簡政珍，《台灣現代詩美學》，頁一一四，一三七。

【74】簡政珍，《詩的瞬間狂喜》，頁三十—三十一。同上註，頁二一四。

【75】同上註，頁二一四。

【76】同上註，頁三十七。同上註，頁一〇四。

這些都要經由意識的整合」【77】。畢竟由潛意識的自動語言所產生的空隙，如上所說，於跳出常理邏輯產生新鮮感的同時，又得和常理邏輯（事實）隱約相扣，始能產生說服力。由於秉持如是觀點，所以簡政珍亦未對超現實主義（surrealism）懷抱好感。於是在〈詩和現實〉一文中他這樣說道：「沒有現實就沒有詩人，但寫詩又要從現實中跳脫，詩因此是現實和超現實間的辯證。」【78】

從上述足證，簡政珍空隙美學的理論對他品評詩作、月旦詩人的影響有多大。誠如哈蘭（Richard Harland）指出的，由於以哲的空白說，使他特別垂青二十世紀的文學文本，因爲二十世紀以來的文本推翻了讀者一般習以爲常的東西，在此，陌生化（defamiliarisation）的作品提供傳統架構一種幻象，它會使讀者的活動產生一種新的層級，而且逡巡在此一連結與具體化的層級中（the level of connection and concretisation），讀者被促使去再思考與重新框架那些未被鋪設好的東西（諸如任何文本中詞語的意義）【79】。若從此一角度來看，簡政珍向來比較偏愛現代主義的作品可說不無道理，蓋因現代主義作品無論小說或詩相對而言都留下較多的空白，需要讀者涉入其中去重新「框架那些未被鋪設好的東西」【80】。有鑑於此，他喜愛舉現代主義的詩作以爲建構其空隙美學的例子，譬如龐德（Ezra Pound）的〈地下鐵車站〉（"In a Station of the Metro"）、康明思（e. e. Cummings）的〈哦甜蜜自然的〉（"O sweet spontaneous"）與〈正好〉（"in Just-"）、威廉士（"William Carlos Williams"）的〈紅色手推車〉（"The Red Whellbarrow"）等詩，乃因這些詩作裡都有不少留白，發出一種弦外之音、言外之意，要讀者去塡補與領會【81】。

【77】同上註，頁一〇四。

【78】同上註，頁三十七。

【79】Richard Harland, *Literary Theory from Plato to Barthes: An Introductory History*(Beijing: Foreign Language Teaching and Research Press,2005), 207.

【80】然而，簡政珍對超現實主義的詩作有所保留，因為他認為：「若完全背離邏輯，詩可能荒誕不經，淪為夢囈。」而臺灣早期某些「超現實詩」便是「邏輯全然崩潰下的產物」。參見簡政珍，《詩的瞬間狂喜》，頁六十。簡政珍，《語言與文學空間》，頁二十八—五十。

【81】簡政珍，《語言與文學空間》，頁二十八—五十。

面對文本這種留白的空隙，簡政珍在品評詩作時，有時則援用以哲「移動視點」（the wandering viewpoint）的解讀方式來「把握文本」（grasping a text）（以哲的用語）。以哲此一移動視點的閱讀，較適用在具有空白的文本身上。按以哲之說，文學作品係由句群——即句子的複合體（sentence complex）組合而成，它們彼此相互作用，在閱讀過程中，單個語句意義的指示總是意味著某種期望——胡塞爾將之稱爲「前張力」（pretensions）；然而以哲認爲，此種前後句子的相互作用與其稱爲期望的實現不如說是連續的修正，在此，存在著移動視點的一個基本結構：「讀者在文本中處於回溯力（retension）和前張力的交叉點上。每一語句關聯物（sentence correlate）都預表出一個特殊的視野，但這很快就被轉變成下一個關聯物的背景，因而它必定被修正。」[82]以哲更進一步認爲，此一閱讀的基本詮釋結構乃是，每一語句關聯物都包含著所謂中空片段（a hollow section）與回溯片段（retrospective section），前者期待著下一個關聯物，而後者則回答了前一語句（現在成爲被憶起的背景的一部分）的期望[83]。

基於此，譬如簡政珍便以以哲的移動視點來解讀葉慈的〈不是第二個特洛伊城〉。原詩第六行「**What could have made her peaceful with a mind.**」的mind（心思），在首次閱讀時可能被解爲：要用什麼樣的心思才能讓詩中人的她平和（心思是促成她改變的主體）；但詩行繼續讀下去，發現原來如此的解讀必須調整，所以再回去讀第二遍，結果原先的意思被重新解爲：心思應該指的是她的心境。顯而易見，簡政珍前後兩遍的閱讀，使得他的視點來回移動，而第二次並爲自己的第一次閱讀予以修正[84]。

---

[82] Wolfgang Iser, 110-111.

[83] Ibid. 112.

[84] 簡政珍，《讀者反應閱讀法》，頁二三九。以哲此種移動視點的閱讀方式與費希的感應文體學（affective stylistics）有些近似。但費希的文體閱讀方式更斤斤計較於類如though, yet, nor, but...這些看起來沒有意義的字彙或字句，以為句意的詮釋，較為瑣碎。參見Stanley Fish著，文楚安譯，《讀者反應批評：理論與實踐》（北京：中國社會科學，一九九八），頁一三〇—一九〇。

其實，空隙美學最適合拿來解讀現代詩，而且先天上便和寫實主義格格不入——也難怪簡政珍對寫實主義作品向來不假辭色；再者，現代詩作品幾乎都不會「完滿」，詩行和詩行之間或多或少都會留下空隙，在閱讀過程中要跨越其間隙，不僅需要讀者主動地參與，而且還要來回橫跨，本來就毋須以哲或簡政珍援用移動視點之說來解釋（費希的感應文體論亦同）。事實上，以哲或簡政珍乃至費希所做的工作，只是將此閱讀過程理論化；不同的是，以哲（以及費希）不像簡政珍那樣以理論來反對理論。

第五節　結語

準此以觀，面對詩文本時，詩評家或讀者應先將「理論懸置」——這是簡政珍現象學詩學的理論前提；然後要以「有感的閱讀」展開他的詮釋，也就是以意識批評入手，而在這樣的閱讀過程裡，則需特別注意文本中的空隙或留白——此爲簡政珍現象學詩學的實際批評。如上所述，簡政珍如此的現象學詩學主張，主要獲益於布萊和以哲，尤其是後者的理論；而其詩學理論的源頭則來自現象學的宗師胡塞爾。然而海德格呢？

簡政珍的論述與批評中，的確時不時就引用海德格的言說。譬如在《台灣現代詩美學》中談到批評家受制於「理論框架」時，便引述海氏的告誡：「詮釋根本上不應該是理論的陳述，而是一種周延的關懷行動（action of circumspective concern）」[85]，以作爲他將理論去框（即理論懸置）的依據之一。海氏這句話出自他的早期著作《存有與時間》（*Being and Time*）[86]；然而，誠如馬格廖拉（Robert R. Magliola）所指出的，該書提出的存有論乃是沉思的玄學，與沙特（Jean-Paul Sartre）的存在主義相似，而不屬於現象學的範疇[87]，在此，就無討論的必

【85】簡政珍，《台灣現代詩美學》，頁二〇八。

【86】Martin Heidegger, *Being and Time*, trans. John Macquarrie and Edward Robinson(New York: Harper & Row, 1962), 200.

【87】Robert R. Magliola, *Phenomenology and Literature*(West Lafayette, IN: Purdue UP, 1977), 63-64.

要。大體而言，簡政珍引用海德格的理論多半集中在他的《詩的瞬間狂喜》（以及《詩心與詩學》）裡，而他援引的主要是海氏晚期的語言觀，一言以蔽之，即海氏所言：「語言是存有之家」[88]。簡政珍因而說：「詩人經由語言肯定存有」[89]，「以創作銘記一度的存有」[90]。在〈閱讀和詮釋〉一文中，簡政珍曾引述海氏此言，而其目的只是要強調，文學作品並非一客觀存在的客體，因爲構成作品的語言並不只是爲我們所用，「而是語言和我們說話，語言是說話的主體」[91]。

誠如海德格所言：「語言說。我們現在在詩歌中尋找語言之說。」[92]惟此「說」並非一般的說，而是指「道說」（sagen），也即人的本眞的說。滔滔不絕地說未必即「道說」；沉默不「說」倒有可能才是「道說」。本眞的「道說」方式有二，即詩與思（Dichten und Denken）：「詩（作詩）是解蔽、揭示、創造，是賀德齡所謂的『存有之創建』；而思（運思）是聚集、歸隱、保護，是海氏所謂的『泰然處之』（Gelassenheit）和『虛懷敞開』（Offenheit）」[93]。以此觀之，簡政珍每每提及的海德格的語言說，只是簡單地強調「詩人以詩印證或昭示存有」此一觀點（也即上述「道說」之一的「詩」之方式），此外，並未再進一步加以申論（「思」之方式則未置一詞）。顯然，海德格對他的影響沒有想像中那麼深刻，而這也是本章前述未對此點加以討論的主要理由。

海德格雖然主張要以關懷行動來體驗藝術作品，並認爲「詮釋不應該是理論的陳述」，偏偏他對詩作的詮釋都

【88】Martin Heidegger著，孫周興譯，《走向語言之途》（臺北：時報，一九九三），頁一三六。
【89】簡政珍，《詩的瞬間狂喜》，頁七十三。
【90】同上註，頁二十一。
【91】同上註，頁一四九。
【92】Martin Heidegger著，孫周興譯，頁八。
【93】孫周興，〈中譯本序〉，Martin Heidegger著，孫周興譯，頁xviii-xix。

在做「理論的詮釋」——只是這理論不假他人之手，是屬於他自己創造的理論。馬格廖拉即指出，海氏常常進行創造性的詮釋，賦予詩作意象以原先沒有的價值。雖然如此，由於他在解讀文本時與之相互溶浸，隨意自如，臻至主客體合一（比如在解讀賀德齡詩作時，無法分辨何者爲賀氏所有，何者爲海氏所加），所以其批評詮釋仍然是現象學的[94]。服膺於胡塞爾與海德格師徒二氏學說的簡政珍，如上所述，他的詩論處處在抨擊理論，從事詩評時，自身卻是以現象學理論入手（《台灣現代詩美學》一書處處更都是當代文學理論）；與胡、海二氏不同的是，他們品評作品不用他人的理論，而是反身樹立自己的獨特理論，簡政珍則是以他人的現象學理論以爲文本批評的理論依據。

再者，簡政珍由於反對以理論（或主義）研究作品，連帶也對主題研究不懷好感[95]，但他所鍾情的意識批評，從某種角度言，也是另一種主題批評。提倡意識批評的日內瓦學派（the Geneva School）就常標榜自己的批評爲主題式批評（thematic criticism），誠如馬格廖拉所說的，他們「往往揭示作品的主導題旨，並根據『方法』與『內容』在技法上的劃分，對主題分門別類，雖然他們更注重非概念式的意識方式，強調具體經驗，認爲抽象的經驗模式只屬於概念方式」[96]。至於簡政珍的空隙美學在實際批評時，常常會出現「讀者如何如何」的後設性用語（尤以《讀者反應閱讀法》一書爲甚），顯係師承自以哲的批評方式，因爲以哲在品評作品時，往往站在讀者的立場提醒讀者（讀到某部分）會如何反應[97]；然而，「讀者如何如何」其實並非讀者眞正的反應，而是批評家自己的分析，

---

[94] Robert R. Magliola, 76.

[95] 反對的理由之一為「因為概念化的主題或主義會大而化之，把語言個別纖細處籠統歸列在一個既定的旗幟下。」參見簡政珍，《詩的瞬間狂喜》，頁一三五。

[96] Robert R. Magliola, 63.馬格廖拉在同書中甚至也指出，輕視語言肌質的海德格，其批評實踐乃是徹頭徹尾的主題論，而且在批評時徵引文本之外的材料如日記書信等，已成為他屢見不鮮的手法。See Robert R. Magliola, 77.

[97] 可參閱Wolfgang Iser著，廖世奇譯，〈現實主義小說的組成部分——薩克雷《名利場》的美學效果〉，收入劉小楓選編，《接受美學譯文集》（北京：三聯書店，一九八九），頁二五〇—二七六。

不無有強為解人之意，眞正的讀者會如何反應並無法預先得知。關於這一點，簡政珍當了然於胸。

總之，現象學理論博大精深，其自身獨立成派後，自胡塞爾以來各家理論雖源出一脈，卻也各有妙法祕訣，難以概括。簡政珍援用諸家之說，自始至終一以貫之，以現象學獨步於詩壇，樹立起與眾不同的詩學主張，在臺灣堪稱一家之言。

第十章 林燿德的都市詩學

第一節 前言

崛起於一九八〇年代初的林燿德，一出手即以都市詩學躍入臺灣文壇[1]，並且以都市文學的旗手自居，大力提倡所謂的「後現代都市詩學」[2]。最早在一九八六年發表的長篇論文〈不安海域——八〇年代前期台灣現代詩風潮試論〉中即主張都市詩是八〇年代中期（一九八四至一九八六）臺灣詩壇最值得注意與最具代表性的詩型；緊接著翌年出版的散文集《一座城市的身世》，如同瘂弦為該書寫的序文所說，是在「為現代都市勾繪新畫像」[3]；隨後在一九八九年他和黃凡合編的《新世代小說大系．都市卷》中更提出「都市文學為八〇年代臺灣文學主流」的說

---

[1] 林燿德於臺灣文壇正式發表的作品（不含學校刊物），即是一九八二年刊載於《明道文藝》（七十五期）的都市散文〈都市的感動〉；隔兩年另一篇〈在都市的靚容裡〉被收入九歌版的《七十二年散文選》，也從該年九月起於《新生報副刊》陸續發表「都市筆記」系列散文。參見林燿德，〈林燿德寫作年表〉，收入氏著《一九四九以後》（臺北：爾雅，一九八六），頁三〇〇。

[2] 林燿德在〈八〇年代現代詩世代交替現象〉一文曾自云他在一九八〇年代提倡「後現代都市詩學」，並認為此一「後現代都市詩學」實係一種「後現代全球化現象」的「換喻」——即是「以部分從屬於整體的關係來間接暗示整體的狀況」。參見氏著，《世紀末現代詩論集》（臺北：羚傑企業有限公司，一九九五），頁五十七。林燿德此處的「換喻」之說係出於他對「提喻」（synecdoche）的誤解。以「後現代都市」比喻「後現代全球化現象」，乃是以局部喻全體，所以是一種提喻而不是轉喻關係。

[3] 瘂弦，〈在城市裡成長——林燿德散文作品印象〉，收入林燿德，《一座城市的身世》（臺北：時報，一九八七），頁十三。

法，甚至認為都市文學「並將在九〇年代持續其充滿宏偉感的霸業」【4】。可以說，從一九八〇年代現身文壇開始，林燿德即在創作與理論上和都市文學結下不解之緣，並且成為論者所稱「都市文學的主倡者和實踐者」【5】。

然而，有意提倡都市文學的林燿德，背後是否也有一套自成體系的都市詩學（urban poetics）以為其主張的依據【6】？在此，所謂的「都市詩學」，除了兼有「都市文學理論」的指涉外，更有專指林燿德的「都市詩理論」（theory of urban poetry）之意。大凡一項文學創作的提倡，或者是文學流派或運動的鼓吹，乃至一股文學思潮的推動，背後莫不有相關的文學主張或議論（argument）以為發動和推波助瀾之依據，不論這些主張係以宣言的形式——如超現實主義（surrealism），或是理論性論述——如後殖民主義（postcolonialism）的薩伊德（Edward W. Said）所提出的東方主義（orientalism）等學說形貌出現。綜觀一九八〇年代的臺灣詩壇，形成林燿德筆下所謂的新詩型的都市詩，確屬值得注意，並且也成為當時具有世代（generation）新意的新詩類型，一九八六年在復刊的《草根》詩刊第九期刊出的〈現代詩的草根性與都市精神〉一文即坦言：「羅門一再預言的都市王朝已經來臨：世界島不再僅僅存在於噩夢裡；現代台灣也已在網狀組織和資訊系統的聯絡和掌握中成為一座超級都會。」宣告因應而起的都市詩所隱含的時代性意義，同時提出：「所謂『都市詩』不形成割據與派別的黨團，因為它的訊息與訴求存在於這個時代普遍的人類心理基礎與生活領域之中，是在關切詩人所站立的土地外，又具備著包容性、宇宙精神

【4】參見黃凡、林燿德編，前言，《新世代小說大系．都市卷》（臺北：希代，一九八九）。此處轉引自張啟疆，〈當代台灣小說裡的都市現象〉，收入封德屏主編，《台灣文學中的社會——五十年來台灣文學研討會論文集㈠》（臺北：行政院文化建設委員會，一九九六），頁二〇五。

【5】楊斌華，《解構——都市文化的黑色精靈》，收入林燿德，《1990》（臺北：尚書，一九九〇），頁二二四。

【6】「詩學」（poetics）一詞，研究的對象（或範疇）當不僅限於詩，林燿德在〈八〇年代現代詩世代交替現象〉一文裡有特別說明，參見《世紀末現代詩論集》，頁五十七。詩學一詞，若非有特定用法，一般均泛指文學理論，此自亞理斯多德（Aristotle）的《詩學》（*Poetics*）一書以來即成定論，似不必林氏特別指明。唯本文此處所指的「詩學」，除了指涉一般的文學理論外，更兼有新詩理論的指涉，如下文所述。

的一種創作主題。」【7】《草根》該文如此主張，算不算是一種「類宣言」，姑且不論，但林燿德於此時相繼出現的有關都市詩（或都市文學）的論述，肯定有助長都市詩風潮之功，爲都市詩作爲一九八〇年代崛起的新詩型樹立了風向標。

林燿德有關都市詩與都市文學（涵蓋都市散文與都市小說）的論述稍顯零散，尚未及建構成一有系統的理論，即天不假年撒手人寰，令人遺憾；但從他生前留下的兩篇論文〈都市：文學變遷的新座標〉與〈八〇年代台灣都市文學〉【8】，以及其他相關的論文與分散的評論文章【9】（乃至他的實際創作），約略可以摸索出他擬欲建構的「都市詩學」。由於他匆忙棄世，留下的有關都市詩（文學）的論述，雖非斷簡殘篇，如前所述，總是未及形塑爲一完整理論，故此，本章底下所探究的都市詩學，不妨可看作是林氏的雛形理論。

第二節 都市的時代性

林燿德曾說：「都市文學不一定發生在都市，都市文學可能發生在海上，發生在荒野之中。」瘂弦據此爲之解釋：「這意思也就是說：不一定寫摩天大樓、地下道、股票中心、大工廠才是都市文學，凡是描繪資訊結構、資訊網路控制下生活的文學，都是都市文學。」【10】依瘂弦的了解，地域或空間並非林燿德所界義的都市之依據，反倒是

【7】轉引自林燿德，《重組的星空——林燿德論評選》（臺北：業強，一九九一），頁三十三。

【8】這兩篇論文收入《重組的星空——林燿德論評選》一書。

【9】相關論文除收入《重組的星空》一書外，另散見於《一九四九以後》與《世紀末現代詩論集》二書；其他相關短論評（含序跋文等）則收入由楊宗翰主編的《林燿德佚文選》（共五冊）（臺北縣：天行社，二〇〇一）。

【10】林燿德這句話找不到出處，想必是來自瘂弦和他的對話。瘂弦在為林氏的散文集《一座城市的身世》寫的序文〈在城市裡成長——林燿德散文作品印象〉中透露，在應允為該書作序後，與林氏曾做過兩次面對面的討論，合起來是五、六個小時的長談。參見該書，頁十一，十四。

後工業社會或資訊社會所興起的視訊網路與新聞媒體所造成的「心靈地圖」的改變，才是劃分現今都市的憑據。

瘂弦認爲：「在林燿德的觀念裡，人類進入後工業文明以後，城鄉的定義已與過去大不相同。古時的城市以城牆爲界，牆內爲城，牆外爲鄉，一目瞭然。」但是「現在的城市概念不但延伸到『城』外的衛星市鎮，甚至，在大眾傳播家的眼睛裡，凡是現代科技、現代資訊網路籠罩的地方，都是城市的範圍，這麼說來，所謂現代城市也應該包括鄉村在內。」【11】回看林燿德自己的說法，在〈都市與鄉村〉一文中他如是說道：

這種（城鄉）對立關係在近十幾年來產生根本性的改變，都市和鄉村的關係不再是剝削者和被剝削者之間的對抗，都市的體質已經滲透進鄉村，都市人反過來開始羨慕鄉村的生活，而鄉村人也不再是「鄉巴佬」、「土包子」，這一切都是因為資訊和交通進行了「沉默的革命」。……城鄉或有建設上的差距，但是透過視訊網路和新聞媒體，從此在心靈上的差距終將消弭於無形之中【12】。

城鄉的對立既在現代人的心靈上消弭於無形，顯而易見，都市的邊界將越出行政地域的區隔，以臺灣而言，則「將全島聯線成一個大型的都會系統」（特別在高鐵計畫付諸實現之後），「都市不再是對立於鄉土的『地點』」；因而林燿德認爲，「鄉村被吸納到都會系統中成爲都市的後院，甚至，成爲都會系統中居住與生產的另一種空間，傳統的城鄉對立觀已經不適用於今日的臺灣，我們需要一幅嶄新的心靈地圖。」【13】

然則城鄉的區隔與對立爲何會如此消弭於無形？林燿德說是因爲於此之際資訊（也包括交通——前者是無形

【11】同上註，頁十四。
【12】林燿德〈都市與鄉村〉，收入楊宗翰主編，《黑鍵與白鍵——林燿德佚文選III》（臺北縣：天行社，二〇〇一），頁一一四—一一五。
【13】同上註，頁一一五。

而後者是有形）科技發達所進行的一場「沉默的革命」。在此，林燿德把他當時刻在建構的「空間詩學」（space poetics）予以歷史化了。在林氏看來，都市一詞的界義不再以空間爲區分城鄉的標準，是因爲（就臺灣而言）歷史來到了一九八〇年代；然而爲何會是「八〇年代」？乃因到了八〇年代，臺灣才進展到一個資訊發達的國家，或者說是後工業社會（post-industrial society），而這樣資訊發達的社會也是一個「流動不居的變遷社會」——林燿德甚至以此來界定八〇年代的（臺灣）「都市」【14】。職是之故，他才主張「『都市文學』」一詞可以將『八〇年代』吸收在內，成爲時代性的標記」，而這也可以解釋爲何他會始終將都市文學視爲八〇年代臺灣文學的中心點【15】。

在林燿德看來，在一九八〇年代以前（農業社會、工商業社會），都市被當時的詩人視爲一個龐大完整的結構體，而「賦予它種種形上意涵的是詩人內在的焦慮」【16】。一九五〇、六〇年代的詩人如黃用（〈都市〉、〈機械與神〉）、鍾鼎文〈輸電鐵塔〉）、張健（〈文明〉）、林綠（〈都市組曲〉）等，都市在他們的筆下，顯現的是既擁抱又批判的矛盾心態，一方面都市代表的文明以壯闊的姿態進入了詩行，另一方面詩人對於文明的幻滅感也寄託在都市的符徵中；而都市文明的光焰愈熾烈，懷舊的潛意識也就愈濃厚【17】。臺灣的現代詩人之所以有此扞格、矛盾的心態，則主要受到西方自未來派以降現代主義作家的影響。林燿德此於指出，由於現代主義的引入，使得詩人們「發現了更深廣的世界，這個世界伴隨著新潮的藝術觀念和形式本身而浮現本質——一種精神荒原的追索，冥冥中自西方工業國度隔海傳來的藝術迴響撞擊著臺灣詩人的心。」【18】

這種矛盾引起的內在焦慮感，到了一九七〇年代則轉爲拮抗的對立心態，在吳晟等寫實主義詩人身上，乃將

【14】林燿德，〈八〇年代台灣都市文學〉，收入氏著，《重組的星空——林燿德論評選》，頁二〇八。
【15】同上註。
【16】林燿德，〈都市——文學變遷的新座標〉，收入同上註書，頁一九四。
【17】同上註，頁一九〇—一九四。
【18】同上註，頁一九四。

此簡化為城鄉對立，尤其是在他們的田園心結（pastoral complex）與泛政治的意識形態結合之後，「『都市』的『牆』，如鋼琴上的黑鍵與白鍵，醒目地隔間了截然二分的兩種世界觀，來自牆內的『侵略者』與牆外的『被壓迫者』，以戲劇化的姿態化身為罪惡的都市買辦與純樸的田園老圃這兩種彼此憎恨的角色。」[19]若是根據張漢良的說法，則這種城鄉的二元對立，都市與鄉村分別被賦予對立的道德含意，其結果便是詩人筆下指謂的城市成了「被譴責的都市」（the city reviled）[20]。

然而，歷史到了一九八〇年代的臺灣社會，新一代詩人（作家）筆下的都市則迥然不同於之前的看法。林燿德所主張與提倡的都市文學即是歷史化地被「定位」在此一「時代」——一九八〇年代（及其之後）。在此之前，都市被作為一個「城鄉對立」模式下負面的、反動的符徵，而這樣的一個具負面意涵的符徵，林燿德認為乃在於詩人們仍將都市擺置在或現實或形上的某一固定「地點」概念上[21]。如前所述，都市文學不一定發生在都市，亦即都市的地域可以被文學（詩）穿越，地域或空間已不能成為都市劃界的依恃。然則空間失去憑藉的都市詩或都市文學如何被判定？林氏在此易以「都市精神」的存在與否作為劃分的標準；而若以此標準觀之，即便是以都市景觀為描寫對象，但卻出以農業社會的心態，則此類詩作並非他所謂的「都市詩」的統攝範圍[22]。

在林燿德最早出版的《一九九四之後》一書即指出新世代詩人歐團圓的詩作最具有這種時代性的都市精神[23]，

---

[19] 同上註，頁一九八。

[20] 張漢良，〈都市詩言談——台灣的例子〉，《當代》，第三十二期（一九八八年十二月），頁四十五。林燿德的都市詩學，借用了張漢良本文不少觀點，可以說受到他的啟發甚多。詳下文。

[21] 林燿德，〈都市——文學變遷的新座標〉，頁一九八。

[22] 林燿德，《不安海域——台灣新世代詩人新探》（臺北：師大書苑，一九八八），頁四十七。

[23] 林燿德這本《一九四九以後》原訂有副書名「臺灣新世代詩人初探」，但成書後的書封與版權頁皆去掉副書名（只在目錄頁載明）。在本書〈導言〉中，林氏首倡「新世代詩人」之說，他所謂的「新世代」係指「一九四九以後出生的臺灣詩人」（本書書名的由來），而「這些詩

稱他為「掌握都市精神世代的先聲」，如〈蹺課〉、〈哥耶雷加〉、〈我和她的一天〉等詩，不僅「著眼於都市生活經驗」，「更是洋溢著後期工業文明作家的個性」【24】；但是林燿德特別舉他的另外九首鄉土懷舊詩作〈冬之曠野〉、〈夜晚的海港六章〉、〈在童年的方壺島〉、〈漁婦〉、〈當我走過〉、〈老媼〉、〈搬家〉、〈海港〉、〈台灣海峽落雪〉，說明這些詩雖以故土為素材，卻是「以都市精神完成的鄉土題材作品」，所以都可說是「都市詩」【25】。除了歐氏被視為「後期工業文明社會孕育而成的現代詩人」外，在後來的《重組的星空》一書中，林燿德更指出，新世代詩人包括林彧、赫胥氏、柯順隆、林群盛等，乃至於倡導詩演出的杜十三、提倡錄影詩（學）的羅青，都是具有這種「都市精神」的都市詩詩人【26】。

仔細審視林燿德所列舉的具有「都市精神」的詩人，清一色均是相對於紀弦、余光中、羅門等前行代的新世代詩人，林氏則以「掌握都市精神的世代」一詞稱之（代表詩人如上所述）【27】；於此，我們終於明瞭，原來林燿德將都市詩或都市文學歷史化在一九八〇年代的臺灣詩（文）壇，背後實出以另一個更深層的動機，那就是把都市詩或都市文學和新世代詩人（或文學新世代）結合起來，而都市詩也成了新世代在一九八〇年代向前行代互別苗頭乃至在歷史翻新頁的主要大纛。

人的生命實際經歷了一九四九以後臺灣地區政治、經濟、文化、社會種種的發展，目擊了農業、工業、乃至後期工業文明的各種現象；尤其一九五六年後出生的詩人，不但接受到一九六八年起實施的九年國民義務教育，更在成長期間即身受都市化生活空間的影響……」，他的都市詩學幾乎植基於新世代詩人身上。參見林燿德，《一九四九以後》（臺北：爾雅，一九八六），頁二一。

【24】林燿德在此以「一朵在建築陰濕處流浪的都市雲」，形象化地描述歐團圓的都市詩風格，並認為他的都市詩具有「低調、自嘲的基調以及潮溼的抒情化知性」，「任自己的生命低徊在一個若即若離的現實生存空間裡」。同上註，頁一四八。歐團圓遲至二〇一一年才出版他的首部詩集《我和她的一天》。

【25】同上註，頁一四二－一四八。

【26】林燿德，《重組的星空——林燿德論評選》，頁三十四－三十五，一二六－一三一。

【27】同上註，頁三十五。

第三節　都市的文本性

前面提到，林燿德揭櫫以都市精神而不以空間或地域來爲都市詩（都市文學）劃界，然則何謂「都市精神」？到底林氏所說的「都市精神」具有什麼實質意涵？縱觀林燿德所有的著作，對此並未做正面的答覆。以前述林燿德提及的歐團圓那九首鄉土懷舊詩爲例，他只說其冷靜知性的語言係出自「都市化的思考模式」，由此具備了「都市精神」，卻對什麼是「都市精神」不置一詞。

然而，若以排除法加以尋繹，則我們可以肯定，林燿德所說的「都市精神」顯然與都市題材無關，在一九八六年他發表的長文〈不安海域——八○年代前葉台灣現代詩風潮試論〉中即率先主張，所謂八○年代的「都市詩」並非以都市相關題材之有無作爲歸類的原則[28]。詩作是否爲都市詩在此既與詩的題材與內容無涉，那麼剩下的衡判標準就唯有從形式（或語言）著手。然而「都市精神」如何跟文學形式相關？事實上，林燿德的確未做此聯想，但在上文中他曾提及，上述那些他所謂的「掌握都市精神的（新）世代」，其作品均與後現代主義詩學的發軔密切關聯[29]，由此他的都市詩學就接上了後現代主義（postmodernism）。

針對林燿德所提倡的「後現代都市詩學」[30]，他擷取的是來自後現代主義的文本觀，更確切地說，是來自巴特（Roland Barthes）的文本理論（theory of the text）[31]。巴特在〈文本的理論〉（"Theory of the Text"）一文中指

【28】林燿德，《不安海域》，頁四十七。

【29】同上註，頁四十八。

【30】「後現代都市詩學」一詞出現在林燿德的〈八○年代現代詩世代交替現象〉一文；他以此主張有「打破文類」的企圖。參見氏著，《世紀末現代詩論集》，頁五十七。

【31】Text，林燿德譯為「正文」（或襲自張漢良的譯法）；一九九○年代中期以後，臺灣（包含大陸）學界逐漸採用「文本」的中譯名，本文從其譯法，底下行文中也將林氏的「正文」一律改稱「文本」。另外，巴特有篇文章名曰〈文本的理論〉（"Theory of the Text"），林燿德的後現代都市文本顯然即受該文啟示。

出，文本與作品（work）不同：「作品是一個完成了的客體，可以計算，能夠依據一處有形的空間」；而「文本則是一個方法論的範疇」（因此不能計算文本的數目，至少不能用一般的方法來計算），簡單地說，「作品可以拿在手中，而文本則是存在於語言之中」，試看巴特本人進一步地說明：

> 假如作品可以用不同於語言的方式被界定（從書的形制到生產書本的社會／歷史性決定的任何事物），那麼文本，它所保留的乃是完全地相同於語言的部分：它無異於就是語言，而且僅僅經由語言而存在，換言之，「文本可以僅於一部作品，也就是一個產品——那個賦義（signifiance）的東西中被感知」[32]。

就巴特看來，作品顯然隸屬於物質性（materiality）的領域（涉及書籍的開本、紙張、版型、封面設計等等），並且總是依附於一些類別範疇，如體裁、樣式、風格、創作方法等；而文本則屬於以語言表述的賦義或意指活動（signifying），進一步言，除了詩作（以及其他文學作品，小說、散文、戲劇等），所有的意指實踐——繪畫實踐、音樂實踐、電影實踐……都可以產生文本。甚且在此情況之下，作品既被視爲文本，作品本身便破壞了各種類型，「破壞了它們所隸屬的那些內部齊整的類別」，蓋因「文本的經驗幾乎總是一種超乎體裁界限的經驗」[33]，而這與林燿德於一九八〇年代初期即主張「打破文類」的想法如出一轍；或可說，林氏係挪用了巴特如此的文本理論，以建構他的「都市文本」說。

---

[32] Roland Barthes, "Theory of the Text," trans. Ian McLeod, in *Untying the Text: A Post-Structuralist Reader* ed. Robert Young (Lodon: Routledge, 1987), 39-40.

[33] 轉引自王先霈、王又平主編，《文學批評術語詞典》（上海：上海文藝，一九九九），頁一七一。

林燿德認爲，「要認識『都市文學』，首先要認識正文（文本）中的『都市』究爲何物」，因爲所謂的「都市文學」就是都市文本的文學實踐[34]，而這又是來自都市本身就是文本。這說法係受到上述巴特將文本視爲一種意指實踐的啟示，換言之，都市作爲文本（the city as text），是由於都市本身即是一種意指活動，也緣由於除了文本，我們無法認識以致描述都市，而這樣的都市文本觀，其實又是來自解構主義（deconstruction）理論家德希達（Jacques Derrida）「文本之外無他物」（"There is nothing outside the text"）的主張，而德希達對這句名言的解釋是：「閱讀……無法合法地逾越文本以朝向某些非文本的其他事物……或者朝向可以產生內容的文本之外的意指（a signified outside the text），也就是在語言之外可以發生內容的地方，換言之，在某種意義上言，就是我們在此所給出的在一般寫作之外的語字。」[35]若按德希達的說明，我們對都市的閱讀、了解乃至創造，都無法在都市此一文本之外找到意義。林燿德說都市本身就是文本[36]，所以都文詩（文學）就是都市文本的文學實踐，而詩人的創作活動本身因而也形成都市的社會實踐（也即意指活動），他「同時兼具了都市文本的閱讀者，以及文本中都市的創作者的雙重身分」[37]。

林燿德上述的主張其實完全襲用張漢良在〈都市詩言談——台灣的例子〉一文的說法。在該文中，張氏拒絕以都市爲素材來界定都市詩，都市詩並不是都市的主題化或實體化（reification or thematization）——這是一種粗糙

【34】林燿德，《重組的星空——林燿德論評選》，頁二〇〇。

【35】德希達在《論文字學》（*Of Grammatology*）中以盧梭的文本（Rousseau's text）為例，說明他的文本從來不過就是一種寫作（writing），這樣的寫作所開放的意義與語言即是——寫作作為自然在場的消失（writing as the disappearance of natural presencce）。Jacques Derrida, *Of Grammatology*, trans. Gayatri Chakravorty Spivak (Baltimore: Johns Hopkins UP, 1976), 158-159.

【36】林燿德，《重組的星空——林燿德論評選》，頁二〇七。

【37】同上註，頁二〇〇。

的簡化主義的摹擬論、決定論【38】；爲了對抗這種簡約的摹擬論，張漢良始進一步強調都市的文本性（textuality），試看他底下的說法：

> 為了避免粗糙的摹擬論、衍生論和決定論，論者把反映（reflection）解作折射（refraction），把都市作為素材（staff, donnée）變為都市作為下層正文（文本）（subtext），由此產生了詩正文。然而，即便批評「語言囚牢」（The Prison-house of Language）的詹明信（Fredric Jameson），也不得不承認，所謂下層正文不是立即呈現的外在現實，而是語言的正文化，「文學正文重新書寫或重新結構一先在的歷史或意識型態下層正文」。這種正文化作用質疑、顛覆、甚至泯除了下層正文的先驗性【39】。

張漢良在此提出的都市文本觀，可以分成兩個層次來看，也就是都市文本與詩文本：前者原先係作爲「自然的在場」（即外在現實）而存在，但後來也被語言予以文本化，並且成了後者的下層文本（其先驗性也因而被泯除）；後者則是根據前者而產生，它的產生則又重新書寫或結構了下層文本的前者，也就是詩文本將都市予以文本化，所以張漢良說：「所謂的都市已經是一個被正文（文本）化、被書寫了的現象。」上述這兩層文本關係可以形成「文本裡的都市／都市裡的文本」（the city in the text／the text in the city）的辯證——更確切地說是「文本作

【38】張漢良，〈都市詩言談——台灣的例子〉，《當代》，第三十二期（一九八八年十二月），頁四十。其實張漢良的說法並不新，早在一九四〇年代出版的《文學理論》（*Theory of Literature*）一書中，韋勒克（Rene Wellek）與華倫（Austin Warren）即指出，根據題材來劃分文類（genre）乃是一種社會學的分類法，若依此方式來分類，勢必分出數不清的類型；他們認為文類的區分應根據文學作品的外在形式（如特定的格律或結構），譬如二音步詩（dipodic verse）與平達體頌歌（Pindaric ode）；以及內在形式（如態度、語調、目的——較為粗糙的主題與閱眾），例如田園詩與諷刺詩。Rene Wellek and Austin Warren, *Theory of Literature* (San Diego: A Harvest Book, 1975), 231-232.

【39】張漢良，同上註文，頁四十二。

爲都市／都市作爲文本」（the text as city／the city as text）的辯證[40]。

張漢良上述的說法被林燿德引入他的論文〈八〇年代台灣都市文學〉中，並附和張氏所言：「當我們言及『都市文學』一詞時，勢必涉及到兩種正文之間的關係。」亦即前所說「文本作爲都市」與「都市作爲文本」的辯證關係[41]。然而，張漢良此說恐須再加辨明。「都市作爲文本」乃指將都市本身視爲文本，如前所述，因爲它已被視爲一種意指實踐；「文本作爲都市」則指詩（文本）化爲都市，但詩如何能化爲都市，若能，那就「著相」。再者，「都市作爲文本」對應的是「文本裡的都市」，蓋都市之所以文本化，乃是它的文本的面貌再現（representation），也就成了文本中的都市，至於「文本作爲都市」對應的不只不是「文本裡的都市」，也不是「都市裡的文本」——後者所指涉的「文本」太過空泛，因爲存在有各種可能的文本，即不只是詩文本，也包括散文文本、小說文本（文學文本），以及音樂、繪畫、雕刻、電影……乃至其他經濟與社會文本。爰是，正確的都市文本觀只有一種，那就是「都市作爲文本」，且其意指活動正顯現在「文本裡的都市」。林燿德若有如上的反思，對於張漢良的「都市文本觀」便不至於照單全收，而且對他底下這段出自〈都市：文學變遷的新座標〉的一段話才能自圓其說：

> 要認識「都市文學」，首先要認識正文（文本）中的「都市」究為何物。不同於社會版記者，作家非僅止於對定義為某一行政區域的都市外觀進行表面的報導、描述，它也得進入詮釋整個社會發展中的衝突與矛盾的層面，甚至瓦解都市意象而釋放出隱埋其深層的、沉默的集體潛意識[42]。

【40】同上註，頁四十三。
【41】林燿德，《重組的星空——林燿德論評選》，頁二〇七。
【42】同上註，頁二〇〇。

說到底，都市文本的文學實踐仍要「落實」在詩文本中的「都市」，而這樣的都市「書寫」不能僅對某一行政區域的都市外觀進行表面的描述或報導，更要進一步去挖掘它的「潛文本」，亦即社會發展中衝突與矛盾的層面，乃至於深埋於都市意象裡的集體潛意識。問題是：挖掘出這樣的深層文本（deep text）則又與形式何干？細看林燿德所說的這種深層文本（或潛文本），其所指涉的內容不是和都市的題材息息相關嗎？（如社會發展中的衝突與矛盾）或許林氏會如此反駁上面那樣的「指控」，指出這些潛文本其實是它所揭櫫的「都市精神」，即文本（詩）中所呈現的都市須具備有「都市精神」才是眞正的都市文本，而都市也才能被（詩人）文本化。

然而如果我們拿林燿德自己所舉的收錄於詩集《都市之甍》中卷一「符徵」的四首詩（〈路牌〉、〈銅像〉、〈廣場〉與〈公園〉）來看，就會發覺，即使這些詩都具備他所謂的「都市精神」，其題材卻都與城市景觀有關，他並沒有去揀選類如歐團圓〈在童年的方壺島〉那樣具鄉野特色的題材來書寫他自己的「後現代都市」；如此一來，我們是否也要追問他的都市詩（文學）文本，難道都和都市素材（即其所說的表面的都市景觀）徹底無關？或者作為文本的都市本身與都市素材無涉，只要形式創新就可謂爲都市詩——若眞是如此，則都市詩就可以什麼都是了[43]。

第四節 都市的異地性

不論都市詩是否與都市素材無涉，林燿德所建構的都市詩學念茲在茲的無非是上所說的都市文本的概念，而這「文本觀」又是受自巴特、德希達等後結構主義文論家的啟迪，一步一步建立他自己的「後現代都市詩學」。雖然如前所述，林氏將他的都市詩學歷史化在一九八〇年代的臺灣社會，但同時他也受到另一位後結構主義思想

【43】如上所述，林燿德指稱歐團圓〈冬之曠野〉、〈在童年的方壺島〉……等九首詩作具有「都市化的思考模式」，便認定其具有「都市精神」，而其題材卻盡皆鄉土，若說它們都是都市詩，很難令人苟同。

家傅柯（Michel Foucault）「空間理論」（space theory）的影響，使得如他自己所言，對都市文本的詮釋「從貫時的時間思維挪移到並時的空間思維」[44]，而這裡的「並時的空間思維」正是他襲取自傅柯提出的「差異地點」（heterotopias）的說法。

Heterotopias一詞，林燿德譯爲「差異地點」，簡言之，即「異地」（異質地點）[45]，在〈都市：文學變遷的新座標〉一文中，林燿德將它解爲一個「幻設的眞實空間」，頗能傳神；而這樣的空間「能夠在生活中尋找到準確的喻旨，但又在於一切地理之外」[46]。傅柯在〈其他空間的文本／語境〉（"Texts/Contexts of Other Spaces"）一文中在提出「差異地點」一詞之前先是說明，相對於中世紀的定位空間（space of emplacement）與伽利略（Galileo）時代的延伸（extension）空間概念，今天我們的基地（site）的空間取代了定位的延伸，而所謂的「基地」是被點和點或元素和元素之間的近似關係（relations of proximity）所界定，吾人可試著從某組界定這些特定基地的關係來

---

[44] 林燿德，《重組的星空——林燿德論評選》，頁一九九。此外，索賈（Edward W. Soja）在《後現代地理學——重申批判社會理論中的空間》一書中提及，西方學界在一九六〇年代前期以前幾乎由歷史決定論支配，地理或空間的想像明顯被邊緣化，「時間掩蓋了對社會世界可變性的諸種地理詮釋」。直到傅柯在六〇年代開始的系列演講中提出他對空間的前瞻性觀察，空間的思想語境才逐漸起了變化，到了一九八〇年代，空間的理論化才受到廣泛的重視，給之前對空間視若無睹的舊傳統帶來挑戰。但傅柯本人雅不願被人視為地理學家，因為他拒絕將自己的空間思想投射為一種反歷史的理論（儘管他的歷史觀一開始就被發人深省地予以空間化了），索賈遂認為，被冠為地理學家的稱號，對傅柯是一種「理智的詛咒」，是「與一種學術懲罰有損身分的結合」。在後來一次的訪談中，被採訪的一位法國地理學雜誌編輯的「勸誘」下，傅柯始承認：「的確，地理學必須處於我探索問題的核心。」Edward W. Soja, *Postmodern Geographies: The Reassertion of Space in Critical Social Theory* (London: Verso, 1989), 12-15, 18-20.

[45] 林燿德將heterotopias譯為「差異地點」，應是根據陳志梧的中譯，參見Michel Foucault著，陳志梧譯，〈不同空間的正文與上下文（脈絡）〉，收入夏鑄九編譯，《空間的文化形式與社會理論讀本》（臺北：明文書局，一九八九），頁三二五—三三三。但筆者認為譯為「異質地點」（或簡稱「異地」）更能符合該詞原意。

[46] 林燿德，《重組的星空——林燿德論評選》，頁一九七。

描述不同的基地（如暫時休憩的基地：咖啡廳、電影院、海灘等）。在所有的基地中，傅柯關切的主要有兩類其他的基地（the other sites）：「首先是虛構地點（utopias），虛構地點指的是那些沒有眞實地點的基地……它們以完美的形式呈現社會本身，或者把別的社會給倒轉，但無論如何，這些虛構地點基本上並非眞實空間。」而與虛構地點相對的就是另一基地，即差異地點，傅柯如是解釋：

> 在每一文化、每一文明中，可能也有真實的地點——這些地點的確存在，而且形成社會真正的基礎——它們就像那些對立的基地（counter-sites），即一種有效發生的虛構地點，在這些有效發生的虛構地點中，真實的基地，也就是在文化中可被發現的所有其他真實的基地被同時地再現、對立與倒轉。這類地點在所有的地點之外，即便如此，仍可能指出它們在現實中的位置。由於這些地點絕對不同於所有它們所反映與談論的基地，藉由它們和虛構地點的對照，我將之稱為差異地點【47】。

在此，傅柯並進一步說明：「這些差異地點與虛構地點之間，可能會有某種混合的、連結的經驗，而這樣的經驗可作爲鏡子。鏡子畢竟是一種虛構地點，因爲它是一個無地點的地點（a placeless place），在鏡中我看到了我不再那裡的自己，外在那打開的在表層之後的一個不眞實的、虛擬的空間；我就在那裡，但那裡我又不存在，那是一種將我自己的可見性（visibility）給予自身的影像，它使我在我缺席之處看見我自己——這就是鏡子的虛構地點。」【48】傅柯對於差異地點如此的主張，林燿德在另一論文〈洛夫《杜甫草堂》〉中的「時間」與「空間」中有他

【47】原文參見Michel Foucault, "Text / Contexts of Other Spaces," trans Jay Miskowiec, *Diacritics*, 16(1), Spring, 1986. 此處擷取網址http://foucault.info/documents/heteroTopia/foucault.heteroTopia.en.html，瀏覽日期二〇一一年九月五日。

【48】Ibid.

自己的理解與詮釋。他分析洛夫筆下的杜甫草堂可說是一個差異地點的範例，因爲雖然我們可以在現實的觀光地圖上找到杜甫草堂的位置，但事實上眞實的杜甫草堂（即眞實地點）早已消滅，「這座贗品所反映的是一個紀元八世紀『安史之亂時期』的唐代文化空間，它所提供的『議論』著眼在一個挫折失意於宦途、困頓凍餒於茅屋的詩人究竟如何在迍邅中發揮畢生秉性與才具於顛峰的個人傳奇」[49]所以這座被眞實草堂「再現」（represent）的杜甫草堂贗品即是一種差異地點，林燿德繼而指出：

> 福寇（即傅柯）在討論「差異地點」時指出，由於「差異地點」絕對不等同於它所反映、所議論的基地；就好比說秦俑所反映的是紀元前三世紀的秦代現實空間，但它不等同於消逝了的秦代現實時空；杜甫草堂亦同。但是它猶如一面鏡子，在鏡子之中，我們可以看見自己，看見自己進入一個並不存在的時空；換言之，也看見了不存在於鏡子中的自我，我在彼端，但彼端非我所在，鏡子所展現的是一種使自我目睹自我——在自我缺席之處目睹自我——的能力[50]。

【49】林燿德，《世紀末現代詩論集》，頁八十四。

【50】林燿德也進一步指出：「杜甫草堂對於杜甫與杜詩而言，是一個無限累積時間的差異地點，所有弔古者的詩文與觀點集聚在此，杜甫一生的一切時光與詩藝的成就也被封閉在建築和銅像之中。當洛夫進入此一差異地點，也就進入此『差異地點』用以抗拒現實物理時間的相對性的永恆之中。」同上註，頁八十四—八十五。林燿德在此援用了傅柯所提的「差異時間」（heterochronies）的概念。差異地點往往對差異時間展開，而差異時間不同於傳統時間，傅柯在上文中指出有兩種差異時間（他並未對差異時間加以界定）：一是無限累積的時間（indefinitely accumulating time），在這種差異時間下的差異地點有博物館與圖書館等；一是流動的、轉換的、不定的時間（flowing, transitory, precarious time），這種差異時間以一種節慶（the festival）方式和差異地點相關連，如露天市集、渡假村等。前者差異地點的時間指向永恆（eternal），而後者則指向瞬間（temporal）。See Michel Foucault, op. cit.

林燿德在上文以杜甫草堂爲例，對傅柯的異地觀加以詮釋，令人一目瞭然；或許有人會質疑：杜甫草堂並非置身於都市空間裡，本身更非現代的都市建築，與林氏都市詩學的建構無涉。縱然如此，我們在〈八〇年代台灣都市文學〉一文中仍可發現，林燿德同樣援用了傅柯上述的異地說。以他分析黃凡的《房地產銷售史》爲例，林燿德認爲作者「透過虛構的手段回到一個眞實的空間中」，而這個「眞實的空間」隱身於都市，「它是『被發現』的空間，同時因爲它的『被發現』，成爲『既存的』潛意識的現實化。黃凡藉由《房》文指出這種虛構空間在現實中的存在，它（它們）在一切地點之外」，而且不是「可用我們日常生活經驗重新踐履的『眞實地點』」[51]，也就是說，文中的「眞實空間」在都市中並不對應著眞實地點。林燿德繼而申論：「它們在一切地點之外，又可能在一切地點之內，飄零、破碎，時刻變化，沒有統一的形上學概念維繫著它們存在的規則。」[52]

在該文中，林燿德以傅柯的異地說進一步再加引申。它認爲黃凡的《房》書觀察所及的公寓空間（小說中出現的一棟後現代式的五樓雙拼公寓）就是一種「多稜鏡的多面折射」，而「多稜鏡的每一片鏡面都是朝向某一個別的立體（在敘述中成爲客體）開放的場域，使得個別的『我』或『他』在自己的缺席之處（自我並非眞正進入鏡片內部）看見自己的存在和容貌」[53]，試看他底下的闡釋：

[51] 在此，林燿德拿（一九六〇年代）林懷民與王禎和的小說和黃凡做對比。前兩者「筆下所臨摹的都會和市鎮」是「可被尋獲、而且可用我們日常生活經驗重新踐履的『真實空間』」，但是後者黃凡的小說中再現的「真實空間」，在現實的都市中卻找不到它對應著的真實地點——所以它們是差異地點。參見林燿德，《重組的星空——林燿德論評選》，頁二二一。

[52] 同上註。

[53] 同上註，頁二二二。

都市本身呈現出並時的、多重編碼的空間結構，猶如筆者所使用的「多稜鏡」意象，一切歷史的、曾經被時間界定的事物在這奇異的、遠遠脫離牧歌田園模式的多重空間中再現、變形、隱匿、互相結合或者撞擊，而作家處身其中，不僅本身以及自己的作品成為都市自動書寫的一部分，他在正文（文本）中也面對了物理空間和心理空間交錯的建築、路牌、銅像、廣場、公園以及梭織其隙的各種意識型態，更重要的是這些生動造型背後所隱藏的世界[54]。

如此「多稜鏡式」的異地觀，是否可以在現代詩中找到例子（以建構林氏的都市「詩」學）？林燿德在〈都市：文學變遷的新座標〉一文提及羅門的〈都市．此刻坐在教堂作禮拜〉一詩[55]，認爲這首詩「在詩人的俯瞰下，從現象中抽出來的『都市』，拔升出肉眼目睹的現實」，如此形成一個「幻設的眞實空間」，也就是傅柯所說的差異地點[56]；不過，他並未指出這首詩呈現有多稜鏡式的差異空間。想必是本文發表時間在〈八〇年代台灣都市文學〉一文之前，而「多稜鏡」的提法係在該文出現，換言之，在〈都〉文發表時，林氏雖然已有傅柯異地觀的論調，但尚未出現多稜鏡說的主張。

事實上，林燿德援用傅柯的異地說，並將都市本身視爲一種具「並時的、多重編碼的空間結構」，由此而產生「多稜鏡的多面折射」，已經將之嫁接到德希達式的後現代「空間觀」。李翰（Richard Lehan）在《文學中的都市——一部知識與文化的歷史》（*The City in Literature: An Intellectual and Cultural History*）中指出，過去將都市

【54】同上註。

【55】林燿德並分析這首詩「重現羅門慣有的藝術手法——迴環的語態、厚重的節奏感、疊套的時空、靜中求動的類比句型與多向指涉、在矛盾與反嘲中鼓張的弔詭意象，以及戲劇性的擬人化比喻」。同上註，頁一九七。

【56】同上註。

視爲符號系統時，需要一個先驗的能指或意符（signifier），以便能恰當地去處置其他符號——這樣的都市觀收到了德希達的挑戰。從德希達那種不穩定的語言系統內部來看，「沒有了先驗的能指，都市符碼開始漂移，意義被神祕取代」，都市便失去享有「眞實」的權利。沒有了先驗（或超驗）的東西，都市無法超越它所消化的東西，李翰於是指出：「心靈也就無法超越自身」[57]——這也是林燿德指出的近二十餘年來羅門都市中所呈現的「都市迷惘」；而其結果則是：「共時取代了歷時，符碼系統取代了本質，關係替代了現實。意義不再是在自然中而是在一套系統中『被發現』」[58]——這是德希達式的後現代城市，也是林燿德失去地點（眞實）的多稜鏡折射的都市。

再進一步言，林燿德所說的這種具多重編碼（符碼）的多重空間的後現代都市，其實也是上面所說的德希達的文本化的都市。傅柯所謂的差異地點雖然指向眞實地點，而是在所有地點之外的地點，所以它是「有效發生的虛構地點」（a kind of effectively enacted utopia）——也因此林燿德才將之詮釋爲「幻設的眞實空間」，只因爲這樣的都市（空間、地點）存在於文本之中，甚至二度存在於詩人的（詩）文本之中（即文本中的文本）；而文本本身就是一個符號系統，也因此都市文本裡顯見的只能是「在所有地點之外」的差異地點，它指向眞實地點（故非虛構地點），但又不是眞實地點——它只是存在於文本（符號系統）中的地點。如此一來，林燿德就嫁接了巴特、德希達、傅柯等人的相關學說，以此建構他在一九八〇年代一開始就提倡的「後現代都市詩學」。

第五節 結語

李翰在上書開宗明義即言：「都市是都市生活加之於文學形式與文學形式加之於都市生活持續不斷的雙重建

【57】Richard Lehan, *The City in Literature: An Intellectual and Cultural History* (Berkeley: University of California Press, 1998), 265-266.

【58】林燿德《重組的星空——林燿德論評選》，頁一九五。

構。」【59】這也就是說，都市文學來自都市的生活，——此也意味著：有怎樣的都市生活，就會有怎樣的都市文學；反過來說，都市生活的內容（往往）也由都市文學加以表現——這也暗示：人們是從都市文學來認識都市生活。就此而言，林燿德指出在一九八〇年代之前，不論當時是農業社會或工商業社會，寫實主義詩人或現代主義詩人筆下的都市，基本上都是植基於田園情結之下「城鄉對立」模式下負面的、反動的符徵【60】。到了一九八〇年代資訊或媒體社會來臨，城鄉差距消弭於無形之中，都市不再是對立於鄉土的「地點」【61】，反映在文學（形式）上便是後現代都市文學的崛起（詩、小說、散文毫無例外）【62】，而這也是爲什麼他會將都市文學（以及都市詩學）「歷史化」在一九八〇年代的主要理由。

而李翰在上書中同時還說：「我們發現，都市與關於都市的文學有著相同的文本性……從笛福（Daniel Defoe）到聘瓊（Thomas Pynchon），閱讀文本已經成爲閱讀都市的方式之一。」【63】可見從文本來閱讀都市，在西方已自成傳統；時至今日，都市本身更被視爲文本，所以林燿德提出的「都市詩學」是「文本關於文本」的詩學，也誠如李翰進一步所言：「不論是談論都市文本或是文學文本，後現代主義都創造了一個完全不一樣的現實概念。」【64】在歷史化都市詩學在臺灣社會的時空意義之後，林燿德從文學形式的立場出發，將後現代主義綰合到他的都市文本上，從而引用傅柯的差異地點理論，締造了不一樣的都市現實空間。

於此我們回過頭看看收錄在《都市之甍》卷一「符徵」的〈路牌〉、〈銅像〉、〈廣場〉、〈公園〉等都市詩

【59】Richard Lehan, 3.
【60】林燿德《重組的星空——林燿德論評選》，頁一九八。
【61】林燿德《都市與鄉村》，頁一二五。
【62】在〈八〇年代台灣都市文學〉一文中，林燿德舉例討論的文學作品包括小說、散文、詩等文類。
【63】Richard Lehan, 8.
【64】Ibid., 266.

（雖然前述質疑他並非不完全考慮都市的題材），詩中所展現的對應於都市眞實地點的所謂差異地點【65】，眞正吸引人的並不在題材上——因爲我們於其中找不到眞正的後現代都市地景【66】，而是林燿德擬欲打破文類形式限制的嘗試（尤其是〈路牌〉與〈公園〉二詩），而都市作爲書寫符號的文本，在此已被林燿德予以重新編碼了。最後，我們可以說，重新編碼正是林燿德擬欲以後現代都市詩學重啟的臺灣「都市詩言談」（urban discourse）【67】。

【65】如〈路牌〉一詩中所說：「不論真摯與否他永恆相信／現實堅硬的這個都市方塊／實實在呼吸著，吞吐著／那些逐日膨脹趨近偉大逾越永恆的主題」，詩中路牌「這個都市方塊」只能於差異時間裡呼吸與吞吐著所謂的「永恆」；然而對應現實的路牌，則只存在於詩文本中的差異空間裡。〈路牌〉一詩參見，林燿德，《都市之甍》（臺北：漢光，一九八九），頁二十一—二十六。

【66】依雷爾夫（Edward Relph）《現代都市地景》（*The Modern Urban Landscape*）一書所描繪，後現代主義的都市建物奉行的是「少即是無聊」（less is bore）這句口號，不僅建築，包括公共空間，重新裝飾再度流行（如街道重新懸掛花籃）。它所顯示的是一種「奇特性」（quaintness）的空間，例如：複雜的圍閉順序、蜿蜒的通道、小中庭、人行步道上方的帆布棚、內外空間的順暢轉換以及外貌的連續性。以街道而言，很少採用直角轉彎，反而透過曲折的視景呈現了柳暗花明的趣味，往往仿造老街形式，分佈其間的房舍極少超過四層樓，並偏好使用紅磚、穀倉木板與鑄鐵等現代主義之前的材料。參見Edward Relph著，謝慶達譯，《現代都市地景》（臺北：田園城市，一九九八），頁三一三，三四八—三五〇。

【67】此詞援引張漢良〈都市詩言談——台灣的例子〉一文的用法。「言談」一詞，張氏用的原文是discourse；但discourse一字，除了譯為「言談」外，學界另有譯為「言說」（洪鎌德、蔡源煌、陳璋津）、「話語」（高宣揚、王德威）或「論述」（朱元鴻、陳光興、廖咸浩）。參閱孟樊，《後現代的認同政治》（臺北：揚智，二〇〇一），頁一八七。

附錄　共構的新詩美學

——讀蕭蕭《後現代新詩美學》

在臺灣叫得出名字的詩論家中，蕭蕭是極少數中文系出身卻仍願接觸西方文論，並嘗試以之從事新詩評論與研究的代表性「詩人學者」。接續之前的《台灣新詩美學》（二〇〇四）、《現代新詩美學》（二〇〇七）二書，新近《後現代新詩美學》（二〇一二）的問世（三書皆爲爾雅版），終於完成他擬定的「新詩美學三部曲」的出版。蕭蕭所嘗試建構的「新詩美學」，主要聚焦在「詩人論」，探究的詩人（及其詩作）主要有：余光中、周夢蝶、鄭愁予、白萩、洛夫、白靈、羅青、夏宇、陳黎、陳克華、林德俊、管管等人，次論及：張秀亞、紀弦、席慕蓉，以及賴和、林亨泰、向陽、楊熾昌、商禽、蘇紹連諸人，其中余光中與周夢蝶前後共用四章討論，比例最重。雖然這三書探討的對象涵蓋詩壇老中青三代，但蕭蕭著墨最多的仍集中在前行代與中生代詩人身上。

在蕭蕭嘗試建構的所謂「臺灣新詩美學」中，最重要的也是他一以貫之的主張，就是他所揭櫫的「共構說」。所謂的「共構」意指臺灣新詩美學非由單一因素所決定；不妨說，臺灣新詩的表現同時由多種力量（主要是對立或看似對抗的兩種力量）所「共同建構」。此一「共構」且有歷史縱深面與地域橫切面的意涵，前者譬如超現實主義與寫實主義兩種頡頏的時代思潮；後者例如代表南北的創世紀與笠詩社的意識之別。此所謂的「共構」，蕭蕭著重的並非並時因素或力量的「相互對峙」，而是它們的「共同交疊」（因而此共構亦即是

「共媾」）。譬如以地域的橫切面而論，在《台灣新詩美學》的導論中，他即言：「出生大肚溪以南的詩人會在大漢溪以北求生，基隆河畔的詩人會與高屏溪邊的小說家共事，中央山脈東側的小說家會與中央山脈西側的詩人有著師生關係……」。

然而，蕭蕭在此所拈出的「共構詩學」，主要是從歷史的演變角度立論的；基此，他對本人提出的「現代主義→寫實主義→後現代主義」以及陳芳明的「殖民→再殖民→後殖民」臺灣新詩或新文學發展「線性史觀」予以質疑，並認爲臺灣詩潮的起伏與西方文學思潮因反動而湧起的演變脈絡有所不同，臺灣詩潮的現代主義、寫實主義與後現代主義，其演變或發展不是先後問題而是消長問題，可以說相互之間「一直維繫著同時存在而又彼此競爭的關係」。在《後現代新詩美學》中乃至認爲，一九八〇年代以後的台灣詩壇即係「未完成的現代主義」與「未形成的後現代主義」的交疊相映，「既努力完成未完成的現代主義，也戮力於完成眞正數位時代的後現代美學」，而此亦即是蕭蕭所主張的現代與後現代的「共構詩學」。

然則蕭蕭何以要在他這「新詩美學三部曲」中提出共構詩學的主張呢？就以後出的這部《後現代新詩美學》而言，除了首末二章前言與結語，以及第五章探討圖象詩、第十一章泛論新詩的後現代與後殖民徵象不談外，其餘八章分別論述羅青、夏宇、陳黎、陳克華、林德俊、管管、周夢蝶、余光中等人，這些詩人各具若干現代主義或後現代主義特色，換言之，這部《後現代新詩美學》論述對象其實並非全爲後現代詩人與詩作（所舉詩例不少均與後現代主義無關），且有爲數不少現代主義的詩例在其討論之列。偏偏本書書名訂爲「後現代新詩美學」（儘管捨「主義」兩字不說），而明明討論的詩人與詩作卻有非後現代者；想必蕭蕭爲了能「自圓其說」而出此對策，乃提出「共構說」（現代與後現代詩潮同時存在）以化解本書的致命之害（這樣的致命之害亦見之於上一本書《現代新詩美學》）。

如果我上述那樣的質疑蕭蕭無法接受的話，那就要來看看他所提出並討論的後現代詩作了——而這得從我自己那本「始作俑者」的《台灣後現代詩的理論與實際》（二〇〇三）談起。在那本拙著中，我曾在「後現代時期的詩作特徵」一節中將在後現代時期出現的主要詩作，從「解」（de-）的角度歸納爲十二種類型，但是我並沒一口咬定這些類型全爲後現代詩。該節文字來自該書第一章〈台灣後現代詩史〉，而該章緣起於二〇〇一年世新大學英語系主辦的一場「臺灣現／當代詩史書寫研討會」由我撰寫的一篇論文，當時研討會主辦者陳鵬翔、古添洪等人，有意藉此會議論文集結成一部「台灣新詩史」，並指定我負責撰寫一九八〇／九〇年代的「後現代時期」（這是陳與古的定調）這一章，但這一時期的重要詩人及詩作並不只是後現代詩人與詩作而已，所以我才「同時兼容並蓄，納進其他不是後現代的代表性詩人及詩作」，這在該書序文中有清楚的說明，唯此序文卻未爲人注意，以致誤解我所提出的那十二種類型詩作全爲後現代詩，並以爲論述或評詩的依據，終致以訛傳訛。蕭蕭對若干女性詩、圖象詩、原住民詩、後殖民詩的舉例（如夏宇的〈甜蜜的復仇〉、陳黎的〈花蓮港街．一九三九〉、陳克華的〈婚禮留言〉……），顯非後現代詩；而其或至於斯，恐係出自對於拙著的誤讀。話雖如此，在《後》書中，蕭蕭對於林德俊《樂善好詩》詩集，從「跨界越位的後現代」角度予以分析，仍令人激賞。

跨入學術界的蕭蕭近幾年對於西方文論用功甚勤，從他於書中所徵引的書目看來，足可見一斑。雖然如此，卻未免也有誤讀之處。如在《後》書中（頁二七八）引述周夢蝶以「放屁」一事爲例爲摯友解「寫實主義與超現實主義異同」之惑，周說：「今若有人焉，深信林黛玉放的屁有藥香或茯苓霜味，而貴妃楊玉環放的有荔枝味：此之謂寫實主義，當無異議。抑若更有人焉，堅持薛（謝）道韞放的屁有雪香或柳絮味而王昭君放的，有琵琶和胡沙味——此情與想之若或有，而事與理之所必無也。所謂超現實也。」（見《不負如來不負卿》）蕭蕭謂周夢蝶此說甚爲高明，對於寫實主義與超現實主義之辨，洵爲一針見血。然而，周所舉的兩個例子，偏偏後例與超現實主義無涉（他很小心的說那是「超現實」，而沒說是超現實主義）。臺灣太多人對超現實主義的了解都從顧名思義的字面義去解讀（當然都是誤讀），卻少有人願意去讀讀布魯東（Andre Breton）諸氏第一手的詩作。周夢蝶若說該例可歸之於超現實主義，那是他的誤解；而我們評論家和詩人學者就有義務指出其謬之所在。

在臺灣運用西方文論研究詩文本，的確難以避免由於「理論的旅行」（theory travelling）所造成的理論「橘逾淮變枳」的情況。薩伊德（Edward W. Said）說，理論從一個時地轉移到另一個時地，必然遭遇「與起始點不同的再現與建制化的過程」。在這再現的旅程中，理論從原鄉到異地雖然未必被全然改頭換面，但異鄉的理論接受者顯然有他們自行理解的方式，如果這中間又透過翻譯被接受，那麼理論很難被還原爲原貌，何況理論還可能面臨有心者的挪用。毋寧說，蕭蕭（自然也包括我本人）的誤讀，乃是旅行的理論必然遭致的宿命。

回過頭來，蕭蕭在前述「新詩美學三部曲」中提出的「共構詩學」，如果換個說法——比如威廉斯（Raymond William）在《馬克思與文學》中所提出的文化演變三階段說，恐更符合臺灣新詩潮發展的實情。威氏認爲，文化（包括文學）演變須歷經新興的（emergent）、支配的（dominant）與殘餘的（residual）三個階段。以言臺灣新詩演變，後現代詩在一九八〇年代初起之時算是新興的詩型，尚未被普遍接受，甚至被主流詩觀所排斥；到了九〇年代的發展，反倒後來居上成了主潮（也就是支配的詩型）；未來若有新詩型出現並加以挑戰，它將有可能面臨成爲殘餘詩型的命運。然而，在文化史（詩史）的進展中，新興文化、支配文化與殘餘文化也同時存在於某一歷史階段裡，套句蕭蕭在《後》書導論中的用語，它們之間乃是「消長的問題」，「一直維繫著同時存在而又彼此競爭的關係」；當代臺灣現代主義、寫實主義與後現代主義之間在詩史長河裡的起起伏伏，彼此也形成這種「新興—支配—殘餘」的發展關係。如果他們在某一時期形成蕭蕭所謂的「共構」關係，其中亦該有主從角色的差異——我認爲這一點必須予以辨明；或也可視爲我對蕭蕭「共構詩學」的補充吧！

引用書目

丁旭輝。〈笠詩社新即物主義詩學初探〉。收入鄭炯明編。《笠詩社四十週年國際學術研討會論文集》。臺南：國家臺灣文學館籌備處，二〇〇四。

亢西民、李家玉主編。《20世紀西方文學》。北京：高等教育，二〇一〇。

王先霈、王又平主編。《文學批評術語詞典》。上海：上海文藝，一九九九。

王珂。《詩歌文體學導論——詩的原理和詩的創造》。哈爾濱：北方文藝，二〇〇一。

王家新編。《歐美現代詩歌流派詩選（上）》。石家莊：河北教育，二〇〇三。

中野嘉。《前衛詩運動史的研究》。東京：新生社，一九七五。

朱立元。《接受美學》。上海：上海人民，一九八九。

向明。〈編後記：我的詩人老師覃子豪先生〉。收入向明、劉正偉編。《新詩播種者——覃子豪先生文選》。臺北：爾雅，二〇〇五。

——。〈鼓勵．鼓勵．加倍鼓勵．脫國王新衣——評析羅門「大峽谷奏鳴曲」及其他〉。《台灣詩學季刊》，第二十二期（一九九八年三月），頁三十五－四十七。

李元貞。《女性詩學——台灣現代女詩人集體研究（一九五一－二〇〇〇）》。臺北：女書，二〇〇〇。

李瑞騰。〈評論卷序〉。收入氏編。《中華現代文學大系（貳）——評論卷》。臺北：九歌，二〇〇三。

余光中。〈第十七個誕辰〉。收入張漢良、蕭蕭編著。《現代詩導讀（理論、史料篇）》。臺北：故鄉，一九七九。

何金蘭。《文學社會學》。臺北：桂冠，一九八九。

李長俊。《西洋美術史綱要》。臺北：作者自印，一九八〇。

村野四郎著。陳千武譯。《現代詩的探求》。臺北：田園，一九六九。

杜國清。〈《笠》詩社與新即物主義〉。收入於東海大學中系主編。《戰後初期台灣文學與思潮論文集》。臺北：文津，二〇〇五。

——。《詩情與詩論》。廣州：花城，一九九三。

——。〈日本現代詩鑑賞（12）笹澤美明〉。《笠》，第五十八期（一九七三年十二月），頁七十一—七十七。

——。〈日本現代詩鑑賞（四）〉。《笠》，第四十七期（一九七二年二月），頁七十三—七十八。

林亨泰。呂興昌編訂。《林亨泰全集四：文學論述卷1》。彰化：彰化縣立文化中心，一九九八。

——。《林亨泰全集七：文學論述卷4》。彰化：彰化縣立文化中心，一九九八。

——。《見者之言》。彰化：彰化縣立文化中心，一九九三。

林佩芬。〈永不停息的風車——訪楊熾昌先生〉。收入楊熾昌。《水蔭萍作品集》。臺南：臺南市立文化中心，一九九五。

林崇慧。〈布列東的娜底雅——超現實主義〉。《師大學報：人文與社會類》，第四十七卷第一期，二〇〇二年四月，頁十一—四十。

林淑貞。〈覃子豪在臺之詩論及其實踐活動探究〉。《台灣文學觀察雜誌》，第四期（一九九一年十一月），頁三十四—五十七。

林盛彬。〈杜國清與新即物主義〉。《笠》，第二四二期（二〇〇四年八月），頁一二三—一三九。

金絲燕。《文學接受與文化過濾——中國對法國象徵主義詩歌的接受》。北京：中國人民大學，一九九四。

周偉民、唐玲玲主編。《羅門、蓉子文學世界學術研討會論文集》。臺北：文史哲，一九九四。

周慶華。《文學繪圖》。臺北：東大，一九九六。

孟樊。《後現代的認同政治》。臺北：揚智，二〇〇一。

——。《當代台灣新詩理論》第二版。臺北：揚智，一九九八。

林燿德。〈都市與鄉村〉。收入楊宗翰主編。《黑鍵與白鍵——林燿德佚文選III》。臺北：天行社，二〇〇一。

——。《世紀末現代詩論集》。臺北：羚傑，一九九五。

——。〈「羅門思想」與「後現代」〉。收入周偉民、唐玲玲主編。《羅門、蓉子文學世界學術研討會論文集》。臺北：文史哲，一九九四。

——。《重組的星空——林燿德論評選》。臺北：業強，一九九一。

——。《都市之甍》。臺北：漢光，一九八九。

——。《不安海域——台灣新世代詩人新探》。臺北：師大書苑，一九八八。

——。《一九四九以後》。臺北：爾雅，一九八六。

林驤華主編。《西方文學批評術語辭典》。上海：上海社會科學院，一九八九。

洛夫。《詩的邊緣》。臺北：漢光，一九八六。

——。《無岸之河》。臺北：水牛，一九八六。

——。《孤寂中的迴響》。臺北：東大，一九八一。

——。《詩的探險》，臺北：黎明，一九七九。

——。《洛夫詩論選集》。臺南：金川，一九七八。

——。《詩人之鏡》。高雄，大業，一九六九。

——。《石室之死亡》。臺北：創世記詩社，一九六五。

洛夫、張默、瘂弦編。《中國現代詩論選》。高雄，大業，一九六九。

紀弦。〈從自由詩的現代化到現代詩的古典化〉。收入張漢良、蕭蕭編著。《現代詩導讀〈理論、史料篇〉》。臺北：故鄉，一九七九。

胡錦媛。〈主體女性書寫與陰性書寫七八〇年代女詩人的作品〉。封德屏主編。《台灣現代詩史論》。臺北：文訊，一九九六。

袁可嘉主編。《歐美現代十大流派詩選》。上海：上海文藝，一九九一。

秦秀白編著。《文體學概論》。長沙：湖南教育，一九八六。

奚密。《現代漢詩——一九一七年以來的理論與實踐》。上海：上海三聯書店，二〇〇八。

唐荷。《女性主義文學理論》。臺北：揚智，二〇〇三。

退特（Allen Tate）著，姚奔譯，〈論詩的張力〉，收入趙毅衡編選，《「新批評」文集》（北京：中國社會科學，一九八八年）。

程光煒等主編。《中國現代文學史》。北京：中國人民大學，二〇〇〇。

孫周興。〈中譯本序〉。Martin Heidegger著。孫周興譯。《走向語言之途》。臺北：時報，一九九三。

常青樹。〈後記〉。收入覃子豪《詩的表現方法》。臺中：新企業世界，一九七七。

陳明台。《台灣文學研究論集》。臺北：文史哲，一九九七。

陳義芝。《聲納——台灣現代主義詩集流變》。臺北：九歌，二〇〇六。

陳鴻森。〈《笠》詩社與新即物主義：特約討論〉。收入東海大學中文系主編。《戰後初期台灣文學與思潮論文集》。臺北：文津，二〇〇五。

陳鵬翔。〈論羅門的詩歌理論〉。收入周偉民、唐玲玲主編。《羅門、蓉子文學世界學術研討會論文集》。臺北：文史哲，一九九四。

覃子豪。《詩的表現方法》。臺中：新企業世界，一九七七。

——。《世界名詩欣賞》。臺中：曾文，一九七七。

——。《論現代詩》。臺中：普天，一九七六。

——。《覃子豪全集II》。臺北：覃子豪全集出版委員會，一九六八。

——。《詩的解剖》。臺北：藍星詩社，一九五八。

黃凡、林燿德編。《新世代小說大系・都市卷》。臺北：希代，一九八九。

賀昌盛。《象徵：符號與隱喻──漢語象徵詩學的基本型構》。南京：南京大學，二〇〇七。

陶東風。《文體演變及其文化意味》。昆明：雲南人民，一九九四。

游喚。〈《現代詩導讀》導讀些什麼〉。《台灣文學觀摩雜誌》，第三期（一九九一年一月），頁八十八─九十九。

張漢良。〈中國現代詩的「超現實主義風潮」〉。收入林燿德主編。《當代台灣文學評論大系．文學現象卷》。臺北：正中，一九九三。

──。〈都市詩言談──台灣的例子〉，《當代》，第三十二期（一九八八年十二月），頁三十八─五十二。

──。《比較文學理論與實踐》。臺北：東大，一九八六。

──。《現代詩論衡》。臺北：幼獅，一九八一。

──。《現代詩導讀（導讀篇二）》。臺北：故鄉，一九七九。

──。《現代詩導讀（導讀篇三）》。臺北：故鄉，一九七九。

張漢良、蕭蕭編著。《現代詩導讀（導讀篇一）》。臺北：故鄉，一九七九。

張國慶。〈女性主義詩學和女性意識：兼論鍾玲《詩的荒野地帶》〉，《中外文學》，第二十三卷第三期（一九九四年八月），頁七十─七十三。

張啟疆。〈當代台灣小說裡的都市現象〉。收入封德屏主編。《台灣文學中的社會──五十年來台灣文學研討會論文集㈠》。臺北：行政院文化建設委員會，一九九六。

裘小龍。《現代主義的繆斯》。上海：上海文藝，一九八九。

葛雷、梁棟。《現代法國詩歌美學描述》。北京：北京大學，一九九七。

鈴木大拙著。劉大悲譯。《禪與生活》。臺北：志文，一九七六。

葉維廉。《秩序的生活》。臺北：時報，一九八六。

葉笛。《台灣文學巡禮》。臺南：臺南市立文化中心，一九九五。

——。《台灣早期現代詩人論》。高雄：春暉，二〇〇三。
——。〈論《笠》前行代的詩人們〉。收入鄭炯明編。《笠詩社四十週年國際學術研討會論文集》。臺南：國家臺灣文學館籌備處，二〇〇四。
楊斌華。〈解構——都市文化的黑色精靈〉。收入林燿德。《1990》。臺北：尚書，一九九〇。
楊宗翰。〈顏元叔與台灣新詩評論轉型〉。《當代詩學》，第三期（二〇〇七年十二月），頁二十八—三十五。
瘂弦。〈在城市裡成長——林燿德散文作品印象〉。收入林燿德。《一座城市的身世》。臺北：時報，一九八七。
趙毅衡。《新批評——一種獨特的形式文論》。北京：中國社會科學，一九八六。
——編選。《「新批評」文集》。北京：中國社會科學，一九八八。
鄭克魯。《法國詩歌史》。上海：上海外語教育，一九九六。
劉正偉。〈新詩播種者覃子豪〉。收入向明、劉正偉編著。《新詩傳播者——覃子豪詩文選》。臺北：爾雅，二〇〇五。
蔣濟永。《現象學美學閱讀理論》。桂林：廣西師範大學，二〇〇一。
蕭蕭。〈五〇年代新詩論戰述評〉。收入文訊雜誌社主編。《台灣現代詩史論——台灣現代詩史研討會實錄》。臺北：文訊，一九九六。
衛姆塞特（William K. Wimsatt, Jr）、布魯克斯（Cleanth Brook）著。顏元叔譯。《西洋文學史》。臺北：志文，一九七二。
鍾玲。〈女巫和先知：美國女詩人的自我定位〉。收入紀元文主編。《第五屆美國文學與思想研討會論文選集：文學篇》。臺北：中央研究院歐美研究所，一九九七。
——。〈追隨太陽步伐——六〇年代台灣女詩人作品風貌〉。收入封德屏主編。《台灣現代詩史論》。臺北：文訊，一九九六。
——。〈女性主義與台灣女性作家小說〉。收入張寶琴、邵玉銘、瘂弦主編。《四十年來中國文學》。臺北：聯合文學，一九九五。
——。〈詩的荒野地帶〉。《中外文學》，第二十三卷第三期（一九九四年八月），頁四十六—五十九。

——。〈台灣女詩人作品中的女性主義思想：一九八六—一九九二〉。收入鄭明娳主編。《當代台灣女性文學論》。臺北：時報，一九九三。

——。〈夏宇的時代精神〉。收入李瑞騰主編。《中華現代文學大系・評論卷貳》。臺北：九歌，一九八九。

——。《現代中國繆司——台灣女詩人作品析論》。臺北：聯經，一九七九。

顏元叔。《談民族文學》。臺北：學生書局，一九八四。

——。《文學的玄思》。臺北：驚聲文物供應公司，一九七二。

簡政珍。《讀者反應閱讀法》。臺北：行政院文化建設委員會，二〇一〇。

——。《台灣現代詩美學》。臺北：揚智，二〇〇四。

——。《放逐詩學——台灣放逐文學初探》。臺北：聯合文學，二〇〇三。

——。《詩心與詩學》。臺北：書林，一九九九。

——。《詩的瞬間狂喜》。臺北：時報，一九九一。

——。《語言與文學空間》。臺北：漢光，一九八九。

羅青。《錄影詩學》。臺北：書林，一九八八。

——。《吃西瓜的方法》。臺北：幼獅，一九七二。

羅門。《創作心靈的探索與透視》。臺北：文史哲，二〇〇二。

——。《存在終極價值的追求》。臺北：文史哲，二〇〇〇。

——。《在詩中飛行——羅門詩選半世紀》。臺北：文史哲，一九九九。

——。〈向明？向暗？向黑？〉。《台灣詩學季刊》二十三期（一九九八年六月），頁一四〇—一五一。

——。《羅門論文集》。臺北：文史哲，一九九五。

——。《羅門詩選》。臺北：洪範，一九八四。

蘇紹連。《驚心散文詩》。臺北：爾雅，一九九〇。

Abrams,M.H.著。酈稚牛、張照進、童慶生譯。《鏡與燈——浪漫主義文論及批評傳統》。北京：北京大學，一九八九。

Abrams, M. H. and Geoffrey Galt Harpham. *A Glossary of Literary Terms.* Boston, MA: Wadsworth Cengage Learning, 2009.

Atkins, Douglas "Introduction: Literary Theory, Critical Practice, and the Classroom," in *Contemporary Literary Theory*, edited by G. Douglas Atkins and Laura Morrow. Amherst: The University of Massachusetts Press, 1989.

Barry, Peter. *Beginning Theory: An Introduction to Literary and Cultural Theory*. Manchester and New York: Manchester UP, 2009.

Barthes, Roland著李幼蒸譯。《寫作的零度》。臺北：時報，一九九一。

Barthes, Roland. *Writing Degree Zero*. trans. Annette Lavers and Colin Smith. New York: Noonday Press, 1968.

——. "Theory of the Text." trans. Ian McLeod, in *Untying the Text: A Post-Structuralist Reader*, edited by Robert Young. Lodon: Routledge, 1981.

Baudelaire, Charles著。郭宏安譯。《惡之華》。臺北：林鬱，一九九七。

Bigsby, C.W.E.著。黎志煌譯。《達達與超現實主義》。石家莊：花山文藝，一九八九。

Bowers, Maggie Ann. *Magic(al) Realism*. London and New York: Routledge, 2004.

Bressler, Charles E. *Literary Criticism: An Introduction to Theory and Practice*. Boston: Longman, 2011.

——. *Literary Criticism: An Introduction to Theory and Practice.* Englewood Cliffs, New Jersey: Prentice-Hall, 1994.

Breton, Andr'e. *Manifestoes of Surrealism*. Ann Arbor, MI: The University of Michigan Press, 1972.

Brooks, Cleanth. *The Well Wrought Urn: Studies in the Structure of Poetry*. London: Methuen, 1968.

Brooks, Cleanth, and Robert Penn Warren. *Understanding Poetry.* Taipei: Caves Books, 1985.

Chien, Cheng-chen, *The Reader in the Blanks*: *A Study of Virginia Woolf's "To the Lighthouse."* Taipei: Bookman Books, 1985.

——. *The Reader in the Blanks*: *A Study of Virginia Woolf's "To the Lighthouse"*Taipei: Bookman Books, 1985.

Childs, Peter. *Modernism.* London and New York: Routledge, 2000.

Cioffi, Frank, "Intention and Interpretation in Criticism," in *Issues in Contemporary Literary Criticism*, edited by Gregory T. Polleta. Boston: Little, Brown, 1973.

Derrida, Jacques. *Of Grammatology*. trans. Gayatri Chakravorty Spivak. Baltimore: Johns Hopkins UP, 1976.

——. *Positions*. trans. Alan Bass. Chicago: The University of Chicago Press, 1982.

Duplessis, Yuonne著。老高放譯，《超現實主義》。北京：三聯，一九八八。

Eliot, T. S. "The Metaphysical Poets," in *The Norton Anthology of Theory and Criticism.* 2nd., edited by Vincent B. Leitch et al. New York and London: W. W. Norton & Company, 2010.

——. "Tradition and the Individual Talent," in *The Norton Anthology of Theory and Criticism.* 2nd., edited by Vincent B. Leitch, et. al. New York and London: W. W. Norton & Company, 2010.

Epson, William. *Seven Types of Ambiguity*. London: Chatto and Windus, 1977.

Fish, Stanle著。文楚安譯。《讀者反應批評：理論與實踐》。北京：中國社會科學，一九九八。

Fish, Stanley." Literature in the Reader: Affective Stylistics," in *Reader-Response Criticism*, edited by Jane P. Tompkins. Baltimore and London: The John Hopkins University, 1980.

Foucault, Michel. "Text / Contexts of Other Spaces." trans. Jay Miskowiec. *Diacritics.* 16(1), Spring, 1986. Accessed September 5, 2012. http://foucault.info/documents/heteroTopia/foucault.heteroTopia.en.html.

Gadamer, Hans-Georg著。洪漢鼎譯。《真理與方法——哲學詮釋學的基本特徵》。臺北：時報，一九九三。

Giddens, Anthony. *The Consequences of Modernity.* Cambridge: Polity Press, 1991.

Gilbert, Sandra M., and Susan Guba. "Infection in the Sentence: The Woman Writer and the Anxiety of Authorship," in *Feminisms: An Anthology of Literary Theory and Criticism*, edited by Robyn R. Warhol, and Diane Price Herndl. New Jersey: Rutgers UP, 1991.

Gombrich, E. H. *The Story of Art*. London: Phaidon, 1960.

Guerin, Wilfred, et. al. *A Handbook of Critical Approaches to Literature*. New York: Oxford UP, 1999.

Harland, Richard. *Literary Theory from Plato to Barthes: An Introductory History*. Beijing: Foreign Language Teaching and Research Press, 2005.

Hawthorn, Jeremy. *A Glossary of Contemporary Literary Theory*. London: Arnold, 2000.

Heidegger, Martin著。孫周興譯。《走向語言之途》。臺北：時報，一九九三。

Heidegger, Martin. *Poetry, Language, Thought.* trans. Albert Hofstadter. New York: Harper & Row, 1975.

——. *Being and Time*. trans. John Macquarrie and Edward Robinson. New York: Harper & Row, 1962.

Holub, Robert C. *Reception Theory: A Critical Introduction*. London and New York: Methuen, 1984.

Husserl, Edmund著。李幼蒸譯。《純粹現象學通論》。北京：商務印書館，一九九二。

Irigaray, Luce著。李金梅譯。《此性非一》。臺北：桂冠，二〇〇五。

Iser, Wolfgang著。廖世奇譯。〈現實主義小說的組成部分——薩克雷《名利場》的美學效果〉。收入劉小楓選編。《接受美學譯文集》。北京：三聯書店，一九八九。

Iser, Wolfgang. *The Act of Reading: A Theory of Aesthetic Response*. Baltimore and London: The Johns Hopkins UP, 1978.

Jameson, Fredric. *Postmodernism, or, The Cultural Logic of Late Capitalism.* Durham: Duke UP, 1992.

Kaplan, Cora. *Sea Changes: Essays on Culture and Feminism*. London and New York: Verso, 1986.

Kumar, Krishan. *From Post-Industrial to Post-Modern Society: New Theories of the Contemporary World.* Oxford: Basil Blackwell, 1995.

Lehan, Richard. *The City in Literature: An Intellectual and Cultural History.* Berkeley: University of California Press, 1998.

Lowers, John Livingston, *The Road to Xanadu*, Boston: Houghton Mifflin,1927.

Magliola, Robert R. *Phenomenology and Literature*. West Lafayette, IN: Purdue UP, 1977.

Menton, Seymour. *Magic Realism Discovered, 1918-1981*. Philadelphia: The Art Alliance Press, 1983.

Merleau-Ponty, Maurice. *Phenomenology of Perception.* trans. Peter D. Hertz. San Francisco: Harper& Row, 1971.

——.“ What Is Phenomenology?” in *The Essential Writings of Merleau-Ponty*, edited by Alden Fisher. New York, Harcourt, 1969.

Millett, Kate. *Sexual Politics.* New York: Ballantine Books, 1970.

Mills, Sara et al. *Feminist Readings/Feminists Reading*. New York: Harvester Wheatsheaf, 1989.

“New Objectivity,” *Wikipedia, the free encyclopedia*, Accessed June 21, 2007. http://en.wikipedia.org/wiki/New_Objectivity.

Newton, K. M. *Interpreting the Test: A Critical Introduction to the Theory and Practice.* New York: Harvester Wheatsheap, 1990.

Paul Valery著。王忠琪譯。〈純詩〉。收入楊匡漢、劉福春編。《西方現代詩論》。廣州：花城，一九八八。

Poulet Georges著。郭宏安譯。《批評意識》。南昌：百花洲文藝，一九九三。

Register, Cheri. “American Feminist Literary Criticism: A Bibliographical Introduction,” in. *Feminist Literary Criticism: Explorations in Theor, edited by* Josephine Donovan Lexington, Kentucky: The UP of Kentucky, 1989.

Relph, Edward著。謝慶達譯。《現代都市地景》。臺北：田園城市，一九九八。

Rene Wellek *Concepts of Criticism*. New Haven: Yale UP, 1963.

Rene Wellek 著。劉象愚選編。《文學思潮和文學運動的概念》。北京：中國社會科學，一九八九。

Rene Wellek and Austin Warren. *Theory of Literature.* San Diego: Harcourt Brace & Company, 1984.

——. *Theory of Literature*. New York and London: A Harvest/ HBJ Book, 1977.

——. *Theory of Literature*. San Diego: A Harvest Book, 1975.

Richards, I. A. *The Philosophy of Rhetoric.* New York: Oxford UP, 1936.

——. *Principles of Literary Criticsim.* New York & London: A Harvest / HBJ Book, 1925.

Selden, Raman, and Peter Widdowson. *A Reader's Guide to Contemporary Literary Theory.* New York: Harvester Wheatsheaf, 1993.

Selden, Raman, Peter Widdowson, and Peter Brooker. *A Reader Guide to Contemporary Literary Theory*. London and New York: Routledge, 2005.

Songtag, Susan著。程巍譯。《反對詮釋》。上海：上海譯文，二〇〇三。

Sherry, Ruth. *Studying Women's Writing: An Introduction*. London: Edward Arnold, 1988.

Showalter, Elaine. "Feminist Criticism in the Wilderness," in *New Feminist Criticism: Essays on Women, Literature, Theory,* edited by Elaine Showalter, New York: Pantheon Books, 1985.

——. "Towards a Feminist Poetics," in *New Feminist Criticism : Essays on Women, Literature, Theory*, edited by Elaine Showalter, New York: Pantheon Books, 1985.

——. *A Literature of Their Own: British Women Novelists from Bronte to Lessing*. Princeton, New Jersey: Princeton UP, 1977.

Soja, Edward W. *Postmodern Geographies: The Reassertion of Space in Critical Social Theory.* London: Verso, 1989.

Spitzer, Leo. *Linguistics and Literary History: Essay in Stylistics*. New York: Russell Sage Foundation, 1962.

Stevens,Bonnie Klomp and Larry L. Stewart, *A Guide to Literary Criticism and Research*. Fort Worth, Texas: Harcourt Brace Jovanovich College Publishes,1992.

Tate, Allen著，姚奔譯。〈論詩的張力〉。收入趙毅衡編選。《「新批評」文集》。北京：中國社會科學，一九八八。

Travers, Martin. *An Introduction to Modern European Literature: From Romanticism to Postmodernism.* Houndmills, Basingstoke, Hampshire: Macmillan Press, 1998.

Ward, Glenn. *Postmodernism.* London: Hodder Headline Plc, 1997.

Wimsatt, William K. Jr., and Cleanth Brooks. *Literary Criticism: A Short History.* New York: Vintage Books, 1957.

Wimsatt, William K. Jr., *The Verbal Icon: Studies in the Meaning of Poetry*. Lexington, Kentucky: The University of Kentucky Press, 1954.

Wimsatt, William K, Cleanth Brooks著。顏元叔譯。《西洋文學批評史》。臺北：志文，一九七二。

Zamora, Lois Parkinson, and Wendy Faris eds. *Magical Realism: Theory, History, Community*. Durham, NC and London: Duke UP, 1995.

Note

Note

國家圖書館出版品預行編目資料

從覃子豪到林燿德：臺灣當代詩論家／林明德
著. -- 初版. -- 臺北市：五南，2019.07
面； 公分
ISBN 978-957-763-370-5（平裝）

1.臺灣詩 2.詩評

863.21 108004883

1XGK 學術專著

從覃子豪到林燿德
臺灣當代詩論家

作　　者 — 孟　樊
發 行 人 — 楊榮川
總 經 理 — 楊士清
總 編 輯 — 楊秀麗
副總編輯 — 黃惠娟
責任編輯 — 蔡佳伶、高雅婷
校　　對 — 蘇禹璇
封面設計 — 姚孝慈
出 版 者 — 五南圖書出版股份有限公司
地　　址：106台北市大安區和平東路二段339號4樓
電　　話：(02)2705-5066　　傳　　真：(02)2706-6100
網　　址：http://www.wunan.com.tw
電子郵件：wunan@wunan.com.tw
劃撥帳號：01068953
戶　　名：五南圖書出版股份有限公司

法律顧問　林勝安律師事務所　林勝安律師

出版日期　2019年7月初版一刷
定　　價　新臺幣500元

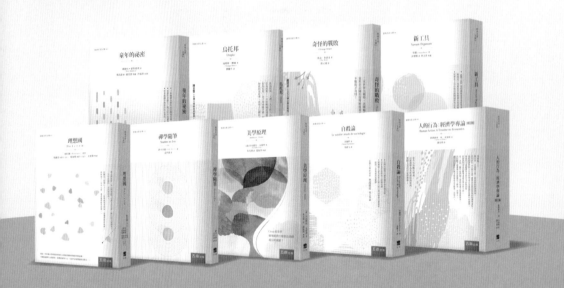